NATALIA AVILA

NÃO DIREI QUE É AMOR

Outro Planeta

Copyright © Natalia Avila, 2023
Copyright © Editora Planeta do Brasil, 2023
Todos os direitos reservados.

Preparação: Renato Ritto
Revisão: Barbara Parente e Elisa Martins
Projeto gráfico e diagramação: Márcia Matos
Capa: Filipa Pinto | Foresti Design

Todos os trechos de *Sonho de uma noite de verão* presentes nesta obra foram retirados da coleção *Clássicos para todos*. Ver: Shakespeare, William. *Sonhos de uma noite de verão*. Rio de Janeiro: Nova Fronteira, 2023. Tradução: Barbara Heliodora.

Dados Internacionais de Catalogação na Publicação (CIP)
Angélica Ilacqua CRB-8/7057

Avila, Natalia
  Não direi que é amor / Natalia Avila. - São Paulo: Planeta do Brasil, 2023.
  304 p.

  ISBN 978-85-422-2318-7

  1. Ficção brasileira I. Título

23-3891   CDD B869.3

Índice para catálogo sistemático:
1. Ficção brasileira

MISTO
Papel produzido a partir de fontes responsáveis
FSC® C019498

Ao escolher este livro, você está apoiando o manejo responsável das florestas do mundo

2023
Todos os direitos desta edição reservados à
EDITORA PLANETA DO BRASIL LTDA.
Rua Bela Cintra, 986 – 4º andar
Consolação – 01415-002 – São Paulo-SP
www.planetadelivros.com.br
faleconosco@editoraplaneta.com.br

Para todas as pessoas
que falam com o
universo e esperam uma
resposta nos próximos
dez segundos.

I

É SÓ UMA CHUVA, NÃO O FIM DO MUNDO.

É humanamente impossível prever qual dia será de sol ou de chuva com dois anos de antecedência, certo? Acho que esse é um argumento perfeitamente razoável, lógico, sensato. Se respondeu que "sim", é sinal de que você não faz parte da minha família. Muito menos do circo de insanidades que os Vieira Albuquerque me fazem vivenciar.

As gotas grossas vazavam pelo frágil teto da Casa da Noiva, onde minha irmã, Jéssica, estava aos prantos. Duas madrinhas tentavam acalmá-la, e minha mãe havia feito um drink que deixaria qualquer barman horrorizado, misturando maracujá, água de coco e um alprazolam destroçado como se ninguém estivesse reparando.

Ao menos Jéssica estava usando o vestido de seus sonhos, branco como a neve, com o corte sereia que a deixava parecendo a própria Ariel – ainda mais com o cabelo tonalizado de ruivo. Ela estava linda, mas eu não diria isso em voz alta. Não enquanto já tinha dezenove pessoas a orbitando como uma galáxia disfuncional, tentando convencê-la de que o casamento não seria arruinado por causa da chuva.

Suspirei, apreciando o ar úmido que entrava pelas minhas narinas. Estava frio também. Um frio surreal para o início de maio em São Paulo, e eu detestava a minha irmã naquele momento, pois ela havia me proibido de usar uma jaqueta de couro na festa (de couro *falso*, óbvio. Não sou psicopata para usar um animal morto em mim).

Só que não tem como odiar a própria irmã, não existe permissão pra isso. Meus pais nos obrigaram a nos amar desde que nasci – porque sou a caçula. Jéssica teve uns bons quatro anos sem a obrigação de amar alguém, já eu... veio no contrato de fábrica. Minha digníssima irmã mais velha ainda teve o privilégio de escolher o *meu* nome, o que honestamente é a única parte em que não me ressinto dela. Bom, também não existe permissão para odiar uma noiva. (No dia do casamento. Antes, quando ela está sendo a própria noivazilla, é senso comum que *todo mundo* odeia a noiva. Inclusive o futuro cônjuge.)

Sendo assim, fiquei sozinha na varanda estreita, observando a névoa se formar no horizonte às três da tarde, e toda a esperança de registrar o *first look* com a *golden hour* no sítio alugado para a cerimônia fora por água abaixo. Soltei um ronco em um riso abafado. A piada era boa, mas o público atrás de mim, a julgar pelas lamúrias exageradas e suspiros, não era o ideal.

Uma gota gelada expandiu ao atingir a saia de tafetá do meu vestido azul *serenity*. Minha irmã havia escolhido para mim uma monstruosidade, alegando que ficaria lindo nas fotos de família porque era da mesma cor da gravata do papai e do sapato da mamãe. *Arg*, noivas e a mania de querer planejar os mínimos detalhes. Francamente, essa necessidade de controle devia ser tratada com terapia, não com comprimidos de receita azul. Uma pena que você não pode controlar o clima, maninha.

Minha mãe apoiava cada um dos seus caprichos como se fosse uma prece e exibia a primogênita como sua obra-prima, enquanto eu era a versão atualizada com bug. Cresci ouvindo frases do tipo "Sua irmã só tira notas altas, não sei como você saiu assim", "Olhe como Jéssica passa o tempo livre dela! Fazendo crochê, em vez de ver TV o tempo todo", "Como pode duas meninas da mesma mãe e do mesmo pai serem tão diferentes?".

Jéssica sempre foi celebrada, enquanto a minha existência era tratada como uma inconveniência. Um plano que deu errado. Uma frase escrita na margem de um livro.

Voltei a atenção para o interior do quarto, aproximando o ouvido da fresta de vidro diante da aparente calma. Jéssica estava pingando colírio nos olhos sentada na cadeira de maquiagem, certamente para afastar a vermelhidão após o seu chilique. Eu que deveria estar fazendo um estardalhaço, sentenciada a tremer de frio graças a um vestido ridículo.

A saia tinha o caimento armado, bufante demais para o meu gosto *nem-tão-exagerado-nem-discreto-demais*, mas era a renda da parte de cima que me dava pesadelos. As flores bordadas pareciam ter vindo diretamente do *patchwork* de algum pano de prato, daqueles que minha avó só colocava na cozinha em dia de Natal e Ano-Novo. O modelo ombro a ombro havia sido desenhado por uma modelista que jamais ouvira falar de praticidade. Era revoltante que mangas tão desconfortáveis e apertadas fossem produzidas em pleno século XXI. Ao menos a fita preta e delicada de cetim em meu pescoço dava um toque sutil de rebeldia.

Engoli meus comentários ácidos e fitei meu reflexo no vidro. Os cachos já haviam se desfeito do babyliss, litros de laquê desperdiçados. A trança embutida ainda estava firme, mas os fios que estavam soltos para dar um charme agora haviam se expandido por causa da umidade. Meu cabelo era castanho-claro, assim como o de Jéssica antes de tingir, mas eu tinha mechas mais claras no contorno do rosto e nas pontas, que agora pareciam mais ressecadas do que de costume. A maquiagem que fiz ao menos estava intacta, com o delineado preto impecável e uma camada fina de gloss rosado nos lábios. A marca do biquíni, eco de um verão que já passara havia muito, começava a desaparecer. Naquela luz opaca, ninguém jamais enxergaria as nuances tom de mel em um dos meus olhos... a pessoa precisaria estar perto demais para reparar na minha leve heterocromia, e digamos que eu havia prometido que iria me comportar.

Afinal, era o dia *dela* – como se todos os outros antes disso não fossem.

— Falei que usar lentes de contato não era o fim do mundo. — Abri a porta de vidro, que correu rangendo pelo metal úmido. — Ainda bem que tinha um colírio por perto, se não iam achar que a noiva havia se arrependido. — Dei um sorriso, brincando.

Jéssica me fuzilou da cadeira onde estava.

— Nem todo mundo se arrepende das decisões que toma, Noelle.

— Calma, princesa. Hoje é seu dia, você está linda e o casamento vai ser maravilhoso. — Tentei, embora as palavras não tenham saído de forma natural; minha mãe, porém, estava hiperventilando e alinhava os perfumes que estavam em cima da bancada, enquanto as madrinhas desviavam o olhar de seus perfis no Instagram para olhar para mim.

— Não é o que sonhei, mas pelo menos é com quem sonhei. Isso é que importa — minha irmã repetiu, precisando se convencer. A maquiadora terminava de pincelar o iluminador no alto de suas bochechas. Parecia que a lua estava refletida ali.

— Maninha, não dá pra adivinhar que dia vai chover, relaxa. É só *um* dia.

— Como assim é só *um* dia? — Ah, não, acordei a noivazilla. Isso implicava a existência de um King Kong em trajes de gala, que eu esperava que surgisse de algum lugar e me levasse para o alto do Empire State para me salvar dessa maluca. — É o dia mais importante de toda a minha vida! Você tem noção de por quanto tempo a gente teve que juntar dinheiro pra pagar esse lugar? O quanto que toda a nossa família se uniu para que pudéssemos viver nosso sonho, Noelle?

— Jéssica, eu falei "um" numeral, não "um" artigo. Você terá outros dias perfeitos na sua vida. É tipo marcar viagem pra praia, a gente não sabe quando vai chover. Eu falei pra você que era possível que chovesse, mas você não me ouviu.

— Aposto que você está feliz de estar certa, não é?

— Você realmente está me culpando por estar chovendo? Eu tenho cara de São Pedro?

— Você falou tanto que ia chover, e agora olha só! O mundo está desabando!

— Você não pode estar falando sério, Jéssica. Mãe, fala com ela! — Mas minha mãe me olhava desapontada.

— Noelle, já chega. Hoje é o dia da sua irmã.

Prendi o ar, tentando não esboçar uma reação exagerada. As lições das aulas de teatro sempre me salvavam nesses momentos.

— Eu não vou ter o casamento na natureza que sempre sonhei — ela lamentou, pegando na mão de Luiza, sua amiga de infância, que tinha *lágrimas* nos olhos.

— Jéssica, sinto te dizer, mas a chuva é *parte* da natureza! E se você não fosse tão controladora com a aparência de todo mundo e um pouco mais autêntica nos seus valores, poderia assumir sua vontade de realmente casar perto da natureza não reclamando do tempo.

— Eu já disse *chega*, Noelle! — Minha mãe me puxou pelo braço, a renda pinicou enquanto me arrastava para fora da Casa da Noiva. Os murmúrios lá dentro começavam. — Espere a gente no altar. Jéssica não precisa das suas provocações infantis hoje.

— Ela precisa de um raio de sol.

— Sim. E você está longe de ser um, minha filha.

Uma linha fina prendia os lábios da minha mãe, e ela não se importou em virar as costas para acolher a filha.

Uma delas, pelo menos.

II

Esperar para abrir a mesa de doces é uma forma de opressão.

Uma coisa que eu amo em casamentos: open bar. A única alegria possível após submeter os convidados a cinquenta minutos de uma cerimônia arrastada e monotônica. Jéssica andava pelo salão com o sorriso congelado no rosto, apesar de eu ter percebido sua revolta ao ver que a barra do vestido estava manchada de lama. Eu poderia dizer que era perfeitamente normal, e que acontecia até em casamentos em dias ensolarados, mas preferi não "atrapalhar".

Em vez disso, fiz o papel de boneca perfeita. Sorri durante toda a celebração e no ensaio de fotos com a família; abracei e falei para Marcos que ele era bem-vindo, um novo irmão para mim e todo o resto do protocolo necessário. Agora que Jéssica tinha seus registros perfeitos da sua família perfeita em um dia totalmente imperfeito, eu estava livre para fazer algo que realmente gostava: beber até me esquecer de onde estava. Só que a quantidade surreal de parentes à minha volta me lembrava constantemente de quem eu era.

— Fica lá na frente pra pegar o buquê que logo, logo um rapaz bonito te pede em namoro e você casa! — gritou minha tia Viviane contra a música alta. Era "Break My Heart", da Dua Lipa, que já cantava o segundo refrão. Eu me perguntava se alguém checava as letras das músicas antes de montar a playlist do casamento.

— Não quero me casar, Vivi — respondi com um sorriso descontraído. Ela havia me proibido de chamá-la de "tia" na frente do segundo marido. Era apaixonada por "procedimentos estéticos não invasivos", como chamava, e se orgulhava do corpo escultural que mantinha com um estilo de vida excessivamente regrado. Ela era autêntica, exibia o decote no vestido azul anil com orgulho, e eu admirava isso. A semente de maracujá do meu drink começava a entupir o canudinho, impedindo que a vodca cumprisse o papel de tirar minha consciência.

— Noelle, você ia amar ser noiva! Ia ficar belíssima vestida de branco, e com todos os preparativos, flores, organza e o circo todo. Acredite em mim, já fiz isso duas vezes. — Ela se aproximou para que o número 2 não a escutasse e deu uma piscadinha. — E estou pensando em fazer uma terceira.

— Não é assim que casamentos deveriam funcionar, Vivi — murmurei com o canudo apoiado nos lábios.

— Casamento é uma indústria. Não faz sentido misturar o Estado e a família numa relação a dois. Então, minha querida, ouça meu conselho. Ache alguém bonito o bastante para apresentar à família, que tenha o QI maior que um cachorro treinado. Faça a festa, tire muitas fotos, divirta-se e se separe.

— Não planejo me divorciar aos vinte e dois anos, tia. Sem ofensas.

Ela levantou as mãos, despreocupada. Passou o braço no do meu "tio" e, com a mão livre, pegou a caipirinha da minha mão.

— Se beber demais no início da festa, não vai saber quem é bonito e quem é feio. Me agradeça depois. Se vir alguém sem aliança entre cinquenta e sessenta anos que tenha um bom porte, dê meu número.

Fiquei de mãos vazias vendo meu drink flutuar para longe de mim junto aos conselhos duvidosos da minha tia. Eu estava cercada por maníacos cismados com casamentos e não tinha para onde escapar. Caminhei de volta ao único lugar lógico naquele momento: o bar.

Em festas, as pessoas não bebem porque realmente querem *ingerir* álcool. Ninguém deseja colocar no organismo um zilhão de substâncias tóxicas, acelerar a oxidação da pele nem nada disso. Elas bebem porque precisam parecer descoladas. Porque não sabem como agir com quem está a sua volta. Porque não querem se lembrar de quem são.

Mas, principalmente, para ter o que fazer com as mãos.

O vestido ainda prendia meu braço, a renda já deixando um baixo relevo de flores cafonas contra minha pele, e arrepios desciam pela minha espinha sem uma jaqueta para me aquecer.

Atravessei a decoração extravagante, os *lounges* com sofás de linho, tapetes persas vermelhos e arranjos de flores que traziam a natureza para o interior do salão. A mesa de doces, o lugar mais interessante de toda festa, estava fechada até uma hora determinada pela controladora da minha irmã, que definiu que os doces eram para *enfeitar*, não para comer.

O cheiro de chocolate invadiu minhas narinas, aconchegante como se tivesse saído de um desenho animado, e em uma olhada rápida, avistei o que parecia ser uma trufa recheada. Fingi que era um tipo medíocre de Robin Hood, roubando dos ricos para dar para mim mesma, e peguei a forminha com alguma agilidade. A florzinha em minha mão tinha a mesma cor do meu vestido, mas o docinho era grande demais para enfiar na boca de uma vez só.

O bar ficava ao lado da pista de dança – um convite perfeito para bêbados em coreografias com passos atrasados –, e uma fila enorme se formava na lateral. Esperei pacientemente, ainda mastigando um vestígio infinito da semente de maracujá enquanto meu estômago roncava.

Olhei em volta como uma criminosa prestes a ser descoberta e escalada para a nova temporada de *Orange is the New Black*, e mordi a trufa. Caramelo suave e cremoso invadiu minha língua, prendi um gemido de satisfação.

— Eu vi o que você fez — uma voz grave reverberou ao meu lado.

A minha frente, um homem que poderia ser o novo Super-Homem me encarava. O cabelo preto brilhava com gel, e eu não sabia se ele estava prestes a dançar uma música de *Grease* ou se arrancaria o terno para salvar o mundo. Tentei responder, mas o caramelo grudava nos meus dentes, e tudo que emiti foi um murmúrio desengonçado. Se minha tia estivesse aqui, começaria a bancar o Tinder.

— Eu também roubei um doce. Essa regra de esperar é ridícula.

Os olhos verdes dele cravaram nos meus, mas respondi ao seu sorriso perfeito levando a mão até a boca, tentando engolir todo o caramelo o mais rápido possível. Ele deve ter pensado que eu era tímida. Coitado.

— Deixa eu adivinhar, você era o primeiro na fila do parabéns não porque adorava seu amiguinho, mas porque roubava todos os brigadeiros pra você? — perguntei.

— E para a menina mais bonita da festa. — Ele sorriu, estendendo na minha direção uma forminha tirada do bolso do seu paletó. Um doce coberto de chocolate branco, dessa vez. Não era o meu favorito, mas aceitei enquanto a fila andava mais um passo.

— É uma cantada muito fácil distribuir docinhos furtados da mesa do bolo. Ainda mais quando seu traje social tem *bolsos*.

— É o crime perfeito. — Ele piscou.

Ok, agora esse evento estava ficando minimamente divertido.

— Como você conhece o casal? — perguntei. Certamente não era amigo de Jéssica.

— Sou primo do noivo, e você é irmã da noiva, certo?

— O que entregou? — Eu e Jéssica não tínhamos muito mais em comum do que os sobrenomes (não mais agora), o útero da minha mãe e os testículos do meu pai.

— Vocês têm a mesma maçã do rosto, mas você é muito mais bonita.

— Ah, eu não falaria mal da noiva logo hoje. — Ri, e logo era nossa vez de pedir um drink.

O tal rapaz se afastou, olhando de perto o menu, e eu caminhei para onde estavam as frutinhas. Meu bingo pessoal era provar uma caipivodca de cada fruta disponível. Já havia tomado de maracujá, mesmo que tivesse sido interrompida pela minha tia, então agora eu tomaria...

— Uma caipivodca de lichia, por favor — pedi, ainda encarando os bulbos brancos através do vidro. Por que lichias eram tão fofinhas?

Ajustei minha coluna ao ver o barman na minha frente. Ele tinha a pele marrom, com um bronzeado forte de sol. Tatuagens ocupavam seu antebraço, desenhos que se fundiam, como mandalas, teclas de um piano e até um símbolo da resistência de *Star Wars*. O cabelo dele era preto e cacheado e estava preso em um coque desarrumado. A camisa preta de botão que usava era parte do uniforme, porém estava apertada o bastante para definir os músculos de seu ombro. Comecei a salivar e culpei o aroma das frutas em meu estômago vazio.

— Eu não acabei de servir você, menina? — Ele me olhou de cima a baixo.

— Esse não é seu trabalho hoje? — Não resisti a um sorriso malicioso.

— *Hoje*, é. — O rapaz pegou algumas frutas, colocou na coqueteleira junto ao açúcar e aos demais ingredientes e começou a fazer um malabarismo com os itens. Suas mãos hábeis pareciam antever onde cada objeto iria cair, e me perguntei o quão preciso ele seria com outras coisas.

O barman entregou o copo com um canudinho e, antes que eu pudesse agradecer, virou-se para uma garota que estava ao meu lado com um sorriso de um milhão de dólares junto a um vestido vermelho e decotado. Como ela não sentia frio, jamais saberei. Mas ergui os ombros, tentando ignorar o fato de estar parecendo um *macaron* azul ao lado de uma Kardashian usando o vestido da Jéssica Rabbit.

Voltei ao centro da festa sem nenhuma desculpa boa o bastante para fazer alguma coisa. Conversar com os parentes sobre "que pena que choveu", "quando é a minha vez de me casar" ou "como está minha carreira de atriz pós-pandemia" era minha visão pessoal de paralisia do sono.

Eu não conseguia um trabalho devidamente remunerado havia dois anos, e minhas breves conquistas em papéis sem nome em musicais, ou como coadjuvante em novelas que ninguém sabia o nome ou o canal, já faziam aniversário. Com o casamento de Jéssica sendo planejado, nunca parecia o momento certo para falar de mim. Do que eu realmente queria.

Terminei em pouco tempo o drink, e me esqueci propositalmente que o problema dos drinks de fruta são as *próprias frutas,* que absorvem todo o álcool em um sabor disfarçado e delicioso. Comi cada uma delas, me lembrando especialmente do preço de uma caixinha no supermercado – uma extorsão. O mundo começou a ficar um pouco engraçado demais, parecendo que era feito de boas memórias e momentos que valiam a pena. Eu me sentia leve, feliz, andando a esmo pela festa. Sabia que algo estava errado, mas era melhor ignorar isso também.

Prometi que não faria nenhuma besteira, mas certamente repor a glicose após beber bastante era um ato de responsabilidade. A pista de dança ecoava algum sucesso da Miley Cyrus dos anos 2010, e com sorte todos estariam em um estado mais alucinado do que eu para reparar nas minhas atitudes.

Joguei o resto do gelo e do drink em algum vaso de planta idiota e comecei a escolher os doces na mesa como uma criança exigente colhendo flores. Logo meu copo estava cheio, e algumas pessoas se aproximaram para fazer o mesmo que eu. Sorri para desconhecidos, nossa afinidade sendo construída pela verdade mais autêntica em um ser humano: o amor por sobremesas.

Mas como tudo que é puro e bom no mundo tem prazo de validade, isso também tinha.

— O que você está fazendo? — O tom estridente não me deixava dúvidas de quem era.

— Preciso te parabenizar pela escolha dos doces, Jes — comentei com a boca meio cheia.

— Por que você está comendo *agora*, Noelle?! — Os olhos azuis dela estavam fixos em mim.

— Porque são comestíveis. Tá tudo tão gostoso que daqui a pouco provo até o sofá. — Isso claramente era um elogio, eu não estava sendo indelicada.

— Você é impossível.

— E você não está sendo uma boa anfitriã, maninha. As pessoas estão com fome. — Apontei para os convidados, que debandavam ao meu lado.

— Mas era pra mesa continuar bonita!

Marcos, ao lado da minha irmã, colocou a mão em seu ombro para acalmá-la. A equipe de filmagem, por algum raciocínio idiota, estava registrando esse momento feliz para a posteridade.

— Jéssica, essas pessoas estão passando mal de vontade. É seu casamento, vai beijar na boca, transar no banheiro, fazer algo além de pegar no meu pé!

— É você que está sempre fazendo a coisa errada na hora errada!

— Quer saber, Jéssica? — Joguei um dos docinhos em cima da mesa com raiva. Alguns outros caíram no chão com o impacto. — Engole todos eles. Você é muito egoísta, puta que me pariu. E boa sorte pra você, Marcos.

Desviei do meu cunhado e voltei para o bar, irritada. Era a hora da caipivodca de kiwi. Fui direto até o bartender bonito, já que o outro cara gato dessa festa havia desaparecido.

— Quero uma de kiwi agora.

— Olha só, a menina mais perigosa da festa está de volta.

— Eu sou perigosa? — Sorri. Eu era.

— Todo mundo que mexe com a noiva deve entrar pro *Death Note* dela.

— Não me admiraria se minha certidão de nascimento fosse uma página rasgada dele. Jéssica deve ter escrito meu nome repetidas vezes, mas continuo viva. — Apontei para mim mesma com um sorriso torto, uma mecha dourada e arrepiada estava na minha visão periférica. Meu cabelo estava inchado como o de um poodle recém-tosado.

— Aposto que você era um anjo quando criança — ele debochou.

— Só se fosse um anjo caído. Se puder, faz o drink mais forte, por favor.

— E quem vai te levar pra casa quando você estiver caindo pelos cantos?

— Isso é problema meu, bonitão. O seu problema é manter meu copo cheio.

Ele sorriu diante do termo, e me senti idiota por tê-lo dito.

— Você é quem manda, lindinha.

— *Lindinha*? — indaguei surpresa, mas ele já estava atendendo outro rapaz. O mesmo que havia trocado duas palavras comigo antes de ter desaparecido.

Ele se aproximou de mim com uma caneca de cobre na mão, uma delicada espuma branca cobria seu drink.

Me afastei alguns passos, mantendo contato visual, até que ele caminhou na minha direção.

— Tenho a teoria de que toda vez que saio do perímetro desse bar, algo ruim acontece — comentei.

— E se algo muito ruim acontecesse? — Nada de bom fluía do olhar do Super-Homem.

— Qual a sua ideia? — desafiei.

— O quanto você bebeu?

— Este é o meu terceiro drink.

— Beba mais esse e venha comigo. — Ele colocou a caneca de Moscow Mule na minha mão, pressionando seus dedos contra os meus por um segundo a mais.

Desviei o canudo com o indicador e engoli todo o drink em alguns segundos intensamente gelados. Meu cérebro estava congelando quando terminei a caipivodca, deixando as frutas para trás. O Super-Homem se levantou e inclinou a cabeça, indicando para que eu o seguisse.

Tudo parecia girar, e os saltos pareciam menos firmes do que a última vez, mas, curiosa, caminhei em sua direção.

III

Nem tudo que reluz é ouro. Cai na real, quase nada é ouro.

Os banheiros de um salão de festas são como uma estação de trem: somente visitados por bêbados, pessoas que não têm uma passagem e estão apenas acompanhando alguém e outras que querem só fugir do resto do mundo. O azulejo do piso estava molhado, e a barra do tafetá do meu vestido havia escurecido uns trinta centímetros quando o Super-Homem finalmente parou de andar.

    O cheiro de aromatizador de ambiente e desinfetante invadiu minhas narinas, e a chuva caía, abafada, do outro lado das janelas. Ok, eu precisava de um nome para esse cara. Era o básico da educação, caso eu quisesse fazê-lo gemer, xingá-lo ou amaldiçoá-lo. Ainda não tinha certeza. O barulho da descarga ao lado ecoou pelos meus sentidos confusos, e ele me pegou pela mão com agilidade ao entrar no banheiro masculino e trancar a porta.

— Por que estamos no banheiro masculino? — Meu coração começou a acelerar, não de um jeito particularmente bom.

— Porque *homens* não vêm em bandos pra cá. — Ele encurtou a distância entre nós, ajustando a gravata. Seu perfil de empresário bem-sucedido que negocia *bitcoins* na bolsa de valores claramente devia fazer sucesso, pelo que vi de sua autoconfiança. Mas, naquele momento, quando ele trancou a porta, sua arrogância bateu muito errado. Eu precisava sair dali.

— E você pretende me dizer seu nome ou tem uma regra para se manter incógnito em festas? Eu não posso te chamar pra sempre de *primo do Marcos*.

— Você não precisa me chamar de nada enquanto estiver com essa boca linda ocupada.

E subitamente, ele tocou no meu rosto, inclinando-se para um beijo. Como se eu fosse um buffet de comida japonesa gratuito, bêbada o bastante para suprir qualquer tara que ele tivesse. Uma garota sozinha e emburrada em uma festa era um bom alvo para canalhas oportunistas como ele. Eu bebia para ficar alegre, mas não ficava burra.

Senti o metal gelado no meu rosto assim que tocou minhas bochechas e peguei na mão dele. O cara podia ser bonito, mas tudo que fizera desde que entrara no banheiro o tinha deixado horrível.

— Eu quero saber onde ela está — forcei um detestável tom sensual enquanto dei um passo sutil para trás. Ele acharia que era um gesto charmoso, mas eu só queria sair dali.

— Ela quem?

— A sua namorada. Ou noiva, não tenho certeza — falei tão docemente que sairia da festa direto para vomitar, enjoada.

Toquei a mão dele e, com um gesto rápido, tirei a aliança do seu dedo. Era larga e dourada, com o nome "Carolina" escrito em letra cursiva. Abri um sorriso para que ele não desconfiasse do que faria em seguida.

— Tsc, tsc... a Carol sabe que você está tendo uma despedida de solteiro hoje?

— Me esqueci de guardar, me perdoa. Mas sou todo seu pelos próximos minutos, te prometo isso.

— Essas são as palavras que toda garota quer ouvir! — Abanei meu rosto, fingindo estar emocionada. — Porra, a gente tá num casamento. Isso não significa nada pra você?

— Significa pra você? — O canalha teve a audácia de me provocar. Andei para a porta devagar. — Me devolve isso, por favor.

— Ah, então a Carol está por aqui! Posso ser gentil e devolver pra ela pessoalmente, o que acha da ideia? Digo que achei no chão, não se preocupe.

— Sua putinha desgraçada. — Ele avançou na minha direção, e, assustada, dei um chute entre suas pernas.

O maldito caiu no chão, o rosto vermelho com as veias marcadas em seu rosto.

— Você parece crítico demais para quem estava tão caidinho há um minuto. Ops, minha culpa, não é? — Eu me aproximei dele sentindo ódio de sua atitude, do direito que ele se apropriou para me xingar apenas porque não servi aos seus desejos. — Na próxima vez que você tentar ludibriar uma garota, seu pinto vai murchar e cair.

Um vento gelado subiu pelo azulejo frio do banheiro, meu cabelo parecia flutuar ao meu redor. O rosto dele ficou pálido e alisei a saia. Abri a porta, desesperada por ar puro, e corri para fora do salão.

Ninguém perceberia que eu estava chorando se eu estivesse na chuva.

IV

QUAL É O CONTRÁRIO DE CASAMENTEIRA?

Eu era um ímã de canalhas, já estava farta disso. Ao mesmo tempo, a sensação de ser notada e desejada era como uma droga. Especialmente em um dia em que eu faria um favor para todo mundo se fosse invisível... era divertido ter alguém me notando sem cobrar uma resposta sobre a vida, carreira, filhos etc.

Aí surge um cara bonito me *cobrando* um "final feliz" antes do "era uma vez". Me usando para trair a tal da Carol em um casamento. E a garota provavelmente estava na festa, o que só piorava tudo. Eu não era a última romântica, mas tinha um pingo de princípios.

Raiva fluía pelo meu sangue a ponto de ferir minhas mãos ao pressionar as unhas forte demais com o punho fechado.

Eu estava convencida havia algum tempo de que não servia para relacionamentos, mas suspeitava de que estava amaldiçoada.

Ao menos agora *ele* estava.

O pensamento me acalentou. Levaria meses ou anos até ele cometer uma nova canalhice, e duvido que se lembraria da inocente praga que lhe roguei. Afinal de contas, *funcionava*. Havia poucos meses eu experimentava a bruxaria moderna, mas, até então, sem resultados palpáveis. Abri a boca em direção ao céu sentindo a água doce espetar minha língua como alfinetes gelados. Sorri ao contemplar a majestade da chuva – *da minha chuva*. Um feitiço tão simples, tão útil.

Agora a origem do frio... havia sido alguma lógica na troca entre o microcosmo e o macrocosmo que o trouxera. "As above, so below." Assim em cima, como embaixo – era o lema do equilíbrio que eu deveria honrar e respeitar, símbolo do infinito padrão que correspondia aos fractais da realidade.

Limpei meu rosto com o dorso da mão, o rímel preto correndo pelos meus dedos. Minha maquiagem não era a prova d'água, eu não desembolsaria uma quantia tão grande por uma coisa que sairia na hora em que eu tomasse banho. Mesmo assim, eu odiava as lágrimas. Odiava ainda mais chorar porque uma pessoa me tratou como se eu fosse um brinquedo descartável.

O que será que acontecia com os brinquedos sexuais que existem no universo de Toy Story? Afastei o pensamento absurdo ao ouvir alguém falando meu nome, e um largo guarda-chuva cobrir minha cabeça.

Não sei como a cerimonialista me encontrou, mas eu tremia ao entrar no salão e sentir o ar-condicionado arrepiando minha pele, tão artificial diante do ar gélido lá de fora. A música estava pausada, e a maior parte dos convidados estava no centro da pista de dança. Corrigindo, *mulheres* estavam na pista de dança.

Jéssica estava no centro, afastada das outras convidadas como se fosse o sol, e elas, os planetas precisando de calor.

— Noelle, por que você está encharcada? — Meu pai apareceu, tirando o paletó cinza e colocando em volta dos meus ombros. Ele era largo, quente e cheirava a perfume caro e charuto.

— Você já viu o tempo lá fora?

— E por que estava na chuva? — Os olhos dele estavam arregalados. Levemente amarelados, devido ao uísque. Não me atreveria a pensar que era por preocupação.

— Fui convidada para um casamento ao ar livre. — Dei um sorriso amarelo e irônico. Meu pai revirou os olhos, e minha mãe surgiu ao seu lado como uma sombra mal projetada. Era impossível conversar com papai com ela por perto.

— Você vai tentar pegar o buquê *desse jeito*? — minha doce mãe perguntou, como se encarasse um inseto esmagado. Daqueles gosmentos com antenas.

— Eu não faço questão, só vou encharcar a pista de dança — desconversei.

— Você é a irmã da noiva, precisa estar lá. Ainda mais solteira, é o momento perfeito pra você!

— Eu prefiro só tomar uma bebida quente, mãe. Não quero homem nenhum atrás de mim. — *Especialmente hoje*. O cheiro do banheiro ainda me enjoava.

— Noelle Vieira Albuquerque, você não vai estragar o dia da sua irmã.

Você que pensa, guardei para mim. Minha mãe tirou a estola do ombro e começou a dar pequenas batidas no meu rosto e no meu colo, torcendo as mechas soltas do meu penteado até que eu estivesse levemente menos molhada e pegou de volta o paletó que me aquecia.

— Vá assim mesmo, depois pode voltar para o quarto do hotel, antes que molhe todo o salão.

— Você devia ganhar o prêmio de mãe do ano por priorizar um chão seco a uma possível pneumonia — falei entredentes, tentando não tremer.

— Não fale assim com ela, sua mãe está nervosa — papai a defendeu. Não sabia por que ainda ficava surpresa.

Me apressei até a pista de dança, o tecido grudado entre minhas pernas tornando cada passo desconfortável. Jéssica disparou um olhar na minha direção que deixaria *snipers* com inveja, e revirei os olhos. Fiquei mais perto do fundo, deixando as pessoas que realmente queriam o tal do buquê se estaparem por ele.

O DJ tocou "Single Ladies", da Beyoncé, e começou uma contagem regressiva maior do que quando Apollo 15 deixou a Terra.

Uma mulher de cabelos castanhos e cacheados que eu não conhecia gritava eufórica, feliz por ter o arranjo de flores destroçadas em mãos. Ela parecia genuinamente feliz pela esperança de ter essa simpatia realizada, e correu para abraçar minha irmã, que a apertou firme em seus braços.

Um arrepio subiu por mim. Ela jamais havia me envolvido assim, mas com essa amiga... enfim, era melhor não pensar nisso. Tomei distância para a lateral da pista, já me preparando para roubar mais docinhos, um drink e correr para o quarto da pousada que ficava próxima ao sítio, quando ouvi alguém cair e gritar. Olhei para trás e uma das madrinhas havia escorregado na poça que formei enquanto estava ali. A maldita pista era de vidro, muito mais lisa do que o restante do piso. Jéssica soltou a amiga em um supetão, correu para ajudar a sua madrinha e escorregou, caindo também.

Correr numa poça de salto. *Genial, maninha*. Um eco de risadas fluiu pelo salão, mesmo quando Marcos se apressou para salvar sua princesinha. Uma mancha cinza estava na altura de sua bunda, e aparentemente ela também achava que isso era minha culpa.

— Está na hora de você ir embora. — Não havia emoção na voz de Jéssica, nem o DJ havia colocado uma nova música para melhorar o clima.

— Foi um prazer inenarrável, Jes. Mas de fato, a festa agora pode seguir sem mim. Felicidades ao casal. — Não pretendia ser tão debochada, mas já era tarde.

— Ela é a tal irmã que você disse que com certeza ia arruinar seu casamento? Não parece em nada com você. — Ouvi uma voz desconhecida falar e me virei, movida por uma curiosidade que ainda seria minha sentença de morte. A mulher com o buquê em mãos confortava minha irmã. A festa parecia seguir sem mim, embora eu fosse o assunto nos murmúrios: sobre meu estado encharcado, sobre meu cabelo, sobre minha carreira, sobre meus relacionamentos.

Um homem de terno e expressão constipada apareceu ao lado dela, com um riso falso preso no rosto e a mão calculadamente no bolso da calça. Ele acariciava sua bochecha, e ali no horizonte eu poderia dizer que ele parecia com algum tipo de *super-herói*. A mulher agitou o buquê na sua direção e ficou na ponta dos pés para lhe dar um beijo. Meu peito gelou de ódio, e não sabia o quão envolvente o sentimento poderia ser até hoje. Eu não deveria me sentir uma otária completa, mas era tarde demais para isso.

Desisti do meu caminho para a saída e desfilei até a pista de dança como se estivesse na São Paulo Fashion Week, e não em uma situação humilhante. A aliança do desgraçado que havia tentado me beijar ainda estava esmagada na minha mão.

— Sinto dizer que vou estragar o seu casamento também, mas não precisa me agradecer — declarei docemente enquanto abria a mão dela e lhe entregava a aliança. — Seu noivo esqueceu isso aqui comigo quando me trancou no banheiro pra tentar me agarrar.

O buquê caiu no chão, e vi o sangue deixar o rosto dela. Lágrimas corriam por sua face pálida, mas não senti pena. Eu não a conhecia nem a detestava, mas ela merecia alguém melhor do que um hétero top traidor.

— E ele também disse que eu e Jéssica nos parecemos, sim. Só que eu sou a mais bonita — complementei para quem quisesse escutar. — Bem, eu acho que já deu por hoje. — Me virei para meu novo cunhado e disse: — Boa sorte no felizes para sempre.

Ele ia precisar de algo mais forte do que sorte. E eu... precisava urgentemente de um banho de sais, dos cristais que havia deixado na janela do meu quarto e de um ritual de lua nova.

V

Na minha lista de prioridades, a louça está em último.

Peguei o primeiro ônibus de volta para a capital, abandonando o vestido destruído no quarto. Queria ir dirigindo, mas é claro que meu pai não me emprestaria o carro – e também não tinha como pegar a chave escondida. Não me importei em comparecer ao café da manhã em família, minha cota para eventos desse tipo já tinha se esgotado. Eu os veria no Natal, se tão cedo.

Abri a porta do apartamento de Serena e, apesar de viver com ela havia alguns anos, ainda não tinha me acostumado com a sala gigantesca, o piso de madeira clara e os espelhos geométricos compostos na parede. Tirei o coturno a fim de deixar a energia ruim para fora de casa e ajustei a mochila no ombro. Minha colega de apartamento estava em casa, eram apenas oito e meia da manhã de um domingo chuvoso.

Os tons claros e metálicos de todo o luxuoso apartamento contrastavam com a minha suíte. Acima da minha cama, eu havia pendurado uma bandeira estampada com uma arte monocromática da carta de tarô chamada *La Lune*. Estava desalinhada, mas não me incomodava. O lençol roxo estava desarrumado, os travesseiros, amassados, e metade do meu guarda-roupa estava em cima de uma cadeira. A penteadeira havia sido reformada pela metade, mantendo o ar antigo – e um pouco acabado – na moldura estilo rococó, onde algumas fotos estavam presas. Tinha trocado o espelho por um menos manchado, e os puxadores quebrados das gavetinhas por outros de madrepérola em forma de lua crescente. Perfumes aleatórios e algumas suculentas se amontoavam ali, uma caótica família feliz. As velas aromáticas destampadas e os restos de incenso no batente criavam um aroma único, uma mistura de conforto e mistério que me fazia sentir em casa.

Na janela, um estranho feixe de luz em um dia tão cinza refletia discretamente as cores dos meus cristais. Peguei cada um deles com cuidado, deixando sua energia repor a que havia perdido nas últimas horas. Preparei um banho de ervas com arruda, alfazema e camomila, tampei bem o ralo antes de transformar o quarto em um mundo de vapor – o síndico não admitiria mais um problema de encanamento por minha causa.

Sobre a pequena escrivaninha improvisada, o bloco de texto com o monólogo que eu deveria ensaiar me aguardava. Ainda de cabelo molhado, tentei ler algumas frases, mas todas pareciam derreter na minha mente. Eu estava exausta, o banho não teria efeito sem algumas horas de sono. Eu havia acordado cedo demais, a estrada chacoalhava sem parar, e era inútil ter pressa quando chovia nessa cidade. Me joguei na cama, pedindo à Deusa que devolvesse minha energia. Já não suportava mais gastá-la com pessoas que me sugavam.

O eco vindo da sala me despertou, a chuva incessante ainda caía fria lá fora e meu peito seguia pesado com o cansaço. Já era quase noite, e vesti meu quimono lilás de flanela, agitando a poeira das franjas na barra. Ele estava amassado no fim da cadeira, mas era o bastante para receber Vivian e Lucas – namorados de Serena. Eu francamente não sabia como um casal poderia dar certo, que dirá um *trisal*, mas Serena estava sempre tão plena e feliz. Ela insistia que era tão cercada de amor e mimos que não sobrava tempo para outros sentimentos. Os três juntos eram melosos até demais, mas arrancavam boas risadas.

O calor vindo da cozinha americana junto ao aroma de orégano me deu um spoiler de qual seria nosso jantar. Meu estômago roncou, não percebi que havia ficado tantas horas sem comer nada.

Cocei os olhos, e acenei de longe, buscando um copo d'água na geladeira.

— Não vou atrapalhar vocês, mas pelo cheiro volto em quinze minutos pra buscar minha pizza.

— Não precisa se esconder, Nô. — Serena abriu um sorriso amável. Lucas estava lavando a louça, e Vivian abraçava minha amiga por trás como um bicho-preguiça enquanto ela picava cebola. Havia ouvido um dia que era para "quando uma chorar, a outra chorar também". Se isso não era uma família de comercial de margarina, sinceramente, o que era? — Fica um pouco com a gente. Conta como foi o casamento.

— É verdade, sua irmã noivazilla teve o dia perfeito dela? — Lucas falou alto, por cima do som da torneira.

Um trovão lá fora me respondeu, e prendi um riso rouco.

— Ela se casou, se é o que quer saber. Mas eu consegui a

façanha de irritá-la profundamente. E de destruir um outro casal também, mas, nesse caso, acho que fiz um favor.

— Te dou minha parte da pizza se você contar os detalhes. — Serena abriu um sorriso malicioso.

Uma coisa boa em ter uma vida desgraçada é que rende boas histórias para os amigos. Então resumi o que acontecera sobre a mesa de doces, o constrangimento no banheiro, o coração de pedra da minha mãe e a epopeia do buquê. Omiti ser a causadora da chuva, ou o barman bonito que me atendeu – o único que pareceu se importar minimamente comigo a noite toda. Era só um desconhecido, nunca mais o veria, não precisava guardar memória nenhuma dele.

Minha voz começou a falhar no final da história, senti minha garganta arder. Vivian e Lucas comentavam algo sobre o caráter duvidoso dos meus parentes, e não consegui impostar minhas frases. Uma atriz sem potência vocal. A audição seria mesmo genial amanhã. Eu precisava de um feitiço de proteção urgentemente, não poderia perder a oportunidade de jeito algum.

A pizza ficou pronta, e Vivi comemorou dizendo "Viva a pizza!" quando a cortou no balcão. Gostava de fingir que era a filha adotada de três pessoas incríveis da mesma idade que eu. Não tinha amigos além de Serena, que conhecia desde a infância, e Vivian e Lucas estavam aqui por ela, mas eram gentis comigo. Eu apoiei minha amiga quando ela se apaixonou por Lucas, e os apoiei quando os dois uniram Vivian à relação alguns meses depois. Já alugava o quarto de Serena desde que conseguira meu primeiro emprego, embora ela cobrasse um valor ridículo, quase simbólico, por mês – e apenas porque eu insistia. Minha amiga havia herdado o imóvel e se mudado para cá aos dezoito anos. Eu a segui pouco depois que completei a maioridade, terminei um relacionamento e deixei a insanidade de regras dos meus pais para trás.

Eu ainda tinha esperanças de ter uma carreira como atriz, meu Instagram e TikTok estavam finalmente crescendo. Eu já reunira cerca de onze mil seguidores graças a vídeos interpretando trechos célebres, contando histórias absurdas ou lendo meus capítulos favoritos. Eu era péssima sendo eu mesma, mas era muito boa fingindo ser outras pessoas. E graças a isso, eu havia conseguido um agente e uma audição para um filme que seria gravado em breve. Uma releitura de *Sonho de uma noite de verão* – uma das minhas comédias favoritas.

Deixei meu prato na pia, fiquei na ponta dos pés para pegar o mel no armário e pedi licença para voltar para o quarto. No corredor, ouvi a voz de Lucas:

— Noelle, você não vai lavar o seu prato?

— Vou, mais tarde. Preciso ensaiar meu monólogo.

— Acabei de lavar a louça toda, faz sua parte, na moral.

— Eu vou fazer, só que não agora — insisti. Serena tocou a mão dele, mas Vivian estava de cara fechada.

— É que não faz sentido a gente lavar a louça toda e deixar só um prato — Vivian explicou.

— Mana, a última das minhas preocupações é a louça. Confio na sua capacidade de deixar o meu prato sujo sozinho e solitário na pia. Nunca duvidei do seu potencial.

E sem demorar mais com assuntos inúteis, acenei de costas em uma saída triunfal e me tranquei no quarto. Peguei a fala de Titânia, a rainha das fadas, e comecei a ler e reler até encontrar a verdade dessa personagem através do meu corpo. O sol estava nascendo quando finalmente enxerguei o próprio Oberon diante de mim. Eu falava sozinha no meu quarto como se estivesse naquela versão alternativa de Atenas, prestes a sofrer uma peça pelas mãos de Puck. O pote de mel estava no final e eu tinha algumas horas de sono até o horário da audição.

VI

Nada é tão ruim que não possa piorar.

As coisas começaram a dar errado no momento em que desliguei o alarme em vez de apertar "soneca". Mas não tão errado a ponto de definir o curso do dia. Eu tinha sólidas três horas para chegar à Escola das Sete Artes, onde deveria interpretar o monólogo pontualmente às três da tarde. Mas há uma magia das trevas envolvendo o trânsito de São Paulo. Especialmente em dias de chuva – daqueles que o céu não oferece nenhuma trégua. O tempo ficaria um pouco apertado, mas com duas baldeações no metrô eu estaria lá.

Vesti uma calça jeans escura justa, uma camiseta branca de algodão sem estampa e o mesmo quimono lilás. O colar de turmalina negra era meu amuleto em todas as apresentações, seja nos vídeos que gravava no meu quarto ou nos poucos testes que fazia.

Eu já estudava teatro na época da escola e havia conseguido meu DRT aos dezessete anos. Um pouco antes dos meus pais surtarem de vez sobre o vestibular, graças à Deusa! Mas ser artista no Brasil era uma prova diária de resistência. Precisei levar uma jornada dupla, com as aulas na escola e os ensaios com alguns grupos que se dissolveram com o tempo. Era mais complicado quando nunca éramos selecionados por editais, ou quando precisávamos de um esforço descomunal para divulgar uma peça apenas para o público saber que *existíamos*.

Essa era a minha primeira chance de participar de um projeto que seria distribuído por uma produtora audiovisual com milhões de assinantes. Era a primeira vez que eu teria a oportunidade de furar minha bolha e alcançar trabalhos maiores do que jamais havia sonhado. Mas não era o dia em que o universo havia sorrido para mim. Aparentemente, alguém lá em cima – ou lá embaixo – havia devolvido o que eu fizera com Jéssica.

O dia mais importante da vida dela havia sido arruinado pela chuva (porra nenhuma, a festa tinha sido linda, ela era só uma mimada controladora), e agora o meu também. Eu mal conseguia enxergar o prédio em frente a minha janela, como se a natureza estivesse descontrolada. Meu peito se apertou, eu não deveria ter mexido com forças que não conhecia.

Mas ao mesmo tempo, eu havia conjurado tudo isso. Se era um reflexo do meu poder ou da minha inconsequência, não importava. Eu poderia transformar esse dia no melhor da minha vida. O dia em que tudo mudou. Seria assim que eu começaria as entrevistas quando eu fosse alguém interessante o bastante para fazer esse tipo de coisa.

Em silêncio, peguei minhas galochas e o guarda-chuva, e guardei o texto que ensaiava em uma pequena mochila holográfica prateada. O tecido impermeável era perfeito para dias assim.

Rapidamente, fiz uma maquiagem leve, apenas para esconder as olheiras, e apliquei o blush, trazendo um aspecto mais saudável ao meu rosto. Não usei delineador, não imaginava que algo assim combinaria com Titânia. Meu cabelo loiro havia secado em um ondulado bonito, que certamente seria destruído pela chuva, então o prendi em uma trança francesa como as que minha irmã usava em dias de plantão. Eu ainda tinha duas horas e meia para chegar, só precisava sair logo de casa.

Serena estava sentada no chão da sala, seu notebook apoiado na mesa de centro enquanto ela trabalhava.

— A audição é agora? — perguntou. Seu cabelo preto estava preso em um coque bagunçado e ela usava uma camisa social branca que eu jamais vestiria se trabalhasse de forma remota. Os óculos redondos dela refletiam a luz do monitor.

— Daqui a pouco. Com esse tempo, acho que vou me atrasar. — Pânico subiu por mim. Minha garganta ardia intensamente.

— E na volta você pode ver a história da louça?

— Serena, é sério que a gente precisa ter essa conversa *agora*? — *Ah, não, minha voz estava começando a falhar.* — Eu lavo a louça toda até o fim do mês, tá bom?

— Não é isso, Noelle... o Lucas ficou triste com a forma que você falou ontem.

— E eu tô triste porque estou ficando rouca no dia mais importante da minha vida! — Estava cada vez mais difícil falar com *som*.

Serena se levantou desajeitada do chão, apressou-se até uma das gavetas da cozinha e pegou um spray de própolis que eu não fazia ideia que existia. A verdade é que eu não mexia em quase nada fora do meu quarto.

— Você vai ser maravilhosa na audição, mesmo que interprete em mímica. — Ela colocou o frasco na minha mão, fechando meus dedos em volta dele. — Mas eu falo isso porque me importo com você. E como o mundo vai agir com você, se continuar sendo irônica e grosseira com todo mundo.

— Eu sei que é difícil me amar, não precisa ficar me lembrando o tempo todo — sussurrei, tentando não forçar as cordas vocais.

— Não é difícil. Você só é tão boa atriz que faz a gente acreditar que é um tipo de *Megera Domada*.

— Megera, sim. Domada, jamais. — Sorri, tocando o nariz de Serena e me apressando para a porta antes que ela pudesse dizer alguma coisa.

Eu não teria essa conversa naquele momento. Lucas e Vivian deviam levar as coisas mais na brincadeira, eu não os havia destratado... Suspirei, borrifando própolis na minha garganta enquanto o elevador não chegava. Cinco sólidos minutos haviam se passado quando desisti de esperar e desci os oito andares até o térreo. A equipe de manutenção estava na hora do almoço, e o condomínio estava sem seu meio de transporte oficial.

Abri o guarda-chuva e caminhei alguns minutos até a estação de metrô. Era inútil desviar das poças, não tentei. Apenas agradeci a indústria da moda por terem criado galochas bonitas para adultos. Nada que se comparasse com as cor-de-rosa da Minnie Mouse que eu tinha quando criança, mas ainda assim...

Quando cheguei ao metrô, minha roupa estava completamente úmida graças ao vento forte. Não havia lugar para me sentar, então encostei em uma das paredes e peguei o texto na mochila. Tinha quarenta e cinco minutos até chegar ao meu destino e pretendia usar cada segundo me conectando com Titânia. A rainha das fadas, esposa de Oberon, uma das personagens principais de *Sonho de uma noite de verão*, também se tornou um símbolo mágico. A personagem de Shakespeare havia se tornado o símbolo feérico da Corte do Verão, altamente difundido na cultura pop em mesas de RPG, histórias fantásticas e releituras do mundo mágico.

E agora eu tinha a chance de vestir sua pele, de desfrutar dos seus trejeitos. E, pela Deusa, não havia nada que eu queria mais do que isso naquele momento. Engoli em seco, minha garganta ardendo com o movimento. Borrifei um pouco mais do spray por baixo da máscara e tentei ler uma das frases:

— "Tudo isso é o ciúme que a inventar vos leva."

A frase saiu rasgada, dolorida. A minha volta, as pessoas me encaravam tentando identificar com quem eu estava falando. Eu claramente estava lendo, mas a falta de capacidade de interpretação das pessoas vai muito além da textual.

Agitei a folha de papel na minha mão para um senhor em especial que me encarava atravessado quando o metrô fez uma pausa brusca. Me desequilibrei, as portas se abriram e uma multidão entrou, preenchendo os espaços livres no vagão. Me abaixei para pegar a folha de papel, que agora repousava embaixo da bota encharcada de um homem. Ele olhou com desdém na minha direção até se tocar de que pisava em algo importante.

O papel estava ensopado, imundo. Não conseguia ler mais nada ali, então não sujei minhas mãos. Havia perdido meu monólogo e tinha quinze minutos para chegar à audição. Mas estava tudo bem, afinal eu já havia decorado o texto. Estava tudo na minha cabeça, de trás para a frente.

E foi aí que as coisas começaram a dar muito errado.

VII

Tentando lembrar o que eu fiz para o universo me odiar.

Em cinco minutos eu estaria atrasada. Olhei para o guarda-chuva desfalecido em minhas mãos. Ele estava totalmente do avesso, uma aranha surrealista de mau gosto. Eu estava em um quadro de Dalí, e o tempo derretia cruelmente à minha volta. O universo me odiava. Eu havia feito um feitiço bem-sucedido e a lei da tríplice agora estava sendo esfregada na minha cara. O mal que eu havia causado à Jéssica agora voltava três vezes para mim.

Já havia gastado meus últimos cem reais na conta com a passagem de volta, uma vez que dispensei a carona dos meus pais. Eu não tinha um cartão de crédito à mão e nenhuma expectativa de conseguir um novo guarda-chuva até chegar à escola de artes. Só me restou andar fingindo que ainda tinha dignidade. O prédio antigo fora pintado havia pouco tempo de bege e era bonito, como se coisas maravilhosas acontecessem ali com pessoas incríveis. Um lugar onde sonhos se realizavam e carreiras decolavam. Ou seja, nunca seria um lugar para alguém como eu. Eu tinha três minutos e os estava desperdiçando com reflexões de autossabotagem.

Mas não estava ali para ser eu mesma. Estava ali para ser *Titânia*, e isso eu sabia que podia fazer. Debaixo da marquise, tirei o quimono encharcado e o torci com força, a água pingando sobre minhas galochas. Minhas meias continuavam secas, e me apeguei a essa pequena vitória. Apertei a trança molhada, tentando tirar o máximo do excesso de água, sabendo que minha primeira impressão estaria arruinada para sempre.

— Alguém não viu a previsão do tempo antes de sair de casa. — Uma garota de cabelos castanhos escuros murmurou, rindo, ao passar por mim perfeitamente seca. Sua calça branca não tinha respingo em lugar algum, e apesar de não ver seu rosto, um sorriso malicioso dançava em sua voz. Eu desejei vê-la coberta de lama, mas ela seguiu seu caminho, triunfal.

O alarme em minha mochila começou a apitar. O teste começava agora, então a cada segundo que passava, eu já estava atrasada. Ignorei a moça, pois não sabia o quão importante ela era para o projeto. Não valia a pena me indispor com alguém logo agora, então me apressei para o banheiro assim que vi uma placa que o sinalizava. Meu rímel havia derretido, e o sequei com papel-toalha – assim como meu pescoço e braços. Minha camiseta branca estava totalmente transparente, e o sutiã de renda lilás que eu usava por baixo estava totalmente marcado. Eu não deveria voltar a colocar o quimono molhado, ainda mais sem voz... mas não poderia aparecer assim na frente dos diretores do projeto, e correr o risco de dar a entender que eu estava disposta a conseguir esse papel em troca de cinco minutos no paraíso.

Eu não seria a única afetada pela chuva hoje. Já tinha desperdiçado cinco minutos preciosos tentando ficar menos molhada e precisava encontrar a sala da audição. Com sorte não teriam chamado meu nome. Peguei o celular para relembrar qual era o número da sala, os corredores compridos com vários atores aguardando para diferentes papéis. Eu precisava saber qual era endereçado à minha personagem quando uma notificação apareceu na tela. Daniel. Meu agente.

> Onde vc tá???

> Já te chamaram!!!

> Noelle!

Rolei os olhos para impedir que lágrimas caíssem. Ao menos eu sabia que Daniel usava pontos de exclamação para fazer perguntas em uma tentativa silenciosa de enlouquecer o mundo a sua volta. Porém isso não mudava o fato de que eu estava perdida e precisava da ajuda de alguém para encontrar a sala correta. O nervosismo invadiu meu peito, mas eu sabia domar o medo. Eu tinha que saber.

— Oi, onde é a sala para a audição de Titânia? — perguntei, odiando o timbre rouco da minha voz, para um rapaz de camisa social preta. Um coque prendia seu cabelo.

Ele se virou para me responder e seus olhos negros se cravaram nos meus. Seu sorriso era familiar, como se me reconhecesse, mas não fez nada além de responder minha pergunta. Eu não tinha tempo para coincidências sem sentido.

— No terceiro andar, primeira porta à direita.

Abri um sorriso forçado em resposta e me apressei, desesperada, para a escadaria de madeira no final do corredor. Em uma porta fechada havia uma folha de papel escrito "Audições", e uma dezena de garotas lindíssimas aguardavam sua vez. Elas estavam insuportavelmente secas, os cabelos soltos como rainhas das fadas em um multiverso. Algumas eram loiras, como eu, e outras tinham o cabelo com cachos escuros estreitos e brilhantes.

Para minha infelicidade, a menina de cabelos castanhos estava de pé ao meu lado, já cumprimentando com pequenos sorrisos uma ou outra conhecida. Não sabia se para marcar o território ou para intimidar a concorrência. Ela usava uma camisa branca perfeitamente estruturada em seu corpo, uma corrente prateada por cima da gola fechada. Observei seu perfil delicado, o nariz irritantemente arrebitado. Aquele não era um ser humano capaz de simpatia, era uma cascavel mostrando seu chocalho. Ela só queria se certificar de que todas a sua volta vissem sua beleza, e como ela dominava o lugar com sua presença. Ótima forma para desestabilizar a concorrência, mas eu havia sacado seu jogo. Minha aparência estava uma catástrofe, e ignorei que minha roupa ainda pingava. Continuei de pé, com a expressão neutra, no final da fila aguardando a minha vez.

> Estou aguardando chamarem meu nome.

> Meu guarda-chuva quebrou no caminho. Estou encharcada, mas cheguei.

Respondi Daniel, feliz por meu nome começar com a letra N, e aguardei de pé. Borrifei o própolis mais algumas vezes, e a garganta ainda ardia. Respirei fundo, tentando me concentrar. Tentando não reparar como qualquer uma naquele corredor parecia ser mais bonita ou mais autoconfiante do que eu. Uma audição era como olhar em um espelho, mas encarando versões melhores de você. Só que não é bem um reflexo. No fim do dia, eu ainda era eu, independentemente do quão insuportável isso podia ser.

Atuar para mim era mais do que uma escapatória, era um universo alternativo onde eu podia ser outra pessoa de corpo – e do que restara da minha alma. Peguei o celular novamente para reler o texto que tinha no meu e-mail, mas a internet não carregava nesse andar. Não consegui abrir o arquivo e teria que confiar na minha memória.

Desviei a atenção para cima ao colocar o celular na mochila e encontrei os maiores olhos castanhos do mundo fixos nos meus.

— E você, querida? Vai fazer a audição para qual papel? — A garota falava comigo, e algumas atrizes mais próximas de nós tinham a atenção em qualquer que fosse a conversa iniciada por ela. Minha garganta ardeu, mas não podia ficar em silêncio. Abri um sorriso tentando ganhar tempo, e uma jovem loira que estava em um banco do outro lado do corredor me interrompeu.

— Você é a Noelle Vieira? — perguntou. — Eu te sigo, adoro seus vídeos, não imaginava que ia fazer uma audição para o mesmo filme que você!

Meu peito aqueceu. Nunca haviam me reconhecido, meu perfil não era tão grande assim perto do de outros artistas. Assenti com a cabeça, ignorando que estava ficando mais frio ali dentro. A princesinha impecável parecia impaciente ao ser ignorada e interferiu:

— Ah, você é uma daquelas *artistas de internet*? Com certeza vai adorar a experiência de ser filmada por câmeras de verdade. É outra realidade comparando com vídeos caseiros. No meu primeiro filme, eu dei muita sorte de ter um bom diretor, porque era uma criança ainda, e não tinha muita noção de espaço ou de enquadramento. Ele foi um paizão me orientando.

O veneno em cada uma daquelas palavras escorria como mel da voz aveludada dela, e entrava como fel nos meus ouvidos. Seria mais autêntico se ela tivesse sido sincera e dito o quanto tinha a vida toda de expertise nas telas e como desprezava meu modo artesanal de construir uma carreira e um público. Não adiantaria falar que eu tinha experiência, mesmo que breve. Não era para ela que eu precisava provar meu valor. Reuni o restante de vigor que ainda tinha para terminar essa conversa com um pingo de dignidade.

— Concordo que você deu sorte. — O universo não faria alguém tão detestável ser talentosa. Não era justo. — Mas te respondendo, vai ser divertido dar voz à rainha das fadas.

— A chuva não fez muito bem pra sua garganta, não é? Tadinha, espero que não te atrapalhe lá dentro. Já é muita pressão esperar nesse corredor. — Os olhos escuros dela cintilavam como se ela sentisse genuína preocupação. Levou a mão delicada até o pescoço em falsa empatia. A miserável era uma excelente atriz, mas eu era boa em ler as pessoas. Havia um meio sorriso que forçava sua covinha a aparecer.

— Manuela Martins. — A porta da sala se abriu, e um homem aguardou a próxima atriz, enquanto outra garota deixava a sala.

— Vejo vocês do outro lado! — a garota respondeu, como se continuasse a frase, e adentrou o cômodo.

O nervoso subia pela minha garganta, e respirei fundo o ar frio para manter a sensação de enjoo distante. Sem Manuela para instigar uma conversa da qual ninguém realmente queria participar, recostei-me na parede desfazendo minha trança normal por uma estilo espinha de peixe. No mínimo, era mais incomum e poderia indicar algum nível de capricho em minha aparência.

Alguns minutos depois, a garota que havia debochado de mim saía da sala de audição com um sorriso no rosto. Eu jamais saberia se era porque ela tinha ido bem mesmo ou se era uma forma de gerar insegurança em quem ainda aguardava. E, honestamente, talvez eu também fizesse isso se não estivesse ensopada e insegura.

— Noelle Vieira. — Ouvi meu nome sendo chamado, agora por uma mulher de pele negra com a expressão neutra. Seu cabelo estava preso em um coque alto com cachos soltos aleatoriamente. Ela usava uma camisa social branca e uma elegante salopete de tweed. A diretora da peça era ninguém menos que Giovana Prado. Um ícone ascendente do audiovisual nacional.

Caminhei de cabeça erguida até a sala, onde um homem com os cabelos levemente grisalhos ajustava a manga do paletó. Eles juntos eram dolorosamente elegantes e precisei de toda técnica de domínio corporal para não me encolher. Mas eu não deveria ser Noelle. Eu era Titânia. Ela não abaixaria a cabeça, então eu também não abaixaria.

— Noelle Vieira? — o homem perguntou retoricamente olhando a foto do meu rosto a sua frente.

— Sou mais parecida com a foto em dias de sol — deixei escapar, mas eles sorriram. Fazer um dos responsáveis pelo projeto sorrir era bom, repeti internamente.

— Quando você quiser — a diretora disse.

Era a hora da verdade. Respirei fundo, olhei para o fundo da sala. Me vi em uma floresta no mundo feérico, com borboletas que pousavam nos meus ombros confundindo meu vestido com pétalas. Toda a natureza se curvava à minha vontade e eu tinha magia na ponta dos dedos. Caminhei pela pequena sala em passos curtos e elegantes, sentindo a cauda do vestido inexistente me acompanhar. Os trejeitos da personagem estavam na ponta dos meus dedos, cada detalhe do ensaio em ação. Noelle tremulava, era a chance de sua vida, afinal. Mas Titânia... ela não temia nada. E eu sabia qual das duas eu seria hoje. Já sentia as palavras na ponta da língua, implorando para fluírem pelo ambiente.

E ao declamar a primeira frase do monólogo, nenhuma voz saiu pela minha boca.

VIII

O FINAL DA HISTÓRIA EU JÁ CONHECIA. TRAGÉDIA.

Jamais saia do personagem. Regra número um. A partir do momento em que as luzes entram em ação e o foco da câmera, ou do público, está em você, jamais saia do personagem. Porém estava particularmente difícil ser a *Titânia* enquanto *Noelle* não tinha voz alguma. O universo me odiava, mas eu não havia vindo de tão longe para chegar só até aqui. Eu desafiaria as estrelas, mas completaria essa audição.

  Levei a mão à garganta em um gesto delicado e comecei a procurar em bolsos imaginários, na saia inexistente, uma possível poção de cura para esse mal súbito. Estalei os dedos, como se me lembrasse de que a havia guardado em minhas asas, e busquei a mochila nas costas. Dali, abri o própolis e senti o aroma de sua tampa como se me deparasse com o néctar dos deuses. Borrifei o máximo que consegui em minha garganta, mentalizando o som da minha voz ecoando pela sala. A magia vinha da intenção combinada com os ingredientes certos, e precisava *mesmo* que esse encanto desesperado funcionasse.

Noelle não teve coragem de espiar o rosto da diretora, com medo de ver esse teste como o que era. Um total fracasso. Mas Titânia... essa permaneceu com o olhar nas fadas da corte ao seu redor, e abriu o monólogo com uma frase de improviso.

— Minha voz se foi, certamente em alguma peça de Puck. Oberon, *isso tudo é mentira de ciúme. E nunca, desde o meio do verão, nós nos juntamos em floresta ou campo, em fonte límpida, na água de um rio, ou em praia de areia junto ao mar. Para dançar em roda, ao som do vento, sem que seus gritos, brigas e arruaças viessem perturbar nossos folguedos. Por isso os ventos, que em vão cantavam, por vingança assopraram, lá dos mares. Miasma doentio que, na terra, inchou de orgulho todos os riachos e os transbordou pra fora de seus leitos.*

O texto para o filme seria totalmente inédito, uma releitura que misturaria o melhor do linguajar contemporâneo com a poesia de Shakespeare, mas eles haviam pedido o original para a audição. O monólogo seguiu com minha voz fraca, o cabelo ensopado, e ao final, minhas mãos começavam a tremer de frio. O ar-condicionado estava ligado e o tecido úmido do quimono grudava em minha pele.

Cheguei às últimas palavras quase muda, incerta de que tinham me escutado. Hoje eu sofrera uma clara derrota, mas a única vitória que realmente desejava naquele momento era um banho quente. Demorei alguns instantes para voltar a ser Noelle, apreciando o silêncio da sala. Em um sorriso educado, a diretora fazia algumas anotações e me agradeceu sem mais delongas. Uma clássica profissional em uma dispensa elegante.

— Obrigada pela oportunidade — sussurrei antes de sair da sala. *E me desculpe por tê-los feito perder o tempo de vocês.*

Eu sei que, segundo as leis cósmicas, não deveria estar sentindo pena de mim mesma. Mas em menos de dois dias um babaca havia me enganado, toda minha família estava contra mim, eu estava totalmente rouca e havia perdido a oportunidade da minha vida.

Desci as escadas me sentindo anestesiada, voltando de uma cirurgia onde haviam arrancado meu coração. Eu não sabia o que batia no seu lugar. Uma voz entusiasmada e aveludada falou em um tom alto o bastante para me fazer olhar para trás.

— Como foi?

— Digno de um Oscar — respondi, me virando para trás em direção ao estranho.

Agora, com atenção, reconheci aqueles olhos escuros. Porém o cabelo estava solto de lado até a altura do pescoço, e as tatuagens estavam escondidas. O barman do casamento de Jéssica, pelo visto, era um homem de muitos talentos.

— Eu já te vi em algum lugar.

— Essa cantada ainda funciona?

— Foi só uma constatação. — Dei de ombros, sem energia para forçar a garganta mais do que o necessário.

Ele abriu um sorriso torto, um cacho escuro do seu cabelo caiu sobre seus olhos, a luz atrás dele vinda do corredor desenhava sua silhueta definida.

— Fez o teste para qual papel? — ele perguntou, ignorando minha dúvida.

— Titânia, e você? — O pensamento de que ele poderia ser Oberon despertou uma empolgação misturada a uma esperança amarga.

— Demétrio. Não vamos contracenar quando você for a rainha das fadas.

— *Se* eu conseguir o papel, você vai perder essa brilhante oportunidade — menti, brincando. Eu não conseguiria esse papel, ele jamais me veria de novo. Ao menos podia deixá-lo com a impressão de ser uma diva, em vez de uma fracassada.

— Acho que a vibe mística do papel tem tudo a ver contigo, mas seria uma pena. — Franzi o cenho. — Não iríamos contracenar — ele explicou.

— Ainda não sei se isso é algo bom ou ruim.

— Tem tempo pra descobrir, as gravações vão demorar um pouco pra começar ainda. — Ele pareceu analisar meu estado catastrófico, mas foi gentil o bastante para não comentar sobre minhas roupas desalinhadas, o nariz vermelho ou o cabelo molhado. — Com certeza você impressionou o pessoal lá dentro, fica tranquila.

— O problema é que tipo de impressão, né? — Arregalei os olhos em clara ironia.

— Essa galera tá acostumada com contratempos. Ninguém disse que você tinha que vir seca. Tá chovendo pra todo mundo hoje.

— Você é sempre tão otimista assim? — Só havia sinceridade na minha voz rouca.

— Só quando quero impressionar garotas bonitas.

— Não funciona. — Me virei, irritada, porque funcionava. Não o otimismo, eu não me iludia por um consolo educado. Mas pelo elogio. Doía saber que me sentia lisonjeada quando alguém dizia que eu era bonita, mesmo que fossem migalhas de afeto. Quis sorrir ao ouvir que alguém me elogiava em um dia em que estava tão destroçada.

Contudo já conhecia essa história bem demais, e ela sempre acabava em tragédia. *Romeu e Julieta*, *Rei Lear* e até mesmo *Sonho de uma noite de verão* eram uma forma de dizer que o amor te leva a lugares obscuros. Que a ilusão da conquista compensa a dor que sucede o término. Que te levanta para o céu, apenas para te ver cair – e tecer uma poesia sobre os desejos feitos às estrelas cadentes.

Adivinha? São estrelas banidas do céu, sua própria identidade sentenciada a um mero poço dos desejos, como se fossem gênios celestes.

Mas elas só caem porque não podem mais brilhar.

E com o próprio cosmos contra mim, eu me sentia uma estrela desgarrada do firmamento. Já estava no meio das escadas quando o ouvi falando:

— Até mais, lindinha.

Ignorei e peguei o celular para chamar um carro de aplicativo com os últimos três por cento de bateria, mas o aparelho desligou sozinho antes que pudesse concluir a solicitação. O valor teria sido uma pequena fortuna, era melhor economizar esse dinheiro, de qualquer forma. Para gastar com antigripais.

No caminho do metrô, aceitando a chuva por inteiro, passei em uma farmácia para comprar um xarope. Escolhi o que tinha a promessa de sabor mais gostoso e a embalagem mais apelativa.

Olá, sr. Xarope de cereja. Quer ser meu melhor amigo hoje?, pensei. Tomei um largo gole na fila do caixa, desviando dos olhares atravessados de senhorinhas atrás de mim. Sem minha voz eu estava totalmente indefesa nesse mundo hostil, onde as pessoas mesquinhas julgavam e criticavam em qualquer oportunidade. E sem poder rebater um argumento, o que me sobrava?

Eu não tinha como ouvir música, então revirar os pensamentos seria o passatempo até chegar em casa. O som da chuva me acalmava, apesar de ser a maior causa do meu estresse. Talvez se não tivesse feito o feitiço, teria ficado entretida no casamento a ponto de não ter conhecido o *primo do Marcos*, então teria algum dinheiro na minha conta porque não teria gastado com a passagem de ônibus, faria a audição seca e com a voz apropriada.

Era tudo minha culpa?

IX

Qual a diferença entre um sonho e um pesadelo mesmo?

Mirei meus dedos enrugados ao empurrar as grades cinza do portão do prédio assim que o porteiro o destravou. A cerração acima seguia impiedosa, e me resignei a silenciar minha mente até estar minimamente aquecida. Minhas galochas estavam encharcadas quando as tirei sobre o capacho, e eu pingava por toda sala até meu quarto. Serena fechou o notebook e entrou no meu quarto logo depois de mim. Abri a porta do banheiro e comecei a tirar a roupa encharcada enquanto ouvia minha amiga se sentar na minha cama.

— Você quer me contar o que aconteceu? — ela murmurou, compreensiva.

— Digamos que agora podemos chamar o projeto de "Pesadelo de uma tarde de outono". — Forcei a garganta, o eco do banheiro ajudando a reverberar minhas palavras. Soltei o ar lentamente, sendo o mais franca possível. — Estraguei a chance da minha vida, Serena.

— Ei, vão aparecer outras oportunidades. — Espiei pela fresta da porta, mas o único defeito da minha amiga era ser legal demais. Às vezes, eu só precisava xingar e lamentar que a vida estava uma merda. — Um bom diretor sabe reconhecer o talento bruto.

— Eu não sou um diamante a ser lapidado. Tive uma chance, foi horrível, agora só quero me esquecer desse dia. Todos os últimos. Sei lá.

— Vamos brincar do jogo do contente. — Serena tinha essa mania de Poliana de insistir em ser feliz em algumas situações quando era muito melhor se resignar com a própria desgraça. Eu queria sentir um pouco de pena de mim mesma, mas ela nunca deixava. — O que te fez sorrir nos últimos dias?

Não adiantava relutar, então bufei e entrei na brincadeira. Do meu jeito.

— A chuva, mas ela arrancou minha voz. Os doces do casamento, mas aí Jéssica fez um escândalo e tudo pareceu amargo depois. Eu estava contente com a audição, mas apareceu uma garota que era o mal incorporado que me tirou do sério.

— O que ela fez?

— Nada que eu pudesse denunciar à polícia... mas, pra começar, ela estava belíssima vestida de branco. Em um dia de chuva.

— Como ela teve o direito?! — Serena fingiu indignação.

— E ela deu a entender que eu não era uma atriz "de verdade", que não usava câmeras de verdade, coisa e tal. E doeu porque ela tinha razão. Eu tô enferrujada.

— Ela deve achar que é a própria Marilyn Monroe. Não vale a pena dar atenção pra gente assim.

— É, mas ela conseguiu atenção. Era carismática, bonita e insuportavelmente simpática, mesmo que de mentira. Chamava-se Manuela Martinez. Martins. Sei lá, algo assim. — Os olhos de Serena se arregalaram. — Não tive coragem de procurar na internet quem ela é. Você sabe?

Minha amiga balançou a cabeça, parecendo um beagle que acabou de comer o sofá e agora se sentia culpada.

— Ela estava em uma novela que minha avó assistia. Daquelas de época, sem um orçamento gigante, onde todo mundo tem o padrão de beleza totalmente diferente do período histórico correto.

— E você é fã dela também, ou só vou cortar relações com dona Angélica?

— Você não vai parar de falar com minha avó. E nem comigo, por favor.

— Serena, olha pra mim. Sério. — Já de roupão, peguei as mãos dela com urgência. — A gente *odeia* essa garota, entendeu?

— Noelle, a gente devia estar jogando o jogo do contente e você não tá jogando direito. Deixa ela pra lá. Teve alguma coisa que só te fez sorrir e pronto?

Minha mente traidora me lembrou do barman e do cuidado que ele teve ao perguntar como eu voltaria para casa depois de beber. Foi uma surpresa agradável encontrar com ele na audição, mas... tentar apoiar uma lembrança feliz num garoto nunca dava certo.

— Nada me fez sorrir. Comer pizza com vocês três ontem, talvez. — Liguei a água quente o bastante para embaçar o espelho em poucos segundos, esperando o cômodo ficar quente antes de tirar o roupão.

— Falando nisso, seu prato ainda está abalado e esquecido na pia.

— Serena, eu amo você, mas *não consigo* me preocupar com a louça neste momento. Você lavaria essa pequena e singela louça para sua amiga que teve os sonhos brutalmente destroçados? — Uma leve chantagem emocional deveria resolver essa questão temporariamente.

— Claro, Nô. Não se preocupa, descansa. Fica bem. Te chamo pra jantar mais tarde, vou fazer uma sopa... vai te fazer bem.

Ouvi a porta bater e sabia que Serena era boa demais para mim. Eu poderia perfeitamente lavar os pratos, ser mais gentil com seus namorados. Poderia também ser uma filha mais afetuosa, uma irmã mais presente. Mas não queria. Era desperdício de energia, e para fingir ser alguém que eu não era, preferia atuar. Minha pele ficou vermelha rapidamente, e ao terminar o banho, eu me cobri com óleo de amêndoas. Depois, me sentei na cama enrolada no roupão, meu cabelo pingando na colcha.

Pluguei o celular para carregar e, após alguns instantes, a maçã mordida apareceu na tela. Tinha alguns comentários novos no último vídeo que postara no TikTok interpretando as princesas da Disney – Bela, Ariel, Mulan e Elsa – em um áudio que mesclava a parte instrumental das trilhas sonoras. Minha voz estava tão bonita, não como a taquara rachada de hoje.

Todo mundo tem dias ruins. Às vezes, a diretora até visse isso.

Eu não tinha mais como desfazer a primeira impressão, então suspirei ao abrir o Instagram. Assisti a vídeos aleatórios por vários minutos até que um dos posts do Explorar falava sobre o ritual da lua crescente. Indicado para manifestar os desejos do meu coração.

Se a chuva havia voltado para mim como uma maldição, quem sabe um novo feitiço com intenções positivas poderia ser potencializado também. Se o universo tivesse um pingo de boa vontade.

"Pingo de boa vontade." Na solidão do meu quarto, soltei uma gargalhada alta que ressoou contra a chuva que ainda tilintava contra a janela e li os detalhes do feitiço com atenção:

Escrever minhas maiores aspirações em um papel. Ouvir uma música que me ajude a meditar para me conectar com meus verdadeiros propósitos. Aceitar o que está no meu caminho.

Muito da bruxaria moderna falava sobre meditar, visualizar, manifestar e desapegar. A última era a mais difícil. Como eu deveria falar para o universo "Ei, eu quero *muito muito muito* o papel de Titânia. Mas você que sabe, beleza?"?

O universo ia pensar que eu estava de brincadeira com a cara dele. Então, peguei um papel e escrevi com todas as letras: "Eu me vejo no papel de Titânia sendo aclamada pela diretora do filme".

Ótimo. Assim não ficariam dúvidas. Eu não contracenaria com o barman, mas... por que eu estava pensando nisso? Abri novamente a caneta vermelha e escrevi: "PS.: Titânia, ok? Foca no que vai ser melhor para minha carreira, tá bem? Qualquer dúvida é só perguntar pra mim".

Coloquei o papel em um pote de vela que já estava quase no final e o cobri totalmente com o mel restante no pote. Tampei bem para não virar um chamariz de formigas e o coloquei na janela, perto de onde o sol deveria bater, se ele voltasse um dia.

Ainda com os cabelos molhados, deitei na cama e mergulhei na minha própria experiência onírica.

X

Crepúsculo é meu lugar feliz. (Sim, o pôr do sol e o filme.)

Eu não deveria manter esperanças depois de uma semana de silêncio. Daniel, meu agente, disse que retornaria quando tivesse notícias, e eu não havia recebido mensagens dele até então. Havia dois meses eu não conseguia uma audição como atriz, e até agora só havia conseguido papéis com menor destaque, como Flor #02, parte do coral de flores insuportáveis, em um musical que adaptava *Alice no País das Maravilhas*. Minha atuação mais desafiadora até então tinha sido a irmã malvada em *Cinderela*, ainda na escola de teatro. A apresentação de encerramento da turma fora o mais próximo que eu conseguira chegar de palavras de incentivo de Jéssica, que fez questão de ressaltar o quanto eu era perfeita para aquele papel.

Sentia saudades da primeira vez que pisei em um palco, quando interpretei a Sininho. Devia ter uns onze anos na época, e todo o processo de seleção e ensaio foi tão divertido que achei que seria assim para sempre. Em algum lugar no passado existia uma Noelle com vestido verde de fadinha comendo pizza cercada por sua família com uma margarida no cabelo, um sorriso no rosto e sonhos no coração. Eu era muito trouxa.

Parei de conferir minhas mensagens a cada vinte minutos e checar o e-mail sete vezes por dia. Doía a inércia das notificações. Ao menos o sol havia voltado, trazendo um calor agradável em meados de maio; eu esperava o crepúsculo na beira do lago do Ibirapuera, e minha voz estava saudável. Não tinha mais nada a ver com o desastre rouco da semana anterior. A conexão com a natureza era a única coisa que fazia sentido naquele momento, e não sei quanto tempo fiquei ali esperando o sol descer até ter a luz perfeita para os vídeos que precisava gravar.

Eu usava um vestido preto com transparências e bordados da mesma cor, formando delicados arabescos até a altura dos meus joelhos. Minhas botas cowboy de cano curto pretas completaram o look, especialmente por serem macias e confortáveis. Um quimono verde me protegia da brisa fresca, mas eu tinha um cachecol de *pashmina* vermelha macia na bolsa, caso o inverno resolvesse aparecer. Todos os dias eu precisava estar pronta para as quatro estações nessa cidade. Na minha bolsa eu trazia um caderno verde-oliva, destinado a manifestações e alguns feitiços anotados.

Precisava testar a maioria, mas depois da chuva anormal... minha atenção se desviou das anotações que havia feito naquela página. Lembrando agora, as instruções sobre ter colhido uma lágrima de uma lembrança dolorosa imbuída em um ônix pareciam sinistras demais. Eu só queria dar uma lição na minha irmã, que também havia sumido, ocupada demais com sua lua de mel em Gramado. Será que ela sabia que o primo do seu marido era um completo canalha? Ou será que me culparam por ter seduzido o pobre coitado até o banheiro? Os murmúrios em choque dos convidados me acompanhavam enquanto eu deixara o salão, e, mesmo tantos dias depois, eu ainda os ouvia no fundo da mente, a prece de uma assombração.

Era tão mais fácil culpar Eva por todos os pecados. Pandora pelos males do mundo. Helena pela guerra de Troia. Mas jamais *eles*.

Todos os homens são inocentes até que se prove o contrário.

Todas as mulheres são culpadas, mesmo que se prove o contrário.

Fechei o caderno, notando que a luz começava a cair, e o enfiei no fundo da mochila. Busquei o caderno de capa dura vinho com alguns cogumelos desenhados onde escrevi os roteiros durante a semana, arrumei o tripé no chão, fixando-o na grama ainda fofa pelos dias em que estivera encharcada. O "era uma vez" não tinha sabor de chocolate, mas o cheiro de terra molhada era agradável.

Prendi o celular no suporte, respirei fundo e gravei o primeiro vídeo com referências a falas famosas da era de ouro do cinema. A luz da *golden hour* ficou estupenda, iluminando os fios dourados do meu cabelo como se eu fosse feita de pura luz – e eu amava como as telas contavam mentiras tão fáceis de acreditar.

Filmei, em seguida, uma poesia escrita por mim, o tipo de áudio que as pessoas iriam querer usar em seus próprios vídeos se tudo desse certo. O céu começava a ficar insanamente laranja quando gravei o último, declamando o "Soneto XVIII", de Shakespeare, o poema mais belo que já havia lido na vida. Um nível de adoração e amor que só podia existir nas palavras, jamais no mundo real.

Precisei de alguns takes para acertar a entonação correta, não queria que fosse um vídeo com cortes. Quando terminei, a luz se despedia do céu, então eu precisaria trabalhar com o que tinha.

Me sentei na canga púrpura que havia trazido e coloquei os fones para começar a edição. As luzes do parque já estavam acesas, e assisti rapidamente ao saldo do dia. Eu amava ver os resultados, pois eram a única versão de mim que eu aceitava.

E havia ficado... maravilhoso. Há algo no céu após a tempestade que o faz injustamente belo. Uma mescla de laranja, cor-de-rosa e violeta pincelava o fundo do vídeo, fazendo parecer que eu havia atravessado o véu da realidade.

Meu peito apertou só um pouquinho ao pensar que havia negado essa luz para Jéssica em um dos dias em que ela estava mais bonita em toda sua vida. Se ela não fosse tão controladora, eu não teria feito isso. Mas vendo os vídeos, fiquei me perguntando se não estava errada.

Ainda bem que a dúvida passou rápido. Ela teve o que mereceu, nada justificava um drama como aquele. Eu havia acabado com uma das maiores chances da minha carreira, e nem por isso fiz da vida de todos à minha volta um inferno.

O parque começava a ficar mais vazio, algumas pessoas passeavam com seus cachorros. Levantei-me agitando a canga para sair. Era estampada com a carta mais irônica do tarô: os amantes. Tinha sido um presente de Serena no meu penúltimo aniversário, quando ela estava tão apaixonada que queria dividir a sensação com todo mundo. Fiquei feliz por ser uma canga, afinal ela servia para o mesmo que amantes de verdade: sentar e pisar.

Era sábado, e eu não voltaria tão cedo para casa. Era impossível não ouvir três pessoas gemendo no cômodo ao lado, mesmo com o fone no máximo. Já havia tentado, e preferia vagar de bar em bar até de madrugada. Minha amiga nunca me impôs essa regra, mas eu tinha bom senso para saber que eles mereciam ter o espaço só para eles por pelo menos um dia na semana. Eu não queria ser um estorvo para ela. Muito menos uma "empata-foda".

Os latidos estavam um pouco mais altos, mas não olhei na direção dos cães. Não por causa dos animais, mas... donos de cachorro tendiam a ser extremamente alegres e sociáveis. Pareciam estar sempre felizes, cercados de amor, e eu invejava essa sensação. Provavelmente porque eu sempre estava sozinha, e Serena era alérgica demais para que eu tivesse um filhote. Um dia eu teria um cantinho só meu e adotaria um cão, um gato, um periquito e uma iguana. Mas, até lá, não precisava desfilar na parada *todos-realizam-seus-sonhos-menos-eu*.

Ouvi o som de latido mais perto de mim e caí sentada na grama quando um cachorro felpudo e dourado correu na minha direção, derrubando meu tripé, que ainda estava montado, apoiando as patinhas no meu colo. Caí no chão, a grama fofa parecendo rocha contra minha bunda, e gritei com o susto. O tripé estava estatelado, possivelmente com algum dos suportes quebrados. *Mais um ótimo dia para Noelle.*

— Me desculpa, moça! Ele não tem a menor noção do próprio tamanho — disse uma voz grave, e tentei encaixar na minha mente onde já havia ouvido aquele timbre familiar.

A mão que se estendia na minha direção tinha cor de bronze, algumas veias saltavam de sua forte musculatura. No antebraço tinha uma tatuagem de *Star Wars* que me fez sorrir, mesmo estando profundamente irritada. O tripé era caro, e eu estava quase sem dinheiro. O bilhete único estava no fim e eu não sabia como pagaria sequer o valor mínimo do cartão de crédito.

Não consegui olhar para cima, pois uma cara dourada e enorme cheirava o meu rosto, babando no meu braço e sujando todo o meu vestido com as patinhas.

— Mas você tem, não é? — Segurei nas orelhas do golden retriever, que começava a me lamber, e fiz carinho em sua cabeça. O pelo dele era tão macio que tive que me segurar para manter a voz normal. — Você não pode pular assim nas pessoas, amiguinho.

— Ele ainda está aprendendo isso, porque é um *bebezão* de sete meses. Me desculpa mesmo, moça. Se ele quebrou alguma coisa, eu posso pagar.

— Eu posso mentir que está quebrado e fazer você comprar um melhor. Vender o antigo e guardar o dinheiro.

— Não vejo por que não. — O rapaz se abaixou na minha frente com um sorriso sem graça, puxando o cachorro para o seu lado. — Você se machucou? — Ele parecia sincero. Curioso, até.

Olhei em seus olhos castanhos, os cílios longos e pretos que estavam cravados nos meus. O cabelo dele estava totalmente solto, caindo em cachos negros em volta do seu rosto. Eu respirava pela boca entreaberta, tentando não rir do destino. *Universo, você ainda me paga.* Era o barman do casamento da minha irmã. Mas não disse nada, apenas neguei com a cabeça, apesar da minha bunda estar dolorida, e as palmas das mãos, raladas. Ele levou o indicador até a mecha de cabelo que havia grudado nos meus lábios, graças ao *gloss* de morango que eu usava, e a tirou do meu rosto.

— Seu cabelo é da mesma cor do Luke — ele falou, como se fosse algo especial.

— Você está me elogiando ao me comparar com o seu cachorro?

— Luke Skywalker. *Star Wars*. É um filme de fantasia espacial...

— Eu sei o que é *Star Wars*! Só achei estranho. Pensei que o nome do cachorro era Luke.

— O nome dele é Luke.

— Você está me deixando bastante confusa — falei, batendo as mãos para afastar a poeira, ainda sentada no chão.

— Só estou brincando com você. Deixa eu ver se está mesmo inteira, lindinha.

Ele estendeu a mão, mas me levantei por conta própria. Luke andou até o meu lado e não resisti, dando mais um carinho ao cachorro. Ele era fofinho demais para que eu mantivesse a compostura.

— Se o universo insiste que nos encontremos, pode me chamar de Noelle.

— Gael. — Ele manteve a mão esticada e dessa vez eu aceitei. Era um cumprimento educado, não precisava deixá-lo no vácuo.

Seu toque era firme e morno contra o meu, a palma levemente marcada pelo atrito com a coleira. Soltei a mão dele com a desculpa de mexer na minha bolsa. Fingi verificar que tudo estava intacto e ajustei o quimono no corpo. Gael levantou o tripé do chão, dobrando-o com cuidado, examinando possíveis rachaduras.

— Acho que o dano não foi definitivo. Mas ainda sinto que te devo pelo susto.

Pensei nos carrinhos que vendiam água de coco verde superfaturada na entrada do parque e só então percebi que minha garganta estava seca após recitar tantos textos. Minha água já tinha acabado havia uma hora.

— Eu aceito um coco — falei. — E quero guiar Luke um pouco. — Não fazia a menor ideia do porquê tinha pedido por isso. Não combinava em nada comigo.

— Mesmo sabendo o quanto ele puxa? — Gael deu um sorriso confuso.

— Relaxa, eu sou bem forte. — Pisquei, irônica. Na glória dos meus cinquenta e quatro quilos, eu tinha os braços bastante finos e pouquíssima força. O sonho de um dia dançar *pole dance* estava distante graças à constituição de manteiga dos meus membros superiores, mas a verdade é que eu amava passear com cachorros. Nunca tinha a chance de fazer algo assim.

O céu era um borrão laranja e violeta, a silhueta das árvores se destacava no horizonte com muito mais imponência do que o verde que reluzia à tarde. Misterioso, discreto, com um toque de magia. Deslumbrante. Peguei a guia de Luke e caminhei em direção à ponte. Pela Deusa, ele puxava. Fiz meu melhor para segurá-lo firme, parando no ápice da construção para observar os patos no horizonte. Tão certos de si, vivendo apenas para nadar pelo lago, comer e voar. Eu morria de inveja. Descemos a ponte em silêncio, mantive o pulso firme contra a empolgação de Luke e os ruídos de conversas abafavam ocasionais sons da cidade, distantes demais para que percebêssemos que uma metrópole estava à espreita. Vi que cerejeiras estavam prestes a desabrochar e finalmente avistei um carrinho de coco perto da ciclovia.

— Então, quer me contar por que estava naquele casamento e na audição do filme ou vamos ignorar o elefante branco? — ele falou, parando ao meu lado. Não tinha percebido que estava alguns passos atrás.

— Eu não preciso justificar o que estava fazendo no casamento da minha irmã — retruquei, desviando dos buracos na grama até o asfalto. Coloquei o cabelo para trás das orelhas, pois o vento grudava os fios na minha boca.

— Tem certeza? — Gael implicou, pegando a carteira do bolso e pedindo dois cocos ao vendedor.

— Meus pais me obrigaram. *Jéssica* me obrigou, mesmo não me suportando. É claro que eu iria, mas não fazia questão de participar do cortejo, das fotos oficiais, muito menos do vexame que é tentar pegar um buquê. — Revirei os olhos involuntariamente. Segurei o coco com uma das mãos e entreguei a coleira de Luke para Gael. Guiar um cachorro sem a menor noção de espaço segurando um coco três vezes maior que minha mão era a receita do desastre. — E você? É ator de dia e barman de noite?

— Aham. Sou tipo o Batman dos coquetéis e da sétima arte.
— A guia de Luke estava em seu pulso, e desviei o olhar do seu forte antebraço tensionado com os puxões do cachorro para meu canudo de papel.

— Só que o Batman é rico, e nós, artistas... bom, a gente ainda *existe*, né? Sobrevive, arruma um jeito. — Funguei, mas foi uma risada. Eu me sentei em um banco de madeira, apoiando o coco no meu colo. Minhas pernas arrepiaram com o gelo, mas me foquei nos primeiros astros que salpicavam o céu com a brisa fria.

— Os malabares são uma habilidade extra no currículo, mas por que fazer isso de graça em casa se posso ganhar uns trocados em eventos? — Gael sorriu fitando nenhum lugar específico no horizonte, e, mesmo com a visão periférica, jurei que uma estrela piscou quando ele fez isso. Me irritava ele ser atraente. Era mais difícil calcular minhas reações.

— E imagino que você esteja animado para estrelar um filme como um dos protagonistas em uma história de Shakespeare, certo? — Tomei mais um gole. Estava doce, em contraste ao amargor que sentia em pensar que havia desperdiçado a oportunidade da minha vida.

— Óbvio que sim! Como você disse, ser um artista que ainda não está extinto é... revigorante. Só falta terminar de escalar o elenco completo para começar as gravações. Tô vidrado nesse projeto, é tipo a coisa mais importante que já fiz na vida. — Gael tirou o canudo do coco e colocou a fruta na frente de Luke, que começou a mordê-la com extremo entusiasmo.

Meu peito deu uma cambalhota. Ainda não haviam definido todos os atores, eu teria uma chance. *Alguma chance.*

— Você... — engoli em seco — sabe quem ficou com o papel de Titânia?

— Não dividem esse tipo de coisa com a gente. Você ainda não recebeu nenhuma resposta?

Não havia sarcasmo, apenas dúvida genuína. Balancei a cabeça em negativa, e voltei a fitar as estrelas. Me senti um pouco como Romeu, querendo desafiá-las pelos descasos da vida.

— Eles seriam estúpidos se não te chamassem — Gael falou em um tom reconfortante.

— Como você saberia? Não estava na minha audição.

— Eu assisto a seus vídeos — declarou, como se não fosse nada demais, abaixado no banco para apertar a cara de Luke como se ele fosse uma laranja repleta de suco.

— E só agora me diz isso?

— Desculpa se a primeira impressão que eu queria causar não era a de ser um *stalker*.

— Prefere a de ser um mentiroso? — *Homens*. Eu não tinha forças para ficar surpresa.

— Desculpa, Noelle. Eu sou @G_Ribeiro, muito prazer. Assim soa melhor pra você?

— Não muito — reconheci, apoiando o coco no banco ao meu lado. — É sempre bom conhecer um fã. — A frase saiu mais ácida do que fora minha intenção.

— Parece que você ganhou mais um. — Luke se levantou e apoiou a cabeça na minha perna, pedaços de grama, terra e coco se misturando ao meu vestido.

— Imagina se todos eles babassem tanto assim.

Gael soltou um riso baixo, mas não olhei na sua direção. Me levantei do banco, deixando o cachorro subir no colo do dono e abocanhar o coco que estava ao lado. Peguei na bolsa o cachecol de *pashmina* vermelha e cobri meus ombros. Já eram quase sete da noite, tarde para quem havia saído logo depois do almoço, cedo para um sábado que estava só começando. Esfreguei os olhos com cuidado para não borrar o delineador e cruzei os braços junto ao corpo, aconchegando-me no calor do tecido. Eu pretendia me despedir quando Gael perguntou:

— Aquele casamento não terminou bem pra você, não é? — Seu tom era sério.

— O que você ouviu? Imagino que as melhores fofocas são debatidas no bar.

— Nada faz uma pessoa falar mais do que a expectativa de uma bebida. Vi que um cara de terno levou um tapa na cara da mulher que pegou o buquê. O noivo acalmando sua irmã, que estava tão vermelha quanto o cabelo dela. — Diante disso, eu ri. Expor aquele canalha pode ter parecido deselegante e egoísta, mas foi a boa ação do dia. Quanto a Jéssica, não tinha pensado como a festa tinha acabado para ela, mas ignorei o sentimento de culpa que brotava. — Mas não perguntei porque quero saber da "fofoca". Perguntei por que você saiu encharcada, com o olhar fixo na porta, totalmente *sem vida*.

— Digamos que ele queria uma coisa de mim que eu não estava disposta a dar... — A lembrança dele fechando a porta, falando comigo como se eu fosse um adereço da festa para usar e descartar... o cheiro enjoativo do banheiro foi o bastante para fazer a bile subir por meu estômago vazio.

Não soube quanto tempo fiquei em silêncio, muito menos por onde meu olhar vagou. Luke bateu com o focinho gelado no meu joelho e só então notei que a atenção de Gael estava fixa em mim. Ele se levantou, apontando com a cabeça para que o seguisse.

— Precisa de ajuda para matar alguém?

— Não, obrigada. — Sacudi a cabeça, colocando um sorriso torto no rosto. — Já o amaldiçoei.

— Como assim? — Ele roncou em um riso.

— Eu sou bruxa — admiti, jogando o cabelo dourado para trás com uma das mãos enquanto a outra permanecia na *pashmina*.

— E eu sou um vampiro, Bella. — Gael deu uns passinhos apressados até chegar na minha frente, em um gesto dramático.

— Sem o sol para te fazer brilhar não é tão impactante assim.

— Droga, me esqueci de que já estava de noite.

— Ainda não acredito que citou *Crepúsculo* pra mim. Eu prefiro histórias de vampiro onde o sol *é* uma ameaça. Tipo em *Vampiro: A Máscara*.

— Com essa camada de ozônio, o sol é uma ameaça pra todo mundo — Gael constatou. — Você joga RPG?

— Jogaria, se tivesse amigos. Gosto de me sentar nas livrarias e ler os livros de jogos pra pegar inspiração, assistir a alguns canais de *stream*... isso me ajuda a escrever alguns roteiros de vídeos. — Não sabia por que estava compartilhando meu processo criativo. Normalmente não tinha vontade de dividir com ninguém o que andava planejando. Sempre achei que ninguém iria se interessar.

— Eu jogava *Dungeons and Dragons* quando estava na escola, mas cada um foi pra um lado e... você sabe como é.

Assenti. Não sabia. Serena era minha única amiga desde que eu tinha catorze anos. Todo o resto eram conhecidos amigáveis, na melhor das hipóteses. Eu tinha o extremo azar de conhecer pessoas que se aproximavam com o interesse de tirar algo de mim, mesmo sem ter nada para oferecer. Me relacionar com alguém romanticamente ou através de amizades parecia um desperdício de energia. Eu sempre acabava decepcionada.

— Hm... eu vou embora agora. Comer alguma coisa ou algo assim.

— Já derrubei seu tripé, não quero atrapalhar seus planos.

— Luke o derrubou. É feio tentar roubar as conquistas do seu cachorro.

— Não desgosto da ideia de você ser uma conquista do Luke. — Gael sorriu. Contra a iluminação pacata, olhei para ele com calma. A camisa de algodão cinza dele era simples, mas o tecido parecia ser macio. Um piercing atravessava sua orelha direita, e havia alguns hiatos entre suas tatuagens no braço – que certamente seriam preenchidos em breve. Sua pele parecia mais escura à noite, e seus lábios eram fartos em um tom de argila vermelha.

— Tchau, Gael — falei, sem conseguir conter um sorriso, antes que me arrependesse e ficasse ali tempo o bastante para cair em sua lábia.

— Você não quer me passar seu número? — ele falou alto, mas eu já estava a alguns metros de distância.

— Você não é meu fã? Comenta nos meus vídeos, quem sabe eu respondo?

Não olhei para trás, fiquei sem saber se ele havia me ouvido. Eu não tinha tantas mensagens assim para responder, mas ele não precisava saber disso. Ele era um ator escalado para um filme, e eu... eu era uma zona.

Uma farsa.

Uma atriz.

A única verdade sobre mim era a maldita máscara do teatro que vestia lágrimas e sorrisos conforme a ocasião. Eu queria ser Titânia, a decidida e imponente rainha feérica, mas me encaixava perfeitamente no personagem principal de *Pagliacci*. Eu nunca cruzaria o véu entre a realidade e o mundo das fadas. Jamais...

Um grupo de luzes piscantes chamou minha atenção. Vaga-lumes desavisados voavam por uma passagem estreita cercada por arbustos baixos. Adiante, alguns food trucks estavam arrumados em círculo, e mesinhas adoráveis recebiam grupos de família e amigos que desfrutavam do fim de semana. Jamais saberia como é um dia assim. *Normal.*

O cheiro de hambúrguer chegou às minhas narinas, convidativo, mas eu não tinha dinheiro. Suspirei, tirei o quimono verde que usava, guardando-o na mochila, e deixei meus ombros à mostra, abaixando a *pashmina*. Joguei o cabelo para o lado, deixando-o cair sobre meu rosto, e procurei alguém na fila que parecesse estar sozinho.

Avistei um garoto um pouco mais novo que eu, certamente nos seus dezessete anos. Ele tinha um cartão nas mãos e não conversava com ninguém em volta.

— Oi. — Abri o mais doce dos meus sorrisos. — Você poderia pagar o meu lanche e eu faço um PIX do valor? Esqueci meu cartão em casa e estou morrendo de fome!

Era tudo mentira. Tinha menos de cinco reais na minha conta, e nada por ali custava menos de trinta. Mas eu era boa demais parecendo uma donzela indefesa para que o garoto negasse um simples hambúrguer. E a julgar por seu tênis de marca com umas mil cores neon, o valor não faria a menor diferença na vida de seus pais.

Ele apenas assentiu, analisando o alto das maçãs do meu rosto e meu colo exposto. Agradeci com uma piscada e peguei meu lanche com a senha que havia me dado. O garoto veio atrás de mim para falar a chave PIX, e anotei no meu celular, prometendo que depois de comer faria a transferência. Ele acreditou e caminhei para o mais longe possível, a fim de ter uma refeição em paz. Comi em um banco, desejando ter pedido por um mate também. E por ketchup.

A boa notícia é que eu não estava mais com fome. A má era que estava morrendo de sede. Terminei de editar o vídeo recitando o soneto e o postei nos meus perfis do TikTok e do Instagram. Ainda tinha tempo para assistir a um filme no cinema, só faltava o ingresso. Cheguei no aplicativo de mapas quanto tempo levaria para chegar em casa: uma hora e quinze a pé. Eu poderia parar em alguns bares no caminho, conseguir alguns drinks de graça e chegar em casa em um horário razoável. Enfiei o celular no meu sutiã, prendi o cabelo em uma trança simples e busquei meu caderno no fundo da mochila.

Reli as anotações sobre o feitiço de proteção, e desenhei os símbolos invisíveis em volta do meu chakra do plexo solar e da coroa. Juntei as mãos em uma prece à Deusa para que me guardasse pelas ruas de São Paulo. Não estava tão tarde ainda, mas o mundo não era feito para mulheres andarem sozinhas à noite.

Felizmente, caminhei por mais tempo do que imaginava, mas finalmente cheguei à portaria do prédio de Serena e fui até meu quarto invisível para ela, Lucas ou Vivi. Tinha parado em alguns bares, tomado um copo de cerveja com alguns desconhecidos. Ouvi algumas músicas em uma apresentação de violão. Reclamei da qualidade da meia que havia escolhido, sabendo que ela estava velha demais para continuar macia. Comi amendoins de origem duvidosa. E, por fim, me desliguei das mensagens que nunca chegavam. Da esperança de ver a notícia que eu mais aguardava aparecer para mim no meio de um sábado à noite.

E não reparei quando surgiu uma notificação na minha tela.

XI

Preciso de altas doses de Taylor Swift para encarar o dia de hoje.

Meu celular vibrava e tocava como um terremoto na escala cinco mesmo após eu ter desativado o alarme algumas vezes. Era segunda-feira, dia oficial que todo trabalhador tradicional odiava, o marco do começo de toda dieta que acabaria na quinta, um dia feliz para milionários, que teriam alguém para fazer dinheiro por eles, e para mim... era mais um dia em que eu precisava lutar para sair da cama e encontrar um propósito para existir.

Eu poderia tomar um café da manhã saudável, ir ao mercado para Serena, preparar um almoço para nós duas, meditar, fazer exercício e salvar o mundo. Mas isso tudo parecia ser um trabalho hercúleo, e a cama estava deliciosamente confortável. Eu certamente estava deitada nas nuvens. Ninguém precisava de mim, então virei o celular para baixo e coloquei uma almofada fofa de veludo sobre minha cabeça.

Serena deu duas batidas rápidas à porta do meu quarto e entrou antes que eu respondesse, apressando-se em pegar o celular na minha cabeceira.

— Seu celular está me enlouquecendo! Por que você não atende?

— Eu sou a última pessoa para quem ligariam se tivesse uma emergência. Não tô no espírito pra atender robô de telemarketing — balbuciei.

— Celular da Noelle, Serena falando. — Debaixo da almofada, eu ri. Ela parecia uma daquelas governantas inglesas extremamente educadas e formais. — Entendi, ela está a caminho.

Não estava, não.

— Eu não vou sair daqui. — Levantei o indicador em negativa, afundando mais no cobertor.

— Vai, sim. — Serena puxou meu cobertor, e minhas pernas arrepiaram com o frio cortante. — Era o Daniel, por que você não o atendeu?

— Daniel?! O número que me ligou era desconhecido. Não tenho esse número gravado ainda, que estranho. — Me sentei apressadamente, os olhos ainda grudados de sono. Meu peito acelerou como se tocasse "We will rock you" pelo meu corpo. — O que ele queria?

— Te chamaram para um *callback*. — O sorriso no rosto da minha amiga era o sol entre minhas paredes.

— Quando? — Franzi o cenho, certa de que flutuava.

— Precisamos sair agora. Se arruma que eu te levo.

Serena era um anjo, e eu não merecia alguém como ela na minha vida. Saí do quarto usando um par de calças jeans de cintura alta, uma camisa branca simples, um colar feito de correntes douradas finas – a turmalina negra por baixo da blusa, para me proteger – e um paletó da minha amiga, que insistiu que eu o vestisse para passar uma imagem mais distinta e descolada.

Ela estendeu o café que havia preparado para ela quando estávamos no elevador, e me perguntei por que eu não estava presente para ela da forma como ela estava para mim. Verifiquei meu e-mail pelo celular e ali estava o comunicado sobre meu retorno para audição enviado no sábado à noite. Daniel havia perdido seu aparelho, e estava com um número provisório, o qual ignorei solenemente. Se não fosse por Serena, mais uma vez eu teria desperdiçado uma oportunidade.

— Eu posso dirigir — falei, abaixando o aparelho. — Não quero que você faça hora extra à noite por minha causa.

— Noelle, não tô indo pra te dar uma *carona*. — Ela sorriu para mim, ajeitando o paletó no meu ombro. — Você precisa chegar lá no eixo. Com a cabeça e o coração nos lugares certos. Essa é a porta que vai despontar sua carreira.

— Espero que passe um anjo e diga amém. Eu vou... vou dar o meu melhor. — Ajeitei o cabelo, ainda tentando registrar o turbilhão de acontecimentos. — Eu não estava esperando por isso, *nem sei* o que preciso apresentar dessa vez. Não me preparei. E isso não justifica você trabalhar até mais tarde.

A porta do elevador se abriu e fomos até o carro estacionado na garagem.

— Pode fazer o jantar como agradecimento — ela brincou. — Penne ao molho pesto.

— Com cheesecake de sobremesa?

— Só se tiver cobertura de mirtilo.

— Posso passar no mercado na volta para comprar os ingredientes. Só vou precisar... — Não consegui terminar a frase, envergonhada.

— De dinheiro?

Assenti.

— Se você estiver certa e essa for minha "grande chance", eu pago o próximo.

— Eu vou estar certa, e você vai me levar para jantar em um lugar superchique quando assinar seu contrato. — Ela estendeu seu cartão.

— No restaurante que você quiser. — Eu a levaria para Paris se pudesse. Como se isso fosse uma novidade, já que ela ia para a Cidade Luz a cada dois anos.

Conectei meu Spotify no carro dela e coloquei "Fearless (Taylor's Version)" para tocar. Enquanto atravessávamos São Paulo até a Escola das Sete Artes, eu me vi no set de filmagem vestida como a rainha das fadas. Contracenando com o burro pelo qual ela caiu de amores, curiosa para saber como isso seria relatado na releitura da história. Visualizei como seria a preparação das cenas, a leitura do roteiro, os comentários nos meus posts no momento em que a divulgação do projeto acontecesse.

Independentemente do que acontecesse hoje, eu precisava ir ao mercado comprar manjericão fresco, castanhas de caju e geleia de mirtilo. Serena dirigindo contra a paisagem acelerada da cidade ao som de Red Hot Chilli Peppers era a cena de um filme a que só eu estava tendo a sorte de poder assistir. E de fazer parte.

— Me conta mais do projeto. O que você mais gosta nele? — ela perguntou para me distrair quando chegamos a mais um sinal vermelho. Eu precisava estar lá em vinte minutos, mas o GPS dizia que eu levaria um pouco mais do que isso para chegar. Meus dedos tamborilavam no painel, inquietos.

— Ainda não tenho detalhes, só sei que vão manter a estética grega na ambientação, mas o texto será adaptado de uma forma mais simplificada. A ideia é contar a história sobre os desencontros amorosos dos humanos, que são reféns das pegadinhas de seres mágicos e poderosos. O projeto acredita que isso vai atrair mais leitores para os clássicos uma vez que quem assistir vai simpatizar com os personagens e as histórias.

— Mas a audição é com os textos originais, certo? Ouvi você praticando e não entendi nada. — Serena riu, franca.

— É exatamente por isso que vão fazer a adaptação. E também para recontar essas histórias com um novo olhar, ajustando possíveis parâmetros que na época eram considerados normais e que hoje são impronunciáveis. Tipo a mulher não ter direito de escolha sobre quem será o próprio marido.

— Nada disso responde minha pergunta. — Serena balançou a cabeça, ligando a seta despreocupada. Queria ter um terço da *serenidade* dela. Segurei um riso com mais essa piada idiota que passou pela minha cabeça.

— Os diretores querem que o elenco se identifique com o roteiro original. E eu sempre amei Shakespeare, então...

— Então é por isso que você vai arrasar hoje. — Ela apertou minha mão, parando em frente ao prédio da escola.

— Te amo. — Dei um beijo em sua bochecha e saí apressada. Já eram nove e cinquenta e nove, mas dessa vez não perdi tempo me secando ou pedindo informações. Não vi quem estava a minha volta, apenas subi apressadamente as escadas e cheguei até a porta da audição que já conhecia.

Algumas garotas que não reconheci estavam sentadas nos bancos no corredor, foi quando senti a pressão do momento. Todas elas eram minhas rivais, e eu estava disposta a tudo para conseguir aquela oportunidade. Não tinha ido até ali para sair de mãos vazias.

Busquei meu celular e procurei por Daniel nas conversas recentes.

> N: Oie, cheguei! Estou aguardando me chamarem. Você é o melhor!

> D: Da próxima vez, fica atenta às mensagens.

> N: Que tom! Você me acordou, eu que deveria estar brava com você.

> D: Eu tenho pena do seu agente. Ainda bem que você tem talento.

> N: Tenha pena de mim, fazendo um *callback* morrendo de sono.

Sorri diante da última mensagem, sabendo que era mentira. Eu não estava com sono depois do café de Serena. Me sentia estranhamente energizada graças à *vibe* da minha amiga, que ressoava como um arco-íris próprio. No TikTok, algumas dezenas de comentários elogiavam o soneto que eu havia gravado. Uns falavam do cenário belíssimo, outros elogiavam minha voz. Um ou outro perdido no rolê perguntava se eu havia escrito a poesia, mesmo com a legenda dando os créditos para o autor. *Por que as pessoas não leem a legenda?*

E um comentário específico fez meu coração, já acelerado, pular uma batida.

> @G_Ribeiro
> Luke pediu pra dizer que isso ficou lindo.

Pensei algumas vezes no que responder, escrevendo e apagando frases sem sentido.

> @NoelleVieira
> Ele me deve um tripé. O meu está bambo desde ontem.

O tripé estava normal, mas só agradecer parecia genérico demais. Como sempre, uma mentira inocente seria o melhor caminho.

— Noelle Vieira? — a voz da diretora chamou minha atenção, e guardei o celular por impulso no bolso da calça, no modo avião. Caminhei de queixo erguido até a sala sem saber o que me aguardava na oportunidade que mudaria minha vida.

Para melhor, ou para pior.

XII

Conhecer alguém que tem a chave do portão que guarda todos os seus sonhos é consideravelmente estressante.

A sala não era tão fria quanto eu me lembrava, agora que o dia era de sol e eu estava seca. Ainda assim, um arrepio nervoso cruzava minha espinha. Mesmo com minha voz de volta ao normal, pigarreei discretamente só para ter certeza de que não estava com a garganta dolorida.

— Bem-vinda de volta, Noelle — disse Giovana com um sorriso curioso. Não havia sinal do homem da semana anterior por ali.

— Eu que agradeço a oportunidade, esse projeto é muito importante pra mim. — Terminei a frase um pouco apressada e acrescentei: — É uma das minhas histórias preferidas.

— Minha também. Queremos ver sua performance agora que a sua gripe passou e sua voz voltou, mas você se saiu muito bem incorporando essa condição à personagem.

— Só fiz o que Titânia faria. — Mantive o sorriso aberto e educado. Eu cutucava os dedos com as mãos atrás das costas, nervosa. Não havia recebido instruções do que deveria fazer para o *callback*, a menos que a mensagem tivesse caído na caixa de spam. Seria extremamente antiprofissional confessar que não fazia ideia do que apresentar, e meu corpo começava a transpirar em lugares impronunciáveis.

— Certo. — Giovana pegou um texto impresso sobre sua mesa, levantou-se da cadeira e me entregou. — Hoje gostaria que você fizesse a leitura dessa passagem.

Respirei fundo para não mostrar que minhas mãos tremiam e peguei o papel. Não havia nenhuma explicação de que trecho era aquele, e levei alguns momentos para identificar.

Não estava certo. Essa deveria ser a oportunidade da minha vida, a chance de interpretar a rainha Titânia, mas o que estava em minhas mãos era um *equívoco*. Uma piada de mau gosto. *Universo, eu tenho cara de palhaça?*

— Er... essa fala é da Helena, certo? Pelo contexto, eu imagino — expliquei.

Giovana abriu um alvo sorriso satisfeito, como se eu tivesse passado em um teste surpresa.

— Exatamente. Vejo que você tem potencial para ser a Helena que procuro. — Então a diretora se acomodou na cadeira e estendeu a palma da mão para cima, apontando para nenhum lugar em particular. — Quando quiser.

Eu não podia demonstrar minha irritação. Não era o papel que eu queria, mas o de uma garota que lamentava profundamente sobre si mesma por não receber o amor que achava que merecia. Alguém que estava quebrada, procurando por uma parte de si em alguém que não olhava para ela.

Era parecida demais comigo para que eu pensasse que seria uma bênção conseguir esse papel. Eu queria ser qualquer um, *menos eu*.

Uma lágrima ameaçou cair, e eu conscientemente cedi a ela. Pela primeira vez na vida, ser Noelle teria que me dar alguma vantagem. E deixando a frustração de não ter o papel que eu desejava, junto à insuficiência de jamais ter merecido amor genuíno, li o texto sentindo cada amarga verdade naquelas palavras.

— "Que bom alguém por outro ser feliz! Eu também sou bonita; é o que se diz; mas Demétrio não acha. O que fazer? Só ele ignora o que não quer saber. Se ele é tolo ao amar o olhar dela, ao amá-lo, eu caí numa esparrela. Às coisas vis, que não têm qualidade, o amor empresta forma e dignidade: porque não vê com os olhos, mas com a mente, cupido é alado, à nossa frente: amor não tem nem gosto nem razão; asas sem olhos dão sofreguidão. Se cupido é criança, a causa é certa: sua escolha muitas vezes é incerta."

Eu não disputava com Jéssica pelo amor de um homem, mas pela afeição dos meus pais. Porém, sendo a filha que sempre ficava de recuperação e que perdeu a hora do Enem por ter ido a uma festa no dia anterior, eu não conseguia competir com minha irmã mais velha, que havia passado no vestibular para a faculdade de medicina com dezoito anos. Ela deveria ser meu modelo de inspiração, e eu passei a vida sendo comparada a ela, aos seus feitos e à sua glória. Era insuportável ficar no mesmo ambiente que uma versão melhorada e mais bem-sucedida que eu, tal como minha mãe nunca me deixava esquecer. Meu pai nem percebia o que estava acontecendo, mas eu não me ressentia porque ele era o único que não me criticava abertamente em cada minúsculo detalhe. Mas também não discordava quando acontecia na sua frente.

Aprendi cedo demais que o meu jeito de ser não era digno de amor ou admiração. Tive certeza quando comecei a namorar aos dezesseis anos com um amigo da minha irmã, Gabriel. Achei que finalmente estava fazendo algo certo, pois se eu andasse com pessoas mais velhas, quem sabe pudesse aprender mais sobre a vida e ser a filha madura e bem resolvida que meus pais tanto queriam.

Infelizmente, eu era nova demais para distinguir amor de posse e não conhecia nenhum dos termos importantes como *gaslighting, mansplaining* ou tantos outros alertas pertinentes. Achava que ele sabia mais do que eu porque era mais experiente, e acabei acreditando que minha juventude e inocência era equiparada à burrice. Me distanciei dos meus colegas no teatro, e neguei todo tipo de convite para aniversários e idas ao Outback, porque ele falava que eu tinha que "tomar cuidado para ninguém se aproveitar de mim" e que eu precisava me envolver com "pessoas de bem", selecionando minhas companhias. Acontece que ninguém era bom o suficiente para ficar perto de mim, segundo ele. Cada pessoa que se aproximava de mim era uma má influência por um motivo ou por outro. Ele dizia "Não entendo como alguém tão bonita pode ser tão burrinha" em um tom que parecia cuidado. Eu acreditei que era burra. Duvidei da minha inteligência até o dia em que soube que ele estava certo. Eu fui uma grande imbecil em desperdiçar tanto tempo com ele.

Gabriel me traía, e só descobri quando recebi fotos anônimas de um número privado. Esperei que ele me pedisse desculpas, que implorasse por uma nova chance e que me prometesse que iria mudar. Ele era um canalha, mas era a única pessoa que me dava carinho e que, de um jeito doentio, fingia admiração por mim. Eu deveria tê-lo mandado para o quinto dos infernos, onde nem mesmo Dante seria capaz de pisar por Beatriz, mas queria vê-lo rastejar antes. E quando fez isso, meu coração, por algum motivo estúpido, amoleceu, e achei que poderia finalmente ser feliz. Eu achava que *aquilo* era felicidade. Alguém para me levar ao cinema no fim de semana, para me dar rosas no final das apresentações de teatro e com quem comparecer às festas de família. Meus pais não reclamavam quando eu saía com ele, e fiscalizavam menos minhas ações desde que começamos a namorar. Achei que isso era *liberdade*.

Jéssica já namorava Marcos na época, então estar com Gabriel era uma relação fácil, conveniente. Eu tentava demais seguir os passos dela, ao ver que ela era tão feliz, tão naturalmente realizada. Achava que, se insistisse, a mesma felicidade viria bater à minha porta, mas o tempo passava e eu só me sentia mais amargurada. E o pior é que eu não entendia naquela época que era difícil demais tentar viver imitando alguém tão diferente de mim quanto a minha irmã.

Não foi só culpa do Gabriel, mas eu me acomodei de tal forma que não tinha meus próprios amigos. Acreditei nele, deixei as pessoas se afastarem. A única que ficou foi Serena. Me fechei no teatro, buscando uma postura mais profissional, e parei de tentar fazer amizade com meus colegas de palco.

Três meses depois, ele terminou comigo, pois, em uma recaída, havia engravidado a tal garota, e decidiu "fazer a coisa certa" e se casar com ela para assumir o bebê. Ele a responsabilizou por não ter tomado anticoncepcional e me largou em casa com essa desculpa esfarrapada. Não demorou para que minha vida em casa virasse um inferno, agora que eu estava "perdida", como se um homem fosse a solução dos meus problemas, sendo que ele era exatamente o que havia me perturbado. Minha mãe me abraçou e acolheu quando sofri a dor da traição, alegando que eu encontraria alguém melhor. Quando falei que não queria ninguém, o apoio se foi, porque eu estava "sendo dramática", e que não podia me fechar para o amor. Jéssica tentou justificar o que nossa mãe falava, dizendo que um dia eu encontraria alguém como o Marcos e seria feliz, mais uma vez esfregando na minha cara como ela tinha tudo perfeito, e como eu era um fracasso. Ninguém perguntou o que eu precisava naquele momento para ser feliz. Todos fingiram que queriam me consertar, mas só apontaram o quanto estava quebrada.

Eu me mudei para o apartamento de Serena a tempo de perceber que não havia construído nada sólido na vida. Tinha meu registro de atriz, minha única conquista: uma permissão para ser outra pessoa; e foi nessa mesma época que comecei a gravar meus vídeos para as redes sociais e comecei a ver algum resultado. Alguma esperança, assim como a que insistia em desabrochar agora, diante da oportunidade da minha vida.

Todas as desgraças haviam me levado até ali, e agora elas faziam algum sentido. Engoli em seco. Precisava terminar de ler o texto, mas as lembranças me invadiam, e eu sabia que estava exagerando na minha performance quando minha voz rasgou as últimas falas dolorosas.

— "Como o menino rouba em brincadeira, também cupido trai, a vida inteira. Antes de pôr em Hérmia o seu olhar, ele chovia juras de me amar; mas quando Hérmia um vago alento deu, parou a chuva e ele derreteu. Eu vou contar que Hérmia vai fugir, e amanhã pra floresta ele há de ir atrás dela; e por essa informação, hei de ter, de Demétrio, gratidão. Com isso a minha dor eu só aumento, mas terei seu olhar por um momento."

Só que eu não estava feliz. Tampouco me considerava rica. Era para ser a chance da minha vida, mas só me lembrou o quão fragmentada eu era. Tão cheia do que os outros pensavam e tão vazia de quem eu sonhava ser.

Voltei a atenção para Giovana, que cobria a boca com uma das mãos. Delicados anéis dourados enfeitavam seus dedos.

— É um prazer te conhecer, Helena.

Foi tudo que ela disse, e caí de joelhos no chão, continuando a chorar.

Ela me abraçou como que por alegria, e uma parte era. Deveria ser.

XIII

Brindes sinceros acontecem sentados no chão frio da cozinha.

Tropecei ao tirar os sapatos entrando em casa, as sacolas do mercado marcando meus braços, algumas folhas de manjericão caídas pelo corredor.

— E aí, como foi? — Serena abaixou os óculos redondos e fechou o notebook, andando depressa na minha direção. Mantive o suspense, a expressão séria.

— A boa notícia é que vou fazer o melhor molho pesto para a melhor amiga do mundo — falei em um tom desanimado.

— E a má? — Serena franziu o cenho, levando algumas sacolas da minha mão até a pia da cozinha.

— A ma-ravilhosa é que eu estou no filme! — gritei.

Serena gritou. A garrafa de azeite caiu no chão, mas era mais cabeça-dura que eu e não quebrou. Minha amiga prendeu os braços no meu pescoço e por um instante achei que ficaria surda. Gritei mais alto ainda – as duas ficariam, então.

Nos sentamos no chão, descabeladas e abraçadas. Histéricas e felizes. Eu sabia, naquele momento, que não teria sobrevivido a esse dia se não fosse por ela.

— Você precisa escolher um restaurante chique agora.

— Pode ser o Terraço Itália.

— Sonha mais baixo, o cachê não é tão alto para iniciantes — brinquei.

— Você não vai ser uma iniciante por muito tempo. Logo, logo, vão disputar a exclusividade de Noelle Vieira. Você vai brilhar como Titânia.

O sorriso preso em meu rosto se desfez, mas o mantive ali. Eu estava feliz – precisava estar.

— Helena. Na verdade, me escalaram para o papel de Helena.

— De Troia? — Serena cruzou as pernas no chão da cozinha e abriu a geladeira, buscando a garrafa de vinho aberta na porta.

— Pela Deusa, você entende alguma coisa de literatura?

— Não era Helena de Troia aquela grega? — Ela apoiou a garrafa no chão e rapidamente buscou duas taças que secavam no escorredor.

— Essa era uma moça real, não a criada por Shakespeare. Você já leu a história ou viu o filme de *Sonho de uma noite de verão*? — Serena fez que não com a cabeça enquanto servia o vinho nas taças, que repousavam no chão de porcelanato. — Digamos que ela é a garota que é apaixonada por um *boyzinho* que na verdade gosta da melhor amiga dela. Diferente da Helena de Troia, que deixava todo mundo doido por ela.

— E o que acontece com ela? A sua Helena, no caso.

— No final, o amor dela é correspondido graças às traquinagens de algumas fadas. — Peguei a taça na minha frente.

— Eu te amo porque você usa palavras como "traquinagem" com naturalidade.

— E eu te amo porque você brinda por qualquer motivo.

Serena abriu um sorriso torto e maravilhoso, o cabelo preto solto e bagunçado. As taças tilintaram e ela acrescentou:

— Às novas aventuras.

— Aos novos começos — respondi, e bebi. O vinho *rosé* e frisante era um dos itens que jamais faltavam nessa casa, favorito de Serena e Vivian. Eu costumava pegar uma taça às escondidas às vezes, mas vendo minha amiga tão receptiva, não sabia por que agia assim.

Na falta de alguém para cuidar de mim, deixava que ela fizesse esse papel e nunca retribuía. Eu me levantei, apressada para começar a preparar o jantar. Ainda não havia contado tudo que havia acontecido de tarde.

— Já sabe quando começam as gravações? — Serena guardou a garrafa e apoiou as taças na pia, arregaçando as mangas para lavá-las.

Peguei a bucha antes dela e a empurrei com meu quadril.

— Vai tomar um banho, eu te aviso quando estiver tudo pronto.

— Noelle, na verdade...

— Vai descansar, Serena! Deixa essa ser a minha vez de te paparicar — insisti.

— É que você tá usando meu blazer!

Ops. Era verdade. As mangas já estavam um pouco molhadas, e só então percebi as manchas de terra de quando escolhi o manjericão na bancada do mercado. Minhas mãos tinham um pouco de espuma do detergente, mas não tem como sujar algo com *sabão*, certo? Tirei o blazer, deixando que ele caísse no chão.

— Coloca a lavanderia na minha conta do restaurante.

— Só não vou ficar irritada porque hoje é o seu dia. — Serena pegou o blazer e foi para sua suíte sem dizer mais uma palavra. *Meu dia.* Isso era uma novidade.

Eu ria, ainda sem acreditar no que estava acontecendo. Lavei as taças, coloquei as castanhas de molho e busquei o manjericão para higienizar. A planta tem propriedades calmantes e ajuda a banir pensamentos e emoções negativas. Se usada do jeito certo, pode também potencializar a força do pensamento, ajudando a manifestar aquilo que se deseja.

Me concentrei no fato de que havia conseguido um papel reconhecido, de uma personagem com nome e com falas em um filme que estaria nas plataformas de *streaming* pelo mundo. Ainda era segredo, eu não podia contar para nenhum dos meus seguidores por um tempo, e senti que ia explodir.

Descascando o alho, me lembrei de alguém com quem eu poderia dividir essa notícia. Não sei por que ele foi a segunda pessoa à qual tive vontade de contar, mas o pensamento estava ali. Lavei as mãos, esfregando freneticamente os dedos com o detergente, o cheiro de tempero ainda preso à minha pele.

Peguei o celular no bolso da calça e abri o perfil de Gael Ribeiro. O polegar hesitou um pouco, mas cliquei no botão "Seguir". Meus olhos, traidores, começaram a analisar as fotos postadas ali. Todas elas pareciam ter sido tiradas por um fotógrafo profissional, exceto uma ou outra de alguns discos de vinil, algumas paisagens urbanas aleatórias de São Paulo e a que mais me fez sorrir: um close de Luke ainda filhote, deitado em seu colo no sofá. Não abri nenhuma, não precisava ler os comentários e ver que havia garotas enviando emojis aleatórios de corações e foguinhos.

Era o que eu odiava nas redes sociais: fácil demais criar teorias da conspiração que te tiram do sério em um instante. Abri o campo de "mensagens", e enviei "Oi!". Depois comecei a digitar "Adivinha quem conseguiu o papel?", porém logo em seguida apaguei.

Pensei em digitar mais algumas combinações de frases, mas todas soavam idiotas. Acabei fechando o aplicativo e voltando para o jantar. Precisava achar a tampa do processador. Abaixada no armário, senti o aparelho vibrando e li a notificação na tela.

> @G_Ribeiro
> Você digita mais devagar que minha avó.

Eu ri. Ele era divertido, meu colega de elenco. Eu precisava respondê-lo – mesmo que fosse aquele tipo de coisa que você sabe que vai fazer já sabendo como acaba.

> @NoelleVieira
> Era só pra avisar que me enganei sobre o tripé. Está tudo certo com ele.
> Como está o Luke?

Sério mesmo que acabei de perguntar sobre o cachorro? Ai, Deusa, o que eu estava fazendo?

> @G_Ribeiro
> Ele é um golden. Quando não está feliz, está muito feliz.
> Mais ainda agora que contei quem foi escalada para o filme.

> @NoelleVieira
> Então quer dizer que você já sabe quem é o elenco?

> @G_Ribeiro
> Sim. Enviaram por e-mail uma hora atrás.
> Tô lisonjeado por vc vir me contar em primeira mão.

> @NoelleVieira
> Guarda as palavras difíceis pro set kkkk
> Vai ser legal ter um rosto conhecido, de qualquer forma.

@G_Ribeiro está digitando...

> @NoelleVieira
> Nos vemos na quarta, na leitura geral :)
> Bj

Guardei o celular antes de ver a resposta. Era melhor que ele pensasse que eu era muito ocupada do que alguém que ficaria ao lado do celular, esperando uma notificação.

Eu não tinha amigos, mas tinha mais o que fazer. Um jantar para concluir, feitiços para transcrever da pasta do Pinterest para o caderno, paranoias para destrinchar – uma agenda cheia.

O celular vibrou no bolso de trás novamente, e o coloquei no sofá. Se eu não alcanço o celular, não mexo nele.

A pia já transbordava de louça quando o jantar finalmente ficou pronto, e Serena apareceu na sala com um short vermelho e uma camiseta escrito "Disney Paris 2017", com o Mickey usando uma boina e segurando uma baguete.

— Vou tomar um banho, depois do jantar eu lavo tudo. — Pisquei para ela e me tranquei no quarto. Sabia que ela lavaria tudo até a hora de comer, mas estava disposta a deixar a cozinha um brinco antes da meia-noite. Naquele momento, precisava de uma ducha e começar logo a arrumar a mala, já que tinha sido informada de que o filme teria locações. Eu ainda teria uns dias antes de partir, mas não queria deixar tudo para última hora.

Durante o jantar contaria todos os detalhes para Serena de como seriam as gravações. Eu partiria nos próximos dias pra ficar um mês fora gravando. Fitei rapidamente meu quarto, definindo o que era essencial.

Hidratante, meus cadernos de feitiços e de roteiros, turmalina negra, esparadrapo e a velha almofada que eu colocava no rosto quando o sol incomodava.

Hoje não faríamos só um jantar de comemoração, mas também uma despedida de quem eu era até agora. Pois o universo podia implicar comigo, mas não conseguia evitar me responder – às vezes alto demais.

E ele me dizia que hoje era um daqueles dias em que não se pode mais olhar para trás. Um daqueles em que a vida muda para sempre.

XIV

Fingir naturalidade em situações intimidadoras é meu estilo de vida.

Cheguei pontualmente à Escola das Sete Artes a tempo da leitura do roteiro. Tinha ido dormir tarde na noite anterior porque estava arrumando as malas com Serena. Mesmo faltando alguns dias para a viagem, ela já estava um pouco chorosa por ficarmos um mês sem nos ver. Serena não podia ter um bichinho de estimação, mas ela tinha a mim, de certa forma.

Havia escolhido um vestido verde-escuro com toque acetinado, alças finas, justo no busto e na cintura. A saia midi fluía até um pouco abaixo dos meus joelhos, e combinei com um tênis Vans preto. O pingente de turmalina negra ficava exposto e completava o look. Tinha separado uma jaqueta de couro também, mas, por enquanto, era só uma inconveniência pesando na bolsa, já que a temperatura despencaria só ao anoitecer. Postei nos meus stories que estava prestes a "fazer algo incrível como atriz", sem dar mais pistas, para deixar meus seguidores curiosos.

Diferente dos dias em que pisei nesse prédio para as audições, agora a sensação que me inebriava era outra. Os passos no piso de mármore em direção às escadarias não eram repletos de dúvidas. Os sorrisos que eu distribuía a minha volta não eram uma máscara para minha insegurança. Devia ser uma sensação parecida com a que os atletas experimentavam ao alcançar a linha de chegada. Só que uma maratona ainda esperava por mim logo depois.

O clima de rivalidade entre os atores havia se dissipado como uma neblina, seríamos melhores amigos de agora em diante. Sairíamos do set direto para um estúdio de tatuagem para marcar na pele essa experiência, assim como o elenco de *O senhor dos anéis* fizera décadas atrás.

Bom, seria assim se eu soubesse fazer amigos. Pelo bem da minha carreira, eu teria que tentar. Ao meu lado, nas escadas, reconheci a garota que havia me constrangido no dia em que cheguei encharcada, Manuela Martins. O cabelo castanho dela estava preso em um rabo de cavalo perfeito, o vestido era um blazer preto com botões dourados combinado com uma meia-calça escura e botas de cano alto da mesma cor. Desnecessariamente elegante, inegavelmente linda. Meu sorriso congelou de forma estranha, e segui olhando para a frente, em direção à sala informada no e-mail.

Devia ter umas trinta pessoas ali nas cadeiras arrumadas em círculo, o elenco completo, roteiristas e a diretora. Parecia meu primeiro dia de aula, véspera de excursão e chegada das férias ao mesmo tempo. Achei que ia vomitar de nervoso, mas ajeitei uma mecha de cabelo e caminhei até uma cadeira livre qualquer.

Tentei adivinhar de cabeça quem faria qual papel. Quem havia sido escalada para Titânia, mesmo que nada de bom viesse dessa informação. Um homem com a barba preenchida de feições mais duras certamente faria o papel de Egeu, o pai de Hérmia – minha suposta próxima melhor amiga. Imaginei que outro homem, de beleza quase sobrenatural, pele negra, longas tranças e olhar penetrante seria Oberon. Um garoto de uns doze anos tinha o sorriso travesso e cumprimentava a todos na sala com uma reverência graciosa. Certamente era Puck.

Continuei seguindo o olhar pelo círculo, procurando o que fazer com as mãos, ajustando a saia do meu vestido. Manuela digitava algo no celular e eu não conseguia identificar o papel de ninguém ao lado dela. Algumas cadeiras para a direita, um par de olhos escuros fitou os meus. Gael conversava com algum outro rapaz, que julguei ser o ator que interpretaria Lissandro, e abriu um sorriso amável na minha direção. Sorri de volta educadamente, mas o tempo fechou quando vi Manuela assoprando um beijo na direção de Gael. Era o que me faltava: viver uma experiência parecida com a dos personagens da história. Universo, chegando em casa a gente conversa.

Minha personagem, Helena, era apaixonada por Demétrio, interpretado por Gael. Porém ele era apaixonado e noivo de Hérmia, que por sua vez devolvia o sentimento. Contudo, ela deveria se casar com Lissandro, interpretado por Pedro, a mando de seu pai. O casal apaixonado planeja uma fuga, mas a intervenção de Puck, um elfo servo de Oberon e Titânia, faz com que as paixões sejam trocadas. Ele coloca o sumo de uma flor nos olhos dos personagens, que faz com que se apaixonem pela primeira criatura em quem colocarem os olhos. Desse jeito, Lissandro e Demétrio se apaixonam por Helena, e Hérmia acaba perdendo provisoriamente seu grande amor para a melhor amiga. Mesmo assim, Helena acredita que eles estão lhe pregando uma peça, uma vez que nunca foi amada. *Ok, eu entendia por que Giovana havia me dado o papel.* Dificilmente alguém se encaixaria tanto nesse perfil.

Graças a alguma entidade passageira que tinha pena de mim, ou que não queria que eu enchesse o saco do divino com minhas preocupações, meus pensamentos foram interrompidos pela voz de Giovana.

— É um grande privilégio estar aqui com vocês hoje, após semanas de processo seletivo. O longa-metragem de *Sonho de uma noite de verão* pretende trazer para as novas gerações um novo olhar sobre a história clássica em uma atmosfera repleta de magia, poesia e, claro... desencontros. As filmagens acontecerão em alguns blocos divididos pela realidade contemporânea que conhecemos e pelo mundo onírico, que fará uma alegoria à paixão dos personagens. Sei, assim como vocês, que dar vida a um novo papel, encontrar uma família entre desconhecidos, é também uma série de desencontros. Na vida real, eles não são tão divertidos quanto os provocados pelas fadas. Muitas vezes, são provocados por nós mesmos. Por isso, vamos iniciar a leitura do roteiro. Em alguns dias começaremos a jornada de gravações, e quem sabe quem vocês encontrarão ao se olhar no espelho quando esse sonho também acabar e, finalmente, voltarem para casa.

A voz da diretora era suave enquanto identificávamos, entre as figuras desconhecidas que nos cercavam, os personagens. A leitura começou um pouco enferrujada. Todos éramos estranhos àquelas palavras, com a certeza de que logo seríamos íntimos. O texto usava palavras mais próximas do nosso milênio, e havia incrível respeito à essência do original.

Acompanhei as falas das cenas de introdução, que na peça original se passam em Atenas, mas que seriam filmadas futuramente em São Paulo, pelo que entendi. Até que o momento tão aguardado chegou, e Oberon e Titânia ganharam a atenção de todos.

Meu palpite estava certo quanto ao ator que interpretaria o rei das fadas, e sua rainha possuía equivalente presença e beleza. Não conhecia a atriz, mas o roteiro indicava que ela se chamava Isis Souza. A pele dela era retinta, os cílios longos destacando seu olhar imponente. A voz de Isis preenchia o ambiente como se feita por pura magia, uma mistura de serenidade e comando entrelaçados. Seu cabelo volumoso e escuro caía em cachos largos até a altura do pescoço, e acrescentando algumas flores selvagens em minha imaginação, pude vê-la como um ser encantado.

Eu jamais seria tão carismática quanto ela, com uma presença tão natural e envolvente. Talvez devesse ter me sentido mal por invejar quem eu gostaria de ser, mas a sensação que me tomou foi de alívio. Tinha dúvidas se saberia ser Titânia, agora que via quem tinha conseguido o papel.

Devo ter me distraído, pois percebi que subitamente a sala estava em silêncio – e todo mundo estava me olhando. Claro, era minha fala. Ou melhor, a fala de Helena. Fiquei tão absorta refletindo sobre tantas coisas que não prestei atenção ao meu núcleo principal. Felizmente, a minha fala estava identificada com o meu nome, então só procurei por "Noelle Vieira" e segui a leitura.

Eu precisava ficar mais atenta, mas busquei por outras pessoas que pudessem estar distraídas também. Gael escondia um meio sorriso quando foi sua vez de falar. Certo, ele era Demétrio, originalmente apaixonado por Hérmia na história. E Hérmia seria minha melhor amiga no filme. Na minha cabeça, eu sabia que deveria estreitar os laços com a atriz para facilitar nossa dinâmica. Mas quando me virei para a bela voz que lia a fala de Hérmia, decidi que alguém lá em cima não gostava muito de mim.

Eu iria contracenar com Manuela Martins. Depois de uma pesquisa, descobri que ela era ex-estrela mirim prodígio, *it girl* do momento, filha de uma *sex symbol* dos anos 1990. Meu papel coadjuvante acabava de ser ofuscado por todos os holofotes em cima dela. Comecei a tamborilar os dedos silenciosamente em minha perna, uma ânsia nervosa tomando meu estômago. Entrei no prédio achando que era a dona do lugar, que estava diante da oportunidade da minha vida. E agora tudo que eu queria era sair correndo dali. Eu não pertencia àquele lugar, não estava no mesmo nível daquelas pessoas. Giovana estava louca por ter me escalado.

Ao lado de Gael, um rapaz de cabelo curto e loiro lia as falas de Lissandro com uma voz calma. Pedro Lima, segundo o roteiro. Ele parecia uma versão *dark* academia de um membro perdido do One Direction, usando uma calça azul-escura xadrez e um suéter vinho com a gola da camisa social branca por fora. Bonito, porém parecia ser o tipo de cara que fazia questão de decantar o vinho em vez de colocá-lo na taça e beber. Não tinha paciência para pessoas assim.

Engoli em seco quando cheguei às cenas em que Gael leu suas falas direcionadas à minha personagem. Mantive a atenção no roteiro para não perder minhas deixas, apesar de sentir os olhares em mim. Desviava ora ou outra para Gael, um meio sorriso pendurado em seu rosto. Ele terminava a fala e me fitava ao longe, me provocando para que lesse *para* ele. Eu nunca tinha contracenado romanticamente com alguém na frente das câmeras, mas não admitiria que estava nervosa nem em um milhão de anos. Em um milhão e um, *talvez*.

O processo ficou mais fácil conforme as cenas iam avançando, especialmente quando percebi que até os atores mais experientes também tropeçavam em uma ou outra palavra.

Sorrisos educados e discretos eram trocados entre alguns personagens e o roteiro era muito, muito bom. Fechei o bloco encadernado e o olhei com calma. Além do meu nome, a frase "Te escolhemos para sonhar com a gente" junto à logo da produtora me animou. Eu havia sido escolhida porque alguém tinha acreditado em mim. Porque o universo havia me ouvido. Eu merecia estar aqui, afinal. A felicidade dava as mãos ao meu nervosismo, e ambos corriam em câmera lenta em direção ao pôr do sol.

— Eu chamo o Uber! — Manuela comentou, pegando o celular da bolsa e trocando algumas palavras com Gael. — Ei, Noelle, quer vir com a gente?

Certo, a reunião do elenco! Oportunidade de nos conectarmos e estreitarmos os laços para as gravações começarem com mais naturalidade nos próximos dias. O que é melhor para decorar um texto gigante do que um elenco de ressaca?

Assenti e dei alguns passos na direção dela, de Gael e de Pedro.

— É uma boa, já que temos que ser melhores amigas — comentei.

— E já que eu preciso me encantar por você — Pedro completou, me cumprimentando com um beijo distante no rosto.

— Idem — respondeu Gael, passando a bolsa pelo ombro. — Encontro vocês lá embaixo, vou só falar uma coisa com a minha mãe antes.

Manuela passou o braço pelo meu como se estivéssemos no jardim de infância murmurando algo animado com Pedro. Meu olhar, entretanto, permaneceu de soslaio em Gael, que se sentou ao lado de *Giovana Prado*.

XV

Pretendo resolver todas as questões sérias através de indiretas no karaokê.

Manuela falou durante quase toda a corrida de Uber, o que deveria ser irritante, mas me trouxe alívio. Não havia silêncios embaraçosos, pois *não havia* silêncio. Apenas ela tagarelando como sonhava interpretar Hérmia, e que o papel se encaixava exatamente com o momento em que ela estava na carreira, precisando de uma jovem romântica sofrendo um drama. Gael, ao meu lado, e Pedro, no banco da frente, concordavam amigavelmente, comentando que um havia feito teste para o papel do outro, originalmente. Gael lançou um olhar de cumplicidade para mim, esperando que contasse sobre o papel de Titânia, mas sacudi a cabeça discretamente, restringindo-me a uma só fala nos vinte minutos seguintes: "Sempre gostei de ler Shakespeare".

Chegamos a um bar na Liberdade que eu não conhecia e fomos diretamente para o segundo andar, que estava reservado para uma festa privativa do elenco. A produtora havia preparado esse espaço para uma confraternização a fim de estreitar os laços e conseguir interações mais orgânicas entre nós em frente às câmeras. Isso significava que eu teria que *socializar*. Adorava ser o centro das atenções e falar em público, mas interagir e buscar conexão com outro ser humano era algo totalmente fora da minha zona de conforto. Uma coisa era fazer a preparação da personagem com outros atores, mas me expor sendo educada e simpática? Dificilmente eu aguentaria mais de quinze minutos em interações assim.

A escada preta era estreita e escura, mas logo vi algumas luzes alegres no teto e no piso. O led colorido aquecia o lugar em tons de vermelho, roxo e azul; uma larga mesa de sushi estava montada no canto direito, e uma mesa de frios e pequenos sanduíches vinha logo ao lado. À esquerda, um bar oferecia alguns drinks e chope artesanal. Um sorriso irrompeu dos meus lábios. Open bar.

— Acho que deveríamos fazer um brinde — sugeriu Manuela, irrompendo como um furacão ao meu lado, indo até os drinks coloridos com miniguarda-chuvas adoráveis. — Quatro taças de champanhe, por favor.

— A champanhe deve ser servida em algumas horas, temos esses drinks aqui. — Apontou uma excêntrica barmaid com o cabelo curtíssimo e cor-de-rosa. Ela parecia uma fada.

— Será que não pode abrir uma exceção pra mim? — Manuela pediu com um sorriso largo. Senti que seria rude simplesmente sair dali depois de ter aceitado a carona. Eu não tinha como pagar pelo Uber sozinha, então estava me sentindo agradecida.

A barmaid balançou a cabeça como se a tivesse reconhecido, e logo Manuela acenava para mim, Gael e Pedro para pegar as taças.

— Um brinde ao melhor núcleo de elenco desse filme — ela propôs.

— Não acho que seja uma competição — falei sem pensar, e o rosto dela murchou. Senti minha sobrancelha levantada demais, havia contraído o rosto sem perceber.

— Um brinde ao sucesso do projeto — Pedro interferiu antes que Manuela pudesse me rebater. Pelos Deuses, ele fora rápido.

As taças se chocaram meio tímidas e desajeitadas, tal qual estranhos forçando uma amizade que não fluía. Ajustei a postura ao beber um gole e andei despretensiosamente até a comida. Como uma boa taurina, já queria provar uma de cada delícia. Peguei um hot filadélfia com a ponta dos dedos e o coloquei discretamente na boca, quando alguém apareceu ao meu lado.

— Vai querer cantar hoje?

Gael vestia uma camisa social preta e um terno da mesma cor por cima. Suas tatuagens não estavam à vista, mas seus cachos pretos caíam despretensiosamente por sua pele marrom.

— Como assim? — Cobri a boca com uma das mãos para falar. *Universo, não deixa um pedaço de peixe prender no meu dente. Hoje não, por favor.*

— Tem um palco de karaokê gigantesco, não reparou?

E então eu vi. Uma faixa de led vermelho atravessava o salão de um lado a outro, e o painel agora estava iluminado com pequenas luzes amarelas que pareciam vaga-lumes. O pedestal do microfone era simples, mas o modelo vintage era charmoso. Poderia passar a noite toda cantando, e não precisaria conversar com ninguém. De quebra, ainda passaria uma boa impressão... a experiência com musicais seria muito bem-vinda.

— Talvez. — Dei de ombros. Não sorriria até dar um pulo no banheiro e me olhar no espelho. — Você vai?

— Um pouco mais tarde... — Gael pegou um prato no extremo da mesa e começou a arrumar as peças de sushi metodicamente. — Primeiro vim te parabenizar. Oficialmente. Pelo papel — acrescentou meio sem jeito.

— Obrigada — tomei um gole da champanhe —, mas acho que preciso mesmo é agradecer à sua *mãe*. Estou honrada por ela ter me chamado.

— Pode agradecer a mim também. Fiz questão de mostrar seus vídeos para que ela te considerasse para o *callback*.

Não tinha certeza se havia entendido direito. *Ai*. Essa doeu. Eu precisei de um *favor* para estar aqui? Não havia conseguido o papel por puro talento? O empanado do makimono parecia arranhar a garganta. A dor no estômago, o nó que se formava em meu peito, era como o de uma traição. Uma que tinha cometido comigo mesma por acreditar em mim.

— Eu deveria te *agradecer* por isso, Gael? — Tentei manter a voz baixa, a taça firme. Tomei cuidado para não quebrá-la. — Achei que estava aqui por mérito próprio — murmurei.

— E está! — Gael apoiou o prato na beirada da mesa e me guiou para perto de uma mesa de bistrô vazia. Naturalmente, tinha pessoas demais em volta do sushi. — Ela mesma disse que você era perfeita para Helena. Eu sei que você queria ser a Titânia, mas achei que a gente tinha alguma química para contracenar, então conversei com ela e...

— Espera aí. — Levei os dedos até o cenho e apoiei a taça na mesa antes que eu a quebrasse na cabeça dele. — Você está dizendo que só consegui o papel porque o *filhinho da mamãe* tá brincando de manipular a carreira dos outros? Você tirou o papel dos meus sonhos só pra gente ser um par na tela?

— Você entendeu tudo errado, Noelle. — O tom dele era grave, decepcionado, e seu belo rosto estava com as feições duras.

— Certamente. Sou eu que entende tudo errado. Afinal, sou a mulher, também devo ser louca!

— Você está realmente exagerando, deixa eu explicar o que acontec...

— Olha, Gael. Eu não vou me sentar e te agradecer como se fosse uma cadelinha treinada. Pra isso você tem o Luke. Mas quero sim que esse filme seja um sucesso, porque, ao contrário de você, eu não tenho as costas quentes. Então só vamos falar unicamente sobre nossos personagens a partir de agora. E se você não for um cuzão, daqueles que faz *gaslighting* com uma mulher, vai me respeitar e me deixar sozinha.

— Tudo bem. — E, colocando as mãos no bolso, ele virou as costas e me deixou.

A próxima coisa que fiz foi colocar meu nome na lista do karaokê e pedir para cantar "abcdefu", da Gayle; eu tinha o timbre de voz parecido com o da cantora original da música, apesar de um pouco mais agudo. Não quis sorrir, pois sentia uma raiva forte demais, mas não consegui desviar do olhar dele quando cantei "Everybody but your dog, you can all f*** off".

— Eu não vim até aqui para desistir chorando no banheiro como uma pessoa patética. Vamos lá, Noelle, deixe a autopiedade de lado um pouco. Deve haver algum mantra que preste por aqui — murmurei baixinho, passando pela minha pasta de palavras de afirmação no Pinterest, esperando algum sinal mágico do universo, mas as lágrimas embaçavam minha visão e eu não conseguia focar em nada útil.

Alguns memes dos *Ursinhos carinhosos* e outros de *Cavalo de fogo*, coisas sem sentido a que minha irmã assistia quando criança e me obrigara a ver também. Eu gostava da estética, mas nada ali parecia encaixar com o que eu precisava. Universo, vai lá. Faça sua mágica! Uma frase, uma sequência de números, alguma coisa que possa me guiar. Tô aceitando *qualquer* sinal.

A porta do banheiro abriu subitamente, e no susto apoiei o celular na pia e peguei um papel-toalha para secar as lágrimas de raiva. Fingi que estava consertando o delineador, ou qualquer coisa parecida.

— Olha só quem eu encontrei aqui! — Apenas desviei o olhar no espelho de mim para Manuela. Seu sorriso branco perfeito de quem era a preferida do dentista.

— Ainda é uma novidade, se já nos vimos hoje? — perguntei, honestamente. De onde ela tinha tanta energia para ser expansiva, eu não sabia.

— Você deu um show lá fora. Se quiser, a gente pode fazer um dueto.

— Espera, você está me fazendo um elogio genuíno?

— Por que não faria? — Manuela levantou uma das sobrancelhas, buscando o gloss para retocar a maquiagem intacta.

— Sem ofensas, mas você pareceu ser uma babaca no dia da audição.

— Difícil não ficar ofendida, Noelle — respondeu, fingindo indignação, mas o sorriso permanecia em seus lábios. Ela estava mentindo.

Outra mulher entrou no banheiro e fingimos retocar a maquiagem em silêncio até que ela saísse. Manuela Martins estava curiosa para conversar comigo; Serena ia gostar de ouvir essa história.

— Fala a verdade, você não estava sendo simpática naquele dia. Queria intimidar as outras garotas.

— Eu não queria, eu *consegui*. Não tá me vendo aqui, na festa do elenco? — A atriz deu uma pequena voltinha, com cuidado para não escorregar o salto no piso molhado. — Mas não faço isso para ser má, Noelle. É uma tática de intimidação totalmente honesta. Você precisa ser forte e confiante para aguentar a pressão, e se disputar um papel com uma atriz reconhecida intimida, é sinal de que a pessoa não tem o que é preciso para sobreviver nessa carreira.

— Você é perversa, sabe disso? — Abri um sorriso. Gostava dessa versão dela, sincera. Sem forçar uma simpatia inexistente.

— Todo mundo pensa que por ter uma mãe famosa, eu tenho tudo fácil. E não é *nada* fácil saber que os paparazzi estão esperando apenas você completar a maioridade para comentar sobre o tamanho dos seus seios sem levar um processo. É uma merda crescer com metade do país opinando sobre sua aparência ou sobre seu estilo.

— Isso é... — eu não sabia o que dizer. Era asqueroso, nojento, ter seu corpo recém-formado sendo usado para engajar postagens — ... tenebroso.

Manuela não parecia precisar da minha compaixão, mas tocou na minha mão brevemente. As unhas curtas dela estavam pintadas de vermelho.

— Eu tenho muitos olhares em cima de mim, esperando que eu escorregue. Logo, preciso jogar o sabão no chão antes, e deixar que andem na minha frente.

— Essa metáfora foi terrível. — Eu ri. Ri de verdade.

— Foi mesmo. — Manu abriu um sorriso também e buscou por um pó compacto em sua bolsa. — Vou pensar em uma melhor. E você, qual sua história? Além de ser a nova sensação do TikTok, ou sei lá.

— Quem me dera... consegui um agente por causa dos meus perfis, mas a verdade é que eles foram uma escapatória durante a pandemia. Fiquei dois anos em casa sem sequer uma oportunidade de trabalhar, você sabe como foi... então foi como me mantive sã.
— Contraí os ombros, sem querer mergulhar muito no assunto.

Manu ficou em silêncio, compreendendo o que eu acabara de dizer. Ainda não parecia que tudo voltara ao normal, mesmo com as festas, os shows e tudo mais funcionando normalmente. O mundo tinha uma cicatriz, e cada pessoa tinha uma história sobre esse período. Eu respeitei a dela, mesmo sem conhecer.

— Vai ser legal retomar os trabalhos com você — disse ela, e pareceu sincera.

A próxima coisa que Manuela Martins fez foi me puxar para uma foto no espelho que me rendeu uma centena de novos seguidores. Ela podia ter olhares esperando por sua queda, mas também era uma marionetista de primeira, e sabia usar seu poder. E mesmo não concordando com seus métodos, não sabia dizer se faria diferente se tivesse a chance. Já é esperado que uma mulher falhe. Eu a admirava por saber usar as armas que tinha.

Afinal, o mundo aponta para as nossas fraquezas. E cabe a cada uma de nós transformá-las em escudo.

Minhas lágrimas já tinham secado, e consegui passar o resto da noite fazendo algo bastante confortável: comendo, bebendo e cantando as músicas próximas ao palco. Manu me convenceu a cantar "Partilhar", de Anavitória, só que não pensamos que a música precisaria de três cantores. Pedro subiu no palco quando percebeu nossa expressão surpresa e desajeitada, dividiu o microfone que ela segurava, e fiquei curiosa para saber o que significava o olhar entre eles.

Ocupei minha boca com a letra das músicas e assisti aos outros membros do elenco compartilhando seu talento (ou a falta dele). Não precisava conversar com ninguém, e se não converso, não falo algo embaraçoso nem arrumo um problema. Era um bom jeito de ficar isenta de confusões, e pretendia seguir com o plano.

Eu estava de frente para o palco, comendo um copinho de chocolate no qual tinha sido servido um licor de laranja quando o rapaz do som chamou Gael Ribeiro para o palco. Após uma hora ali, as pessoas a minha volta, além de Manu e Pedro, haviam notado minha presença. A festa tinha o propósito de unir o elenco, e eu não podia simplesmente sair educadamente para ir ao banheiro sem prestigiar o meu *par*.

Me ocupei com o copo, já sentindo o chocolate derreter nos meus dedos, curiosa para saber qual música ele havia escolhido. Por suas tatuagens, eu julgaria que seria um rock ou algo clássico para uma festa. Até agora, ninguém tinha cantado "Evidências".

Para minha surpresa, Gael começou a cantar "Blank Space", da Taylor Swift, em uma versão em que sua voz parecia rasgada, uma mistura de Muse e Arctic Monkeys. E se tinha uma coisa que ganhava a atenção de uma garota era um cara que não tinha vergonha de gostar de divas pop por medo de ferir sua masculinidade.

Eu conhecia a letra, é claro, e uma parte – a parte idiota – de mim estava irritada porque ele não parecia olhar para ninguém em especial enquanto cantava essa música. Então fiz exatamente o que uma pessoa normal faria: continuei cantando com Manu, dançando sem me importar com quem estava a nossa volta, e cometi o erro de olhar para ele quando chegou à última frase do refrão.

E Gael tinha o dedo e o olhar cravados em mim quando disse "But I've got a blank space, baby, and I'll write your name."

Quem diria que ele teria achado mais uma utilidade para o meu *Death Note*.

Testemunhas teriam dito que eu estava sorrindo nesse momento. Eu não estava. Qualquer informação diferente é, definitivamente, falsa.

Interlúdio

Universo

Ela *estava* sorrindo, quase babando. Ok, babando um pouco, mas isso era mais graças ao chocolate, que ela esqueceu totalmente que estava em suas mãos, do que pelo rapaz que roubava sua atenção.

Noelle ainda não sabia que suprimir os sentimentos não os impediria de aparecerem, apenas a sufocaria. Mas ninguém poderia dizer isso a ela, pois ela gostava de ser teimosa e não ia acreditar.

Acima de tudo, não concordaria. Ela era muito boa em rebater qualquer coisa que a desagradasse.

Noelle achava que queria atuar para fugir de si mesma, mas a verdade era que ela se encontrara no teatro porque sonhava em ter vidas demais, e a única forma de experimentar todas elas era através das artes. Ainda assim, a jovem atriz ainda precisaria viver muitas coisas para se tornar uma mulher de quem finalmente tivesse orgulho de apresentar ao mundo.

Em algum momento, ela pararia de se esconder atrás de brindes superficiais e pararia de ter conversas sinceras através de indiretas musicais.

Contudo, naquele momento, tudo que ela sentiu no peito foi um vazio diferente – não como aquele que a assombrava e deixava seu coração escuro e empoeirado; mas porque havia acabado de abrir uma pequena porta que ela jurava que tinha selado.

XVI

Amigos de verdade dividem o fone em road trips.

Um tempo depois – certamente pouco mais de uma semana, mas pareciam meses na minha percepção –, nós finalmente entramos no ônibus de viagem que nos levaria até a propriedade onde faríamos as primeiras gravações do filme. Nesse ponto, eu havia saído de casa apenas para ir até o salão e deixar meu cabelo e minhas unhas de acordo com a personagem. Para minha surpresa, por ser uma releitura da história, a diretora – *aka mamãe do meu patrono* – pediu para que o nosso visual refletisse a aura sonhadora e mágica da história, então meu cabelo foi repaginado num tom mais reluzente de loiro e em mechas em tom de lavanda tipo ombré. Parecia que eu tinha ficado deitada em um campo de flores por mais tempo do que deveria, de tal forma que parte das pétalas haviam grudado e se fundido.

O resto dos dias, eu apenas lia o texto, memorizando cada fala, ensaiando sozinha ou com Serena, Lucas e Vivian. Em algum momento, os três começaram um tipo de *role play* em uma versão distorcida dos personagens, e foi nessa hora que saí do apartamento para lhes dar privacidade e procurei por uma Starbucks qualquer para continuar praticando. Meu dinheiro ainda não havia caído na conta, e Daniel explicou que às vezes isso podia demorar. Tentei não me sentir frustrada e usei a bolsinha com o troco do mercado para comprar um frappuccino de brigadeiro, feliz por Serena ser uma das cinco pessoas no planeta que ainda usava papel-moeda.

Mas agora, pisando no ônibus após despachar minha mala no bagageiro, tudo parecia real demais. Câmeras de verdade, uma equipe gigantesca e a certeza de que eu não podia estragar tudo. Não sabia onde me sentar, como me meter nas conversas animadas que fluíam de trás para a frente no veículo, os atores acenando, animados para o começo das gravações, e dentre todas essas mãos levantadas em uma "ola" desorganizada estava Manu, sentada na janela, com Gael, no corredor, e Pedro, logo na fileira ao lado.

— Ela chegou, vai pro lado — Manu pediu. Ok, ordenou.

Murmurei um "oi" com um sorriso nervoso. Eu estava feliz, talvez o mais feliz que já estivera em toda a minha vida. Mas era infinitamente mais confortável imaginar a realização de um sonho do que o realizar de fato. A gente só imagina os momentos triunfais e se esquece da ansiedade e da insegurança que estão ali de mãos dadas com a sua glória.

Coloquei minha mochila ao lado, na poltrona macia, e só então reparei nas mechas verdes brilhantes perfeitamente escovadas de Manuela Martins.

— Adorei o que fizeram com seu cabelo — comentei, ajeitando o meu. Havia me esquecido de que eu também estava diferente de quando os vira pela última vez.

— Você está per-fei-ta. Vamos fazer uma foto pra deixar nossos fãs malucos e aproveitar enquanto tem internet por aqui. Já sei que lá a rede é péssima, a morte pro engajamento. — Ela mexeu no topo da minha cabeça, provavelmente para dar algum volume na parte de cima, um movimento sem sentido que a cabeleireira também fazia. — Gael, se a gente não sair bonita, a culpa é sua, que não sabe bater foto.

Gael pegou o celular dela, a sobrancelha levantada como se tivesse aceitado um desafio.

— Se a câmera estourar com tanta beleza, a culpa também é minha? — ele jogou a pergunta, tentando enquadrar da melhor forma possível, invadindo um pouco o espaço de Pedro a fim de pegar o melhor ângulo. Manu fez uma pose ousada, apoiando um dos pés no banco e jogando o quadril para o lado. Certo, eu não me lembrava de que ela *também* era modelo. Eu apenas fiquei ali sentada, com o símbolo da paz na mão esquerda e um punho na mão direita que iria me socar por estar sendo tão esquisita *logo agora*.

É só uma foto, Noelle. Uma foto que vai ser vista por centenas de milhares de pessoas que seguem a Manu. Uma foto que vai ser tirada pelo Gael depois de ele ter insinuado um comentário sobre sua aparência. Uma foto que precede o maior desafio e oportunidade da sua carreira até agora.

— Só um minuto, segura a pose, Manu — ele pediu. Pedro batia uma foto da foto, cobrindo os bastidores. Gael tinha os olhos escuros fixos nos meus e se aproximou. Seu perfume de limão e âmbar era agradável, e ele tocou delicadamente meu ombro, virando meu corpo na sua direção. — Pedro, eu preciso de luz. Abre uma fresta da cortina.

Pedro o fez, e o sol da manhã cobriu nosso pequeno cantinho no ônibus com um tom amanteigado de dourado.

— Eu não sei o que fazer com as minhas mãos — murmurei, fingindo despreocupação, sem conseguir desviar do olhar dele cravado no meu.

— Apoia no queixo, mexe no cabelo, qualquer coisa assim — ele sugeriu, e depois franziu o cenho, procurando algo no meu rosto. O sol começava a brilhar um pouco mais forte.

— O que foi? Minha maquiagem está borrada? — Levei o indicador até os cílios inferiores. Sempre acumulava rímel ali.

— Não é isso. É só que nunca reparei que seu olho tinha uma manchinha dourada. — Ele riu baixinho. — É surreal.

Fitei-o, curiosa, sem saber se era um elogio, uma zoação ou um comentário despretensioso.

— Bora, Gael, eu tenho mais o que fazer hoje — Manu cantarolou.

Quando ela finalmente tinha a foto perfeita para postar, concentrou-se na edição e em marcar todos os parceiros que precisava, perdida em suas anotações e cronograma. Eu achei que ela tinha tudo fácil e espontaneamente, não imaginava o trabalho que tinha atrás de uma simples postagem, mesmo lidando com isso havia algum tempo.

Reclinei o banco e me acomodei no capuz do casaco de lã macia, respirando fundo. Toquei na turmalina negra em meu pescoço, pedindo pela proteção dos meus próprios pensamentos. Eu podia estar aqui porque algum engraçadinho resolveu mexer os pauzinhos, mas ainda assim merecia este lugar. Estava tudo dando certo, e no futuro eu daria entrevistas contando sobre como esse fora o ponto de decolagem da minha carreira. *Ouviu, universo?* Anota direitinho, porque você adora fingir que entendeu uma coisa parecida. Eu vivo pedindo maçãs e recebendo laranjas.

Ouvi a voz de Pedro murmurando algo em um áudio com o ônibus já em movimento, e Gael falou algo com ele sobre o estado de saúde do pai dele ou qualquer coisa assim. Só então me dei conta de que não havia contado para minha família sobre o que tinha conseguido, ninguém sabia para onde estava indo.

— Tá tudo bem com o seu pai, Pedro? — perguntei.

Ele estava encostado na janela, um grosso casaco marrom sobre sua camisa xadrez vermelha. O cabelo loiro estava mais curto dos lados e comprido no centro. Um moicano diferente, mas combinava com ele. Giovana realmente tinha uma visão excêntrica para seus personagens.

— Ele vai precisar fazer um procedimento no coração. Coisa simples, mas vai acontecer ao mesmo tempo que as gravações, e eu... bom, não vou poder estar lá. Fico preocupado, mas meu irmão prometeu que vai me avisar assim que terminar, nem que tenha que ir até o sítio para me tranquilizar.

— Tenho certeza de que ele vai receber o melhor atendimento possível. — Era só o que eu podia oferecer de consolo.

— Já falei que posso pegar o carro e trazer você pro hospital e a gente volta no fim do dia. Posso arrumar as gravações pra não ter nenhuma cena nossa... — Gael começou.

— Não precisa. É um trabalho homérico organizar essa equipe inteira. Meu pai mesmo disse que queria que eu me focasse no projeto, pra gente comemorar quando eu voltar de vez.

— Ele parece ser um cara muito legal. — Ofereci um sorriso sem graça.

— Ele é. Como são seus pais, Noelle?

Ok, esse era um tópico delicado. Ao mesmo tempo que podia ficar horas falando sobre as feridas emocionais longe de cicatrizarem, não queria me alongar tanto assim.

— *Argh...* — Fingi me ajeitar no banco para ganhar tempo.

— Eles pagaram pela escola de teatro, disso eu não reclamo. Meu pai é legal, tranquilo, conta boas piadas, mas obedece cegamente a minha mãe. E minha mãe tem uma filha que é tudo que ela sonhou na vida e outra que não deu certo. Eles se importam só com a minha irmã, e eu sou a filha caçula que se criou sozinha porque eles estavam preocupados demais com a primogênita.

— Isso não é verdade — Gael comentou. — O caçula sempre é mais paparicado, porque é geneticamente mais fofinho e mais frágil. Minha irmã é a princesa da casa, e eu sou basicamente seu humilde servo.

— O que sua irmã te obrigava a fazer? — A curiosidade me tomou. Por que eu me importava com a família desse cara?

— Pra começar, eu tinha que assistir a todo tipo de filme que ela escolhia, porque nossa mãe sempre falava que era a vez dela de escolher. Só fiz audição para *High School Musical* porque já conhecia as músicas de trás pra frente.

— Espera, eu me lembro dessa audição. Tinha uma chamada pra ela no teatro alguns anos atrás. Cheguei a fazer, fui escalada para o coral.

— Eu sei, Noelle. — Ele abriu um sorriso mergulhado em mistério e palavras não ditas.

— Como você sabe? — Franzi o cenho, soprando ar quente nas mãos. O ar-condicionado estava muito forte.

— Se você não se lembra, não importa. — Ele deu de ombros. Que ódio.

— Sua irmã é legal com você? — Pedro interferiu.

— Jéssica é, se eu não estragar os planos dela em nada. A verdade é que eu só sei dela pelo grupo da família, mas ela só manda coisa da lua de mel ou da casa nova. No começo eu até achei legal, porque ela se mudou com o atual marido durante a pandemia, já que tava trabalhando em uma clínica e não queria expor nossos pais ao vírus.

A gente tinha melhorado nossa dinâmica, já que eu fazia questão de saber se ela estava bem de saúde, mas quando ela começou a planejar o casamento, o assunto começou a ficar insuportável. E eu meio que destruí a festa mais ou menos sem querer, então duvido que ela queira ouvir falar de mim até as bodas de diamante.

— Eu também tava lá, a coisa foi feia — Gael comentou com a expressão exagerada.

— Eu não fiz de propósito! Mas ninguém quis ouvir meu lado, então foda-se. — A memória do banheiro, a desilusão de ver a aliança na mão dele como se fosse só um acessório, as gotas frias da chuva na minha pele... os flashes da lembrança eram piores do que o momento em si.

— O que aconteceu? — Manu interferiu, tirando um dos fones de ouvido e subitamente entrando na conversa.

— Você não tava dormindo e ouvindo música? — Pedro brincou.

— Esqueceu que sempre estou alerta em público, Pedro? *Dã*. — Ela mostrou a língua em um gesto infantil que o fez rir.

Manu parecia conhecer cada um a sua volta a vida toda, era intimidador. Não queria me sentir deslocada, não nesse projeto, mas já estava revelando meus traumas e era tarde para voltar atrás e tatear assuntos inofensivos.

— Basicamente, fui assediada pelo noivo da mulher que pegou o buquê. Achei que era só um cara solteiro e que a gente ia se beijar, mas vi que ele era comprometido e fiquei muito brava. O cara queria trair a noiva em um *casamento* e me xingou quando eu reagi. Revelei isso na frente de todo mundo no centro da pista de dança, mas acharam que eu tava tentando roubar o foco pra mim porque "é claro que a Noelle vai ser egoísta". Ninguém se preocupou se uma parte de mim morreu de vergonha ou de culpa. Ninguém perguntou se eu estava bem.

Não percebi, porém em algum momento da frase minha voz começou a enfraquecer, ficar ainda mais baixa.

— Ah, não, Noelle... — Manu me abraçou. Ela estava estranhamente macia com as camadas de casaco. — Mas ainda assim, não é porque eles agem com descaso que você também precisa ser assim. Se fossem seus amigos, eu falava pra você mandar todo mundo à merda.

— Concordo com a Manu. Família é um contrato de sangue não opcional, mas uma hora ou outra a gente precisa parar pra resolver os problemas — Pedro completou.

— Talvez eles nem saibam o quão mal agiram nessa situação. Acho que você devia falar com eles. — Gael fez um movimento e pensei que ia alcançar minha mão com seu braço pendurado no estreito corredor. — E me perdoa se eu também não percebi a gravidade na hora em que aconteceu. Eu teria deixado ele inconsciente antes que você tivesse que se expor daquele jeito.

— Não se preocupa, eu o amaldiçoei, lembra? — Forcei um sorriso, e deixei meus braços balançarem até que nossos dedos se tocassem levemente. Seus lábios repuxaram para cima em um gesto de compaixão triste. Ele me entendia, eu podia ver isso. Parecia que ele se importava, e, apesar disso, não mudar o que aconteceu me deixava um pouco mais em paz.

Era a primeira vez que eu contava sobre o que tinha acontecido. Fazia semanas que eu estava remoendo essa história em silêncio, e ela finalmente parecia começar a se soltar dos meus pensamentos.

Manu estendeu um de seus fones para mim em um apoio silencioso e eu aceitei. Estava tocando uma música chamada "Perfection" de uma banda underground chamada Māyā. Mas ela não falava de perfeição, pelo contrário... falava sobre esperar o tempo certo para fazer alguma coisa e essa coisa nunca acontecer.

Em algum momento durante o solo de guitarra, peguei o celular e notei as barrinhas de internet diminuindo.

Já estávamos saindo da cidade, começaríamos as gravações pelos cenários lúdicos que estavam montados em um sítio no interior, e depois faríamos as cenas na parte urbana. A ordem cronológica das filmagens era bem diferente da sequência editada no filme, já que havia vários fatores que determinavam a organização, como a disponibilidade das locações, continuidade das cenas e, claro, orçamento.

Ainda tinha duas barrinhas de 4G no topo da tela do celular, então abri o grupo da família e escrevi. Tudo que tinha acontecido, sem um pedido de desculpas, apenas relatando o que ninguém tinha visto acontecer naquela festa. Eu não esperava nenhuma resposta, mas de fato não queria que a história pertencesse só a mim. E para finalizar, contei que ia passar um tempo fora, pois havia sido escalada para um filme *de verdade*, como minha mãe gostava de menosprezar.

O relógio na tela ficou parado por alguns instantes e logo a mensagem foi enviada. Mas eu não saberia dizer se alguém tinha recebido, pois quando chegamos ao sítio, eu já estava totalmente sem internet. Não tinha sido uma viagem longa, mas eu acordara cedo e estava morrendo de fome. Tínhamos o almoço do elenco e a prova de figurino na parte da tarde para começar as gravações no dia seguinte.

Agora era aquele momento em que as coisas pareciam tão reais que eu estava começando a fingir que estava acostumada, apesar do coração palpitar por tantos motivos que já nem fazia sentido me perguntar o que estava acontecendo.

E sendo levada pelas borboletas do meu estômago, pisei na grama fofa do sítio, acolhendo sua energia. Eu tinha certeza de que estava sendo observada por forças que não podia compreender. Então era a hora de dar um show.

XVII

✦

QUANDO TUDO PARECE BOM DEMAIS PARA SER VERDADE, A GENTE DESCONFIA.

✦

— Esse quarto é... — comecei a falar assim que encostei a pequena mala de rodinhas na cama de solteiro perto da janela, mas não terminei a frase.

A roupa de cama era estampada com flores miúdas, e a larga janela de madeira parecia ter sido entalhada anos e histórias atrás. Um pequeno coração no centro deixava um feixe de luz entrar, e logo a abri, curiosa pela vista. Uma varanda conjunta com os demais quartos do térreo dava acesso também a um largo gramado, com um lago no final da paisagem.

Algumas flores esquecidas insistiam em nascer entre a grama e o palete do deque, e logo busquei minha mochila para pegar meus cristais. Arrumei-os enfileirados no batente, murmurando uma palavra para cada um. Saúde para o quartzo verde; serenidade para a ametista; proteção para a turmalina negra, que soltei do pescoço e deixei por alguns momentos ali no sol, recarregando.

Manu tirou as botas e colocou a mala em cima da cama, arrumando suas roupas no armário ao lado do banheiro, andando de um lado para o outro, levando alguns cremes e maquiagens para a pia. Só percebi que ela resmungava depois de voltar o olhar da linha do horizonte, já querendo explorar cada detalhe daquele lugar.

— Não ouvi a última parte, Manu. — Nem a primeira, mas confiava no meu poder de dedução.

— Eu disse que parece que vamos ficar em um chalé de bruxa por um tempo. Aqui é bizarramente apertado, e minhas roupas fazem volume. Você não se importa de ficar só com as gavetas, né? — Ela estava sentada no chão alinhando os sapatos embaixo dos casacos e vestidos. Para que tanta roupa se só usaríamos figurino a maior parte do tempo? — Ou melhor, uma gaveta. Pode ser?

— Se você não ligar de eu pegar suas roupas se não encontrar as minhas, tudo bem.

Eu costumava pegar roupas do armário da minha irmã quando tinha uns quinze anos. Jéssica ficava irritada porque eu sempre as devolvia, nas suas palavras, "regurgitadas por um cachorro". Até que um belo dia eu simplesmente parei só porque comecei a achar o gosto dela muito sem graça. Roupas sociais pareciam muito sem personalidade, mas observando o estilo urbano e ousado da minha nova colega de quarto, até que podia ficar bem bonito.

Manu seguia com um sorriso travesso que eu já havia entendido que era seu jeito de ser legal. E, sinceramente, eu não ligava para onde estariam as minhas roupas, ou se estavam amassadas. Eu vagaria nua alegremente por todo esse lugar em uma noite de lua cheia, sendo de ninguém além de mim mesma. Correria com os lobos, cantaria canções perdidas no tempo e, por um instante, estando completamente exposta, não me esconderia.

A sensação era inédita, mas deixei que se dissipasse assim como fazia com todos os meus sonhos impossíveis. Ainda tinha uns quarenta minutos até almoçar e seguir para a prova final de figurino e outros ajustes gerais para começarmos a gravar no dia seguinte. Tirei meus sapatos e apoiei as mãos na janela, testando a altura. Era um pouco acima do meu quadril, mas eu conseguiria pular com alguma facilidade. Me afastei dos cristais e saltei para o deque, caminhando diretamente até a grama verde e quente.

— O que você está fazendo? — Uma Manuela pequenina, emoldurada e confusa perguntou ao longe.

— Eu preciso de *grounding*. Ser uma bruxa na cidade grande é bastante complicado — brinquei, não me importando com o que ela iria pensar. O lugar estava relativamente vazio, o elenco arrumava seus pertences nos respectivos quartos ou esticava as pernas após as horas sentado no ônibus.

A cabeça de Gael e Pedro apareceram algumas janelas ao lado, curiosas.

— Você sabe o que é isso, Manu? — Pedro perguntou, e Manuela logo surgiu na janela, já sem casaco e levemente descabelada com a testa franzida.

— Sei sim, só não entendi por que Noelle pulou a janela — ela gritou.

— Janelas são portas mais complicadas — respondi.

— Isso não faz sentido... — Pedro entrou no quarto, seguido por Manu, que agora parecia ter perdido um dos fones de ouvido. Problemas de fones sem fio.

— Eu não faria isso aí, se fosse você. — Gael continuou apoiado na janela, me observando com curiosidade.

Segui determinada a meditar um pouco e fiz o melhor para ignorar sua presença. Gael havia sido legal no ônibus, mas eu lembrava que ainda estava irritada com ele, e precisava dessa sensação para me proteger. A calça jeans que eu usava era larguinha e confortável, e o cropped roxo de veludo tinha mangas compridas aconchegantes. Meus cristais estavam energizando e agora era a minha vez. Fechei os olhos, concentrando-me na energia que vinha da terra, percebendo o som dos pássaros que viviam ali, reconhecendo o aroma de novos começos e nervosismos antigos. A claridade penetrava minhas pálpebras um pouco incisiva quando ouvi o som de alguma coisa se aproximando. Algo correndo. Algo vindo exatamente na minha direção.

Cortei a concentração, procurando quem estava por perto, e uma bolinha felpuda de ouro lançava-se para mim.

— Luke? — perguntei, confusa. — Você veio com a gente, foi? Seu papai conseguiu um papel pra você no filme também?

Levei a mão para fazer carinho em suas orelhas, tentando segurar sua cabeça que tentava me lamber. Em um mês, ele havia crescido *muito*, em breve seria do tamanho de um leão. Gael ria da janela, e logo pulou por ela também, andando alguns metros até mim.

— Você é do tipo de pessoa que vê filme de cachorro? — ele perguntou. Luke estava deitado ao meu lado com a cabeça na minha perna cruzada.

— Só se me falarem que ele não morre no final. — Tapei as orelhas do animal para que não ouvisse tal barbaridade e levantei o olhar, mas o sol estava mais forte agora que algumas nuvens se dissipavam. Gael sentou-se ao meu lado, um meio sorriso ainda pendurado em seus lábios.

— Concordo, senão é filme de terror.

— Dos piores. — Luke começou a subir em seu dono, lambendo seu rosto. — Uma das várias vantagens em ser filho da diretora, não é? Poder trazer seu pet — comentei com um tom doce para afastar a acidez.

— Não nego, é um privilégio. Mas ele é muito novinho pra ficar sozinho em casa, não confio muito no meu pai e na minha irmã pra adestrá-lo. Muito menos num hotel de cachorro, aprendendo a fazer bagunça. Aqui tem espaço para correr e eu consigo vê-lo todos os dias.

— Eu faria o mesmo se tivesse um.

— Qual bichinho você queria ter?

— Todos. — Dei de ombros, cutucando a grama. — Qualquer um. Um gato, um cachorro, uma iguana. Uma borboleta, um morcego. Eu gosto de animais... mas essa realidade não me pertence ainda.

— Eu te empresto o Luke o quanto você quiser. Ele não pode te ver que sai correndo pra pular em você.

— Ele é um cachorro, faz isso com todo mundo — desdenhei.

— Só com as pessoas legais. É um excelente juiz de caráter. — Gael me fitou, um pouco mais perto do meu rosto.

— E como ele acabou sendo *o seu* cachorro, então? — provoquei.

— Como assim?

— Deixa pra lá. — Não valia a pena trazer à tona a discussão da festa. Eu já estava aqui, não entraria numa queda de braço sobre o que ele havia feito; isso atrapalharia a conexão entre os personagens e essa era a minha prioridade. — Você pode ficar aqui e meditar perto de mim, mas tenta não atrapalhar.

Luke bateu com a cabeça na minha assim que fechei os olhos, e um sorriso involuntário se abriu. A grama sob meus pés era macia, e o vento entremeava meus cabelos. Levei o pulso até o nariz, sentindo o aroma do óleo essencial de laranja que havia pingado ali pela manhã, e busquei relaxar.

Os sons de Luke andando para um lado e para o outro em algum lugar no perímetro persistiam, e tentei adivinhar onde ele estaria. A respiração de Gael ao meu lado era quase inaudível, porém o seu perfume cítrico se misturava ao meu. Nunca havia feito isso, meditado com alguém ao meu lado. Era um pouco irresistível bisbilhotar, saber se ele estava se concentrando também ou mexendo em algo sem sentido no celular.

Espiei discretamente o que ele estava fazendo e tive a impressão de que estava com um dos olhos abertos na minha direção, mas logo se fechou. Eu não queria perguntar, então fiquei remoendo a curiosidade. Como queria, nessas horas, ter um terceiro olho para observar nosso corpo em sintonia com o universo. Ok, se eu estava meditando, deveria ser totalmente sincera... queria saber se ele estava olhando para mim. Não que isso importasse. Não que mudasse alguma coisa, afinal ele havia manipulado minha carreira.

Ok, minha concentração estava no lixo. Abri os olhos um pouco frustrada e olhei para ele. Parecia que estava dormindo sentado, é claro. Isso que se ganha depositando fichas de atenção em um caça-níquel falido. Passei a mão pela grama e peguei um dente-de-leão branco e felpudo, esticando um pouco o braço.

— Gael... — chamei despretensiosamente.

Assim que ele olhou para mim, assoprei a pequena flor na direção dele e comecei a gargalhar com seu olhar confuso. As partículas brancas pousaram em seu cabelo e ele xingou alguma coisa sem sentido enquanto eu me levantava e voltava para a janela do meu quarto.

— Vai ter volta! — ele prometeu.

— Eu sei, Gael. Tudo que vai, volta.

Ele sacudiu o cabelo de qualquer jeito e assobiou para Luke. Pulei para dentro e corri para tomar uma ducha rápida antes do almoço, afinal, não queria provar o figurino com as mãos e os pés sujos de terra. Manuela havia conseguido a proeza de ocupar toda a pia com seus produtos de beleza, e mal consegui identificar qual deles era o sabonete para lavar as mãos.

Durante o almoço, troquei algumas palavras com outras pessoas do elenco e da produção. Manu parecia conhecer intimamente todo mundo, mesmo quem tivesse conhecido naquele mesmo dia, e preferi comer em silêncio, distribuindo alguns sorrisos educados sem querer chamar tanta atenção para mim. Havia levado o roteiro comigo, apesar de já tê-lo decorado. Fingir ler alguma coisa era uma boa desculpa para não interagir.

Pedro conversava com Isis, a atriz que faria Titânia, em uma das mesas. Ela tinha o sorriso brilhante e balançava o suco de laranja em seu copo mais do que o bebia enquanto o ouvia falar. Gael não estava à vista – não que eu estivesse procurando por ele.

Já terminava meu estrogonofe quando um garoto de uns doze anos se sentou à minha frente. Seus olhos curiosos eram verdes e alongados, ele tinha o cabelo espetado na mesma cor e carregava nas mãos um prato de comida que tinha três vezes o seu tamanho.

— Você é a Helena? — indagou com o rosto retorcido em uma cara engraçada.

— Você é o Puck? — Levantei a sobrancelha e ele assentiu. — Pode me chamar de Noelle, se quiser.

— Você pode continuar me chamando de Puck. Tô tentando continuar no personagem o máximo possível.

— Tá nervoso pra amanhã?

— Óbvio que sim. É meu primeiro filme, e eu respeito uma câmera quando vejo uma. As que trouxeram pra cá são *gigantescas*! — Eu estava rindo, entretida com o jeito que ele misturava o arroz e a batata palha, que por milagre não caíam pela mesa. — E eu também nunca fui protagonista.

— Não acho que você seja o protagonista dessa história, Puck. — Franzi o cenho, bebendo o resto de suco de caju que tinha no meu copo.

— Claro que sim, bela Helena — ele disse com absoluta certeza, ignorando meu nome real. — Sem Puck, os casais jamais seriam trocados. Titânia jamais se apaixonaria por um burro. Você jamais teria o amor correspondido. Sem Puck, sem história.

— Ok, você tem um ponto. Mas você vai se sair bem, a Giovana é uma diretora excelente. Vai te orientar direitinho.

— Você tem sabedoria — ele falou entre uma garfada generosa e outra.

— Eu tenho dez anos a mais que você, devo saber uma coisa ou duas.

— Então você não deve mais ficar nervosa, né? Passa o medo de esquecer tudo, de ter que repetir a cena porque errou todas as expressões faciais... em casa eu tava praticando no espelho, mas não tem nenhum no set.

— É, Puck. O nervoso passa quando a gente fica mais velho, mas a boa notícia é que amanhã você vai ser um pouquinho mais velho do que é hoje.

Sorri, e ele devolveu em um gesto adorável. Parecia, de fato, um jovem elfo da floresta. Pedi licença ao sair da mesa com uma pedra de gelo no peito. Eu não havia praticado na frente do espelho. Tinha me acostumado a ser refém da câmera frontal, e dominado os takes que fazia. Sabia me movimentar em um palco, mas atuar no teatro era totalmente diferente de estar diante das câmeras. Na tela, todo movimento é amplificado, cada gesto se torna muito mais aparente do que no fluxo de uma apresentação ao vivo. Eu estava desesperadamente desacostumada a essa realidade.

Caminhando pela equipe me dei conta do quão gigantesco era o set, quantas pessoas estavam envolvidas no processo de filmagem, cuidando dos mínimos detalhes, os quais eu nem fazia ideia que existiam até agora. Para cada membro do elenco, devia ter uns cinco da equipe dos bastidores, um projeto muito maior do que os poucos que tinha feito na vida.

Eu não tinha horas o bastante para me filmar e verificar o que precisava melhorar, considerando que não tinha domínio dos ângulos ou da luz. Fiquei estática durante a prova do figurino e mal prestei atenção nos vestidos ou na prova dos penteados que fiz durante a tarde. Eu não deveria estar ali, como um manequim. Precisava estar ensaiando e repassando meus pontos fracos.

Não consegui dormir direito, inquieta com o primeiro dia de gravações, incerta do que aconteceria e de como seria meu desempenho. Não queria ser refém dos medos, mas naquele momento eles gritavam comigo, e a única a culpar por lhes dar ouvidos era eu mesma.

E quando chegou o crepúsculo do primeiro dia de gravações, eu sabia que havia fracassado.

Interlúdio

Universo

Suas lágrimas eram quentes e tímidas contra a grama, e ela negava para si mesma a existência das últimas horas. Sim, é amargo falhar, mesmo com a certeza de uma segunda chance. Noelle, naquele momento, sentia-se ridícula. Seu senso de propósito estava partido, e nada conseguia convencê-la de que pertencia àquele lugar.

Alguém poderia lhe dizer que não era incomum errar as tais marcações de câmera. Que trocar algumas palavras fazia parte do processo. Que ela estava, sim, sendo julgada, mas ninguém a estava condenando por isso – ninguém além dela mesma.

Porém não havia ninguém no mundo que ela gostaria que lhe desse acalento e palavras de apoio.

Ainda bem que o meu trabalho não era fazer suas vontades e dar à jovem atriz o que ela queria.

Meu trabalho era dar o que ela precisava.

XVIII

✦

Quem disse "O feitiço virou contra o feiticeiro", favor desdizer.

✦

Embaixo das cobertas grossas, ouvi alguém bater à porta e fiz questão de não me mover. O edredom era fofo e macio como uma nuvem, apropriado para a tempestade que insistia em passar por mim. Já havia chorado de nervoso e de raiva sozinha ao final da gravação, e novamente no banho. Manu havia insistido que eu deveria fazer uma máscara facial para melhorar o ânimo, e aceitei por não ter forças para discutir. Rabisquei palavras zangadas no caderno onde anotava ideias de roteiro, torcendo para que nunca precisasse lê-las.

A batida insistiu, determinada, e dessa vez Manuela deve ter percebido, mesmo com o fone alto, pois ouvi passos e o ranger das dobradiças em seguida.

— A Noelle tá por aqui? — Uma voz aveludada perguntou, e minha espinha congelou ao reconhecê-la.

— Aquela coisa amorfa e branca ali — ela respondeu.

— Agora não é um bom momento — murmurei, não me importando se estava soando ríspida ou triste.

— Por isso mesmo. — Senti o colchão afundar quando Gael se sentou na beirada da minha cama, e abaixei a coberta para enxergá-lo. — Você pode vir comigo? Queria falar sério com você.

— Essa frase não se diz para uma pessoa ansiosa. — Manu se intrometeu, jogando uma almofada na direção dele.

— Eu não tenho ansiedade — respondi.

— Tava falando de mim. Agora tô curiosa pra saber o que ele quer falar com você, Noelle. Então vai logo e volta pra me contar.

— Tá frio demais pra sair da cama. — Me virei de costas para eles.

— Eu empresto isso aqui pra você. — Manu jogou um casaco comprido vermelho e extremamente macio na minha direção, era como se fosse feito de pelúcia.

— O que você quer? — perguntei, já sentada na cama, encarando Gael. A expressão no rosto dele era calma e gentil, mas ele ainda era a última pessoa que eu gostaria de ver naquele momento.

— Vem comigo que eu te explico.

Caminhamos pela propriedade até uma casa um pouco menor, onde ficava o salão que fazia as vezes de camarim, reservado para a prova e montagem dos figurinos. Ainda não era tão tarde, passando um pouco das dez da noite, e acompanhei Gael silenciosamente até a porta.

Ele tirou um molho de chaves do bolso e começou a testar algumas delas na fechadura.

— A gente tem permissão pra estar aqui? — perguntei.

— Você não parece ser o tipo de garota que se importa tanto assim com isso.

— Não me importo, mas sou curiosa. — Um meio sorriso escapou, e Gael finalmente abriu a porta, tomando cuidado com o barulho. A sala ampla parecia ainda maior à noite, sem a equipe e os demais atores andando por todos os lados.

Mais silenciosa, menos intimidadora.

— Eu teria as chaves se não pudesse vir aqui? — Ele levantou a sobrancelha e eu não respondi, apenas dei de ombros, entrando timidamente no cômodo. — Noelle, brinca comigo. — Continuei em silêncio, caminhando até a arara de roupas que tinha uma plaquinha em que se lia "Helena". — Fala alguma coisa. Qualquer coisa.

Ignorei, alisando o cetim de uma das saias.

— É *por isso* que mortais não devem brincar de Deus, Gael. É por isso que Puck não deveria ter encantado os humanos sem a supervisão de Oberon.

Ele titubeou e caminhou até o local onde estava o seu figurino. Eu não conseguia vê-lo direito com as luzes apagadas, nem me esforcei muito para isso.

— Porque... eles cometem erros? — retrucou. Eu estava de braços cruzados, mas percebi a silhueta dele tirando o casaco de moletom e vestindo alguma outra coisa no lugar. Tentei não encarar tempo demais, mesmo com o cômodo escuro.

— Exatamente. Somos feitos para errar, e você não é diferente, Gael. — Ele se aproximou de uma das penteadeiras e acendeu um abajur antigo que emitiu uma luz amarela fraca demais para iluminar todo o salão, mas eu podia vê-lo com clareza agora. As diversas araras de roupa, acessórios como asas e flores penduradas, uma cesta com maçãs e laranjas em um aparador, as maquiagens organizadas ao lado das fotos de referência para o dia seguinte.

— Somos feitos para aprender, lindinha. E se errar é o caminho, que seja. — Ele estendeu um bloco encadernado na minha direção com o rosto sério. Era a minha cópia do roteiro, a julgar pelos desenhos de estrelas e cristais na capa. — Giovana Prado não errou ao escolher você, Noelle.

— Você me trouxe aqui para ensaiar? — indaguei, incrédula.

— Antes que você pense que isso foi um plano mirabolante para alguma coisa, eu só quero te ajudar.

— Ah, sim! Porque eu claramente estou desesperada, necessitando da *sua* ajuda, já que não sou o par que você idealizou!

— *Você não ia ficar com o papel de Titânia*! Se você tá chateada comigo porque acha que manipulei sua participação no filme, saiba disso. Isis já tinha sido escalada antes de eu saber que a vaga para Helena estava em aberto.

— Como é que é? — Franzi o cenho, confusa. Não sabia mais o que deveria entender ou no que acreditar.

— É normal perguntarem para os atores e atrizes que já estão definidos qual pessoa eles se sentiriam mais à vontade para contracenar. A gente se encontrou por acaso naquele dia, e vi que você era uma garota que merecia uma chance pra estourar, já que estava fazendo tanto para construir seu caminho. Você é tempestuosa, mas é divertida. Até doce quando ninguém está olhando. Então eu "advoguei" a seu favor para que você tivesse direito a um *callback*.

— Então você fez isso porque *acredita* em mim? Só por isso?

Um arrependimento diferente correu pelo meu corpo. Talvez eu não devesse ter sido tão ríspida com a pessoa que me estendeu a mão. Mas, francamente, não tinha como saber.

Ele assentiu e continuou:

— E te respondendo, *sim*, vamos ensaiar. Você pode colocar um dos figurinos para entrar no personagem também?

— Não me ajudou tanto hoje cedo... — comentei, avaliando os vestidos e escolhendo um de cetim dourado. Parecia feito de pétalas e raios de sol.

Gael apagou a luz, e o vi se virar de costas para que eu me trocasse. Mesmo assim, a ideia de trocar de roupa com ele tão próximo parecia um quadro surreal. Repeti as frases que ele havia me dito dentro da minha cabeça, a forma que reagi quando ele tentou me parabenizar na festa, o jeito que ele me olhou tentando explicar o que havia acontecido com o papel para o qual eu fizera audição. Por fim, tentei ajustar os botões nas costas, mas não consegui. Minha personagem era privilegiada socialmente, e aparentemente isso significava que não conseguia se vestir sem a ajuda de outra pessoa.

— Hum... Gael, você pode me ajudar com o vestido?

— Posso olhar? — ele perguntou, e vi os cachos negros se virarem na minha direção. Ele realmente não estava espiando. Uma parte de mim sentiu alívio, e a outra, uma pequena decepção.

Coloquei meu cabelo para a frente, brincando com as mechas cor de lavanda enquanto fingia naturalidade ao sentir as pontas quentes de seus dedos roçarem as minhas costas enquanto prendiam a fileira de botões. O silêncio era eterno e asfixiante.

— Acho que ficou um pouco torto, mas vai funcionar. E tem um zíper aqui na lateral, você vai conseguir tirar sozinha.

Parabéns por não ter visto o zíper, Noelle.

— E como um vestido vai me ajudar a não pisar na bola amanhã?

— Você só estava nervosa. Não é nada demais, todo mundo aqui já teve um primeiro dia ruim.

Andamos até a luz, nossos roteiros sobre a penteadeira, e Gael colocou o abajur no chão e se sentou no carpete. Imitei seu movimento.

— Estou ouvindo, *oh*, mestre da experiência — falei, com um sorriso irônico.

— Você está sendo debochada, mas prefiro isso a sua versão *muffin murcho enrolado na cama*. — Ele riu, folheando os nossos roteiros até colocar os dois na mesma página. Uma cena nossa. — Sua dinâmica com Pedro foi boa hoje, e com Manu também. Foi excelente, até.

—*Aham*, por isso refiz umas mil vezes até Manuela Martins começar a bufar.

— Ela não bufou por causa de você. — Eu o encarei, as sobrancelhas tocando a linha do cabelo. — Ok, não só por você. Mas o que tô dizendo é que acho que o atrito aconteceu entre a gente. Então se abre comigo. Pelos personagens — ele pediu.

Olhei para a página do roteiro que deveríamos ler, minhas falas grifadas com um marca-texto lilás e o nome de Helena em letra cursiva no topo da página, que escrevi enquanto praticava as falas em casa. Tirei a caneta presa no espiral de plástico e rabisquei algumas estrelinhas enquanto clareava meus pensamentos.

Gael tocou no marca-texto das minhas mãos com um sorriso silencioso, e o entreguei. Ele desenhou alguns corações em volta do nome "Demétrio", e soltei um riso baixo enquanto ele fazia isso.

— Por que está fazendo isso?

— Pra parecer um pouco mais com o roteiro da Helena... — Ele me entregou o texto. — E pra você rir. Lembrar de se divertir durante as gravações.

Fingi que folheava o roteiro algumas vezes, procurando por uma boa resposta improvisada, e acabei apoiando-o ao meu lado no chão. O carpete pinicava um pouco através do tecido fino, mas pelo menos a sala não era muito fria.

— Eu queria o papel de Titânia não por puro capricho... — Finalmente comecei a me abrir. Falar sobre o que me incomodava, mesmo que as palavras entalassem. Os olhos dele pareceram se arregalar, atentos, e Gael apoiou o rosto em uma das mãos. — Ela se apaixona por um burro, seria fácil de atuar. Mas agir como se eu fosse uma pessoa que não tem o amor retribuído e que ainda assim dá tudo o que tem? — Assim como a adolescência que perdi me anulando com Gabriel. Assim como Helena e Demétrio. Essa parte não fui capaz de falar em voz alta. — É real demais pra mim. — A última frase saiu um pouco mais amarga do que eu gostaria. Por algum motivo, eu me sentia à vontade para ser sincera com ele. — E me desculpa se eu não te entendi, se não dei uma chance para que você esclarecesse tudo.

— Você não me deve desculpas, Noelle. Não me deve nada, a última coisa que eu quero é que ache que tem alguma obrigação comigo, ok?

— Tudo bem — murmurei.

— Quanto ao seu papel, Helena é retribuída em seu amor. No fim, Demétrio se apaixona perdidamente por ela — Gael falou, fitando meu rosto. A pele escura dele reluzia como se estivesse coberta por ouro naquela luz, os cachos formando sombras definidas em seu rosto. Só então reparei na túnica azul-escura que ele vestia e na faixa prateada que mantinha a peça presa no quadril. Ele não parecia ser alguém dessa era. Dessa dimensão.

— Helena se contenta com uma falácia, não com o amor verdadeiro. O que Demétrio sente por ela é só um encanto, uma magia. Algo que pode ser quebrado.

— Eu achei que bruxas acreditassem um pouco mais no efeito de seus feitiços — provocou, e veio para o meu lado pegando o roteiro e colocando-o sobre o meu colo. O rosto dele estava menos iluminado; Gael tocou meu queixo e o virou para a luz, admirando o meu perfil. — Demétrio passa a ver Helena apenas como o que ela é. Ele já notava a beleza dela antes, já sonhava em tocar seus cabelos feitos de sol e violetas, mas se apaixona pela determinação de sua personalidade, pela forma como ela demonstra não temer nada a sua volta.

As borboletas no meu estômago deram uma revoada e engoli em seco. Eu estava envolvida demais na situação, e mesmo sentada, apoiei uma das mãos no chão buscando mais apoio.

— O que está fazendo? — Recuei.

— Entrando no personagem, Noelle. — Os lábios dele estavam repuxados para cima em clara obviedade. — Agora é sua vez. Me diz por que Helena é apaixonada por Demétrio.

— Porque ela não tem amor-próprio e rasteja por quem não presta?

— Essa atitude não vai te ajudar muito no set — ele cantarolou. Eu ficara irritada, mas a musiquinha dissipou a sensação ruim e segurei uma risada.

— Bom, acho que Helena ama Demétrio porque ele é obviamente... — Eu encarava o chão, mas desviei meu olhar para o rosto dele só por um instante. — Bonito. Porque a presença dele entorpece o ambiente a sua volta e ele sabe usar o poder e a influência de forma justa. E ela não acha justo que *dois* homens amem Hérmia, pois sabe que também merece ser amada e feliz, assim como a melhor amiga.

— Ok, acho que fizemos um avanço — Gael ponderou, satisfeito. — Agora vamos ler algumas das falas?

— Eu já decorei o texto inteiro — comentei, levantando um pouco o roteiro do chão.

— Ótimo. Mesmo assim, vamos fazer uma releitura completa dessa cena, de Helena abordando Demétrio para falar da fuga de Hérmia. — Gael se levantou, e o acompanhei. Ele andou pela sala procurando por um lugar mais adequado para conversarmos, e iniciou sua fala.

— Não há nada que você possa falar que seja do meu interesse. O caminho que quero andar não vai em direção a você, Helena.

— Eu duvido que tenha algo que te interesse mais do que o coração da minha melhor amiga. Da minha boca podem sair muitas palavras que você quer ouvir, e só não sabe ainda — o respondi, buscando pequenas interações com o ambiente ao meu redor como se aquela fosse a locação descrita na cena.

— Pois destrave esses mistérios que revelam os anseios da minha amada.

— E assim você finalmente começará a criar uma afeição por mim?

— Se você colocar Hérmia em meus braços, terá minha gratidão.

Em um instante, não estava mais em São Paulo. Ou no século XXI. Mas em algum lugar em Atenas que fazia fronteira com o mundo das fadas, ignorante aos sentimentos que prometiam desabrochar e digladiar com os meus. Diferente da manhã daquele dia, agora parecia infinitamente mais fácil contracenar com Gael. Olhar no fundo de seus olhos escuros tão atentos aos meus aguardando sua próxima fala na certeza do que eu diria depois. Achei que fingir estar apaixonada, fingir ter um relacionamento, seria desconfortável, porém era algo simples, uma vez que todos os movimentos eram ensaiados.

Continuamos as falas, chegamos ao final da cena, e em um sorriso bobo e encorajador, Gael se permitiu sair do personagem por um instante e me pediu num sussurro grave:

— Agora olhe no fundo dos meus olhos e fale que me deseja. Que faria qualquer coisa para estar comigo e para merecer o meu amor.

Eu poderia fazer isso. Ali, no escuro e sem câmeras, parecia um momento mais confortável. Não precisava ser perfeito, e eu só precisava convencer uma pessoa de que sabia fazer meu papel. Respirei fundo, me concentrei e ousei apoiar uma das mãos no peito dele. Sua pele estava arrepiada pelo frio, e só assim percebi que a minha também estava.

— Eu faria qualquer coisa para estar com você — falei pausadamente, a voz arrastada. Segurei um sorriso, encurtando a distância entre nós, e toquei seu cabelo, sentindo os cachos macios entre meus dedos, o convidativo aroma de limão e âmbar. — Faria de tudo para ter o seu amor. Para ser completamente sua e de mais ninguém. — Franzi o cenho por um momento, as lágrimas de Helena ardendo por trás dos meus olhos. — Por que você não corresponde ao que sinto?

Por um instante, acreditei no que disse. Amar era uma merda, mas fingir amar Demétrio não era tão ruim. Não quebrei a conexão entre nós, aguardando pacientemente até que ele fizesse o próximo movimento. Não sabia se ele continuaria a cena, se improvisaria ou se teríamos um outro desafio. Continuei a brincar com seus cachos preguiçosamente, assim como Helena perdia as noites sonhando acordada.

Gael tocou meu rosto com o nó dos dedos, a boca entreaberta parecia buscar as palavras. Ele pegou a minha mão que o acarinhava e se distanciou.

— Você precisa ir agora — ele murmurou sem emoção, certamente dentro do personagem.

E assim, fui para trás da arara, guardei o vestido – depois de alguns minutos de malabarismo tentando pendurá-lo no cabide como o encontrei – e quando estava vestida para voltar para o quarto, não o encontrei em lugar algum.

Refiz o caminho até o meu quarto, revivendo minha memória, ainda entorpecida, dos últimos momentos breves e decisivos. Naquela mesma noite, ao cair na cama, eu estava feliz, sabendo que finalmente havia me conectado com a personagem à qual daria vida.

E desde que eu soubesse separar o meu sentimento do dela, tudo ficaria bem.

XIX

As pessoas subestimam o jogo "Verdade ou Consequência".

Os dias seguintes de gravações foram consideravelmente melhores. Mais produtivos, pelo menos. Adoraria dizer que estava acostumada com a pontualidade dos horários, com o fato de ter alguém para fazer minha maquiagem e meu cabelo, ou com os vestidos feitos de cetim e tule da minha personagem. Algum dia, seria normal as grandiosas câmeras a minha volta, prestar atenção às conversas entreouvidas da equipe que andava freneticamente murmurando algo em seus rádios de mão e o olhar vigilante da diretora sobre mim.

Contracenar com Manu era algo fácil, percebi que ela parecia sempre disposta e alegre perto de todos, nem sinal da garota nojenta que conheci no dia da audição. Ela parecia se dar bem com todos, só não era muito próxima do Pedro, exceto quando estavam gravando. Eu sentia que começávamos a preparação da cena quando o despertador dela tocava às cinco e meia da manhã. O sol ainda não estava de pé, mas Manuela Martins, sim. Ela seguia uma rotina estrita de exercícios, alongamentos e *skincare* antes de tomarmos café da manhã, às sete da manhã. Eu particularmente gostava e pulava a janela para meditar ao ar livre até amanhecer. Francamente, eu dormia sentada na grama molhada de orvalho, mas era uma oportunidade que não teria ao voltar para o apartamento de Serena.

Observando os pensamentos divagarem ao esperar o sol nascer, minha melhor amiga frequentemente aparecia. Queria saber se sentia minha falta ou se estava mais feliz em finalmente ter a casa só para ela. Queria saber se a mensagem que escrevi para minha família havia sido enviada, pois em nenhuma parte do sítio eu conseguia acesso à internet – uma dificuldade técnica até que bastante conveniente para evitar o vazamento de spoilers, apesar da multa astronômica no contrato.

Vez ou outra, Luke vinha me acompanhar enquanto eu assistia ao dia clarear, e ele se comportava surpreendentemente bem para um filhote de oito meses. Gael deixava a janela aberta para o golden, e o peguei nos observando meditar algumas manhãs. Convidei para que se juntasse a nós, mas sua cara amassada de sono era um "não" em negrito. Ele acabava se jogando para fora da janela logo antes do sol nascer, mas ficava em silêncio, dormindo sentado sobre uma toalha e fingindo que meditava.

Nós nos víamos somente durante as gravações, e eu não costumava conversar muito com outros membros do elenco, nem com ele. Não queria que ninguém pensasse que eu tinha conseguido esse papel por favoritismo, e fazia de tudo para demonstrar ser o mais profissional possível ao entrar em cena: ouvia atentamente a diretora, testava algumas entonações até encontrar a acentuação ideal em cada palavra e buscava fazer tudo com uma calma irredutível.

Acabou que começar o dia meditando e praticando *grounding* destilava o estresse da situação. A terra recarregava minhas energias de forma gentil, e longe de tudo que eu havia conhecido até então, sentia que estava tudo no seu devido lugar. Eu não estava confusa, sobrecarregada ou tremendo de medo com o mundo prestes a desabar.

No final da semana, deveríamos nos preparar para continuar uma das cenas no mundo das fadas. Havíamos acabado de gravar o momento em que nossos personagens finalmente se encontravam no reino de Titânia e Oberon em uma parte da propriedade que contava com um belíssimo bosque construído para encantar os sentidos. As flores plantadas ali tinham sido colocadas para rimar com a cor em nossos cabelos, em uma estética mágica e psicodélica tal qual um sonho acordado.

Eu estava exausta, mas achei que precisávamos comemorar. Nenhum de nós quatro estávamos escalados para a manhã do dia seguinte, então pedi para Manu conseguir uma garrafa de alguma coisa para brindarmos.

Duas horas mais tarde, Gael, Pedro e Manu estavam sentados no chão do nosso quarto avaliando um duvidoso licor artesanal de banana que fora encontrado na dispensa da cozinha quando ninguém estava. Eu terminava de vestir um conjunto de moletom vermelho *carmesin* – segundo Manuela – e prendi o cabelo em um rabo de cavalo alto. Coloquei o colar de turmalina preta, pois dormia com ele, já que não podia usá-lo durante o dia, e arrumei os cristais na minha cabeceira antes de me sentar no chão. Me apertei entre Pedro e Manu, ficando de frente para Gael, que lia o rótulo em voz alta.

— Isso foi o melhor que vocês conseguiram encontrar? — Manu indagou com uma sobrancelha levantada.

— Era a única coisa que tinha e não é como se pudéssemos sair do sítio em busca de outras opções — Pedro explicou.

— Eu não vou voltar lá na cozinha hoje, mas dá pra usar isso aqui pra fazer uma batida tropical. É só ter boa vontade — Gael resolveu, já abrindo a garrafa e servindo o líquido espesso em copos de café descartáveis que encontrou em algum lugar.

Observei o conteúdo caramelo dos copinhos transparentes e peguei o que estava na minha frente, enquanto uma ideia infinitamente estúpida passou pela minha cabeça.

— A gente sempre pode *beber* ou... brincar de "Verdade ou consequência". — Abri um sorriso para ninguém em particular, estendendo o copo para o centro em um brinde e um convite.

Eles se entreolharam e pude jurar ter ouvido o zumbido de flechas enquanto um consentimento invisível se instaurou ali.

— Saúde — murmuramos desencontrados, e virei o licor em um só gole. Era doce e indiscutivelmente feito de banana. Agradável e estranho. Era gostoso.

Abri a garrafa ao lado de Gael e Manu e tomei outro gole diretamente do gargalo. Fechei bem a tampa e sentei de pernas cruzadas um pouco pra trás, a fim de ter espaço para a garrafa girar.

— Não sabia que a gente tava num filme americano de *High School* — Manu comentou, colocando a mecha verde de cabelo atrás da orelha.

— Estamos trabalhando na releitura de uma comédia clássica. "Verdade ou consequência" não é tão estranho assim — Gael comentou.

— Quem pergunta. — Apontei para a tampa. — Quem responde — expliquei, apontando para o fundo da garrafa. — Quem vai ser o primeiro a girar?

É seguro dizer que todos hesitaram por um instante, inclusive eu. Uma insegurança infantil que a gente jura que para de nos pertencer ao sair da escola, mas que permanece. Manu parecia ir em direção à garrafa, mas seguia incerta, então eu a girei. Foi minha ideia de qualquer forma. Um frio gostoso invadiu minha barriga, assim como acontecia com tudo que me deixava curiosa. Existiam muitos tipos de círculos mágicos, e jogar "Verdade ou consequência" definitivamente era um deles. Diferente do dia em que brindamos antes de virmos para cá, nossa interação não era mais tão forçada. As brincadeiras pareciam mais naturais, as reações mais autênticas. Então que mal haveria?

A garrafa parou de girar com a tampa apontada para Manu e o fundo da garrafa apontado para mim. Engoli em seco, soltando um meio sorriso travesso, e falei naturalmente:

— Verdade.

Manu olhou para o teto como se a pergunta ideal estivesse esculpida na sanca, e Gael sussurrou algo em seu ouvido.

— Não, tenho uma ideia melhor — ela murmurou. — Quem foi seu primeiro amor?

— O mesmo que o último. — Dei de ombros. — Gabriel.

— Ainda gosta dele? — Ela levantou a sobrancelha, e eu abracei meus joelhos. Não queria entrar naquela história, então preferi cortar esse tópico para que fizessem perguntas mais interessantes.

— Não, longe disso. Só entendi que o amor que os livros, filmes e músicas mostram pra gente não existe e tá tudo bem. A arte é feita pra gerar essa catarse, e suprir o que não existe na vida real.

— Já podemos chamar o jogo de "Verdade, consequência ou filosofia" — Pedro intercedeu, girando a garrafa em seguida. A tampa apontada para ele, o fundo, para Manuela.

— Consequência. — Ela abriu um sorriso, o olhar cravado no dele reluzindo.

— Eu desafio você a beijar alguém nesse quarto — ele falou, ainda com os olhos nela. Ok, com certeza havia *algo* entre eles dois, e eu cobri a boca com a mão segurando uma risada. Gael também os observava, e Manu jogou o cabelo para o lado, as mechas verdes mais discretas à noite. Engatinhou até o meio da roda, fazendo a garrafa rolar para o canto, e parou na minha frente.

— Noelle, posso? — Sua pergunta me pegou de surpresa, e concordei com a cabeça. Manu segurou meu rosto com delicadeza e colou os lábios nos meus por um instante. Em seguida, estávamos gargalhando, nossa singela roda levemente desfeita.

Os garotos fingiam olhar para o lado, apesar da atenção claramente em nós. A próxima vez que a garrafa girou foi novamente a vez de Manu fazer uma pergunta, dessa vez para Gael.

— Quando foi a última vez que você teve... relações com alguém?

Fiquei desconfortável ao ouvir essa pergunta. Eu não queria saber com quem ele estava, ou há quanto tempo tinha se relacionado. Isso me fazia lembrar há quanto tempo não era tocada. Depois de Gabriel, eu tivera duas experiências pelos motivos errados, apenas para provar que eu podia ser desejada.

Aprendi rápido demais que era fácil ser cobiçada, mas o que eu realmente queria era impossível. Eu jamais seria a prioridade – nunca fui, em nenhum momento da minha vida, para ninguém. Durante a pandemia me mantivera reclusa, e desde então não havia beijado boca alguma. O *primo do Marcos* seria o primeiro em muito tempo, mas com os fatos mais recentes, eu estava feliz de ter sido Manu. Era um gesto de amizade do qual eu não me arrependeria depois, meu novo significado de perfeição.

— No carnaval — ele respondeu, enfim.

— Em fevereiro, então? — perguntei por algum motivo infeliz. Eu não deveria parecer interessada na vida amorosa dele. Mas agora já era tarde, então sustentei a postura, estalando os dedos despretensiosamente.

— Abril, na verdade. O carnaval carioca foi mais tarde por causa da vacinação.

— Bom, parabéns — murmurei.

Por que eu falei *parabéns* por ele ter transado no carnaval? POR QUE EU FAZIA ISSO? Girei a garrafa apressadamente, as palavras se dissipando no ar como fumaça velha, e a maldita parou com Gael fazendo uma pergunta para mim.

Caro universo, cara lei da gravidade, cara resistência e atrito no carpete: por quê?

— Desafio. — Não sei por que o tom saiu tão afiado, mas meu corpo incendiava de raiva, vergonha e urgência. Não por ele, mas por mim. Por não ter domínio do que eu pensava ou sentia.

— Te desafio a fazer algo que sempre quis fazer e até agora não teve coragem ou oportunidade. Sem julgamentos aqui.

— E o que isso significa? — Eu tinha sido pega de surpresa. Uma reflexão existencial em uma brincadeira de girar a garrafa. A "filosofia" deveria entrar no título do jogo, de fato.

— Você é criativa, Noelle. Só faz o que você quiser.

Ajeitei meu rabo de cavalo ao me levantar, analisando o quarto a minha volta. As camas desarrumadas, um casaco de Manu preso para fora da porta do armário, meus cristais na cabeceira, a janela fechada com um feixe de luz prateado atravessando o coração entalhado.

Abri e vi a lua cheia soberana sobre nós, o breu absoluto da noite tão longe da cidade. O céu estava limpo, e diante de nós só havia o manto da escuridão. O ar era gelado, mas não estava ventando naquele momento.

— Apaguem as luzes e só acendam quando eu disser que pode, combinado? — Os três murmuram que sim e pulei a janela, deixando para trás o quarto iluminado apenas pelo luar. — Não façam barulho, e... eu não ligo se verem.

Corri até além do lugar onde usualmente eu meditava, a grama encharcando as meias grossas. Ignorei o vento que cortava minhas bochechas com a velocidade, livre em direção à lua cheia, e parei quando a janela do meu quarto estava distante o bastante para que não me vissem com clareza.

Meu corpo estava aquecido com a corrida, em combustão por tudo que queria viver, e tirei a blusa de moletom. Minha pele se arrepiou com a temperatura, meus seios subitamente rígidos com o frio, mas não senti desconforto ou vergonha: pelo contrário. Tirei a calça de moletom e as meias já encharcadas. Logo eu estava vestida de mim mesma, longe de tudo que conhecia e que me apavorava. Estar totalmente caracterizada diante das câmeras me fez sentir mil vezes mais exposta. Demorei um pouco para saber o que faria em seguida, então segurei a luz da lua em minhas palmas. Apreciei a silhueta dos dedos contra o firmamento e comecei a murmurar uma melodia que desconhecia, ou que havia esquecido.

O frio era convidativo e intimidador, e, pela memória, segui uma sequência de passos de alguma coreografia abandonada de balé, rudimentar e pouco lapidada. Mas a música do meu coração ditava o ritmo. Eu estava dançando para a lua, como tantas outras mulheres haviam feito em busca da própria conexão com o cosmos e consigo mesmas. Assim em cima como embaixo. Assim por dentro como por fora. Assim como o universo e a alma.

Eu buscava pelo fogo que havia queimado nossos sonhos, que havia calado nossa voz e que agora ressurgia em um cântico ancestral cada vez mais alto. Um coral se uniu a minha voz, e logo o uivo do vento era também o dos lobos e daquelas que haviam partido. Calor começou a irradiar da terra enquanto ela ouvia meu chamado, no espetáculo musical mais mágico que eu já havia feito parte. Todas as estrelas nos assistiam de camarote, enquanto eu me unia a um espírito que julgava ter perdido para sempre.

O meu.

XX

Depois de engolir tantos sapos, beijar um até que não me parece má ideia.

O sol acariciava minhas pálpebras conforme irrompia no céu. O ar frio entrava pelas minhas narinas junto ao aroma da terra fresca com a promessa de uma manhã calma. Eu não tinha nenhuma cena para gravar naquele dia, então estava livre para dormir até mais tarde e aproveitar a propriedade. O problema é que havia me esquecido de avisar isso ao meu relógio biológico, e eu estava meditando, como de costume.

— Posso me sentar com você? — Era a voz de Manuela. Virei a cabeça para cima, esfregando as mãos por dentro das mangas do casaco. Manu segurava um colchonete que não havia visto em lugar algum no nosso quarto, e ela percebeu a estranheza. — É da sala de ginástica, mas hoje não tem por que me exercitar tão cedo. Pensei em meditar com você, se não for atrapalhar.

— Tem espaço o bastante para nós duas — comentei ainda com sono, e voltei a fechar os olhos, ignorando os sons que ela fazia ao tentar encontrar uma posição ideal rangendo contra o material emborrachado do colchonete.

— A gente faz algum som? — Manu sussurrou.

— Não é obrigatório, mas se te ajudar a se concentrar, pode fazer.

— Me concentrar no quê? — Ela espalmou nas pernas e eu abri os olhos, um pouco impaciente.

— É um pouco abstrato, mas a ideia é observar os pensamentos passarem sem se apegar a nenhum deles. Não discutir consigo mesma, não começar a desenvolver ideias ou teorias. Como se fossem... barquinhos à deriva — expliquei.

— Parece chato.

— Você nem tentou!

— Tá, vou tentar. — E ela conseguiu, por cerca de vinte segundos. — O que acontece se o mesmo pensamento fica voltando, como se fosse uma cópia do mesmo barquinho?

— Fala, Manu. — Abri os olhos, desistindo da meditação. — Qual é o "barco"?

— Que barco? — Ela franziu o cenho, confusa.

— O que tá te perturbando? — Levantei a voz a um tom normal, o que na quietude do amanhecer parecia um escândalo.

— O nosso jogo de ontem... me deixou pensando. O que você falou sobre amor, sobre ele só existir nas artes. Se for mesmo assim, acho que vivo perdida em um mesmo poema.

— Quem roubou seu coração? — Engoli em seco esperando pela resposta. Ela podia dizer tudo, mas tinha um nome específico que não queria ouvir.

— Pedro e eu terminamos no ano passado. Passamos a pandemia juntos, e achei que esse era o teste para a nossa relação. Mas quando o mundo foi voltando ao normal, a gente percebeu que queria coisas diferentes pra nossa vida. Ou melhor, ele percebeu. E eu aceitei, o que ia fazer? — Manu passou a mão nas sobrancelhas, fitando o amanhecer diante de nós. — Mas ontem, quando ele me desafiou a beijar alguém no quarto... eu não sei se ele queria que eu o beijasse, se estava me testando, já que terminamos em bons termos. — Ela abriu um sorriso triste. — Obrigada por isso, inclusive. Por ter deixado eu te dar um selinho.

— Foi divertido. — Soltei um riso baixo. — Mas sinto muito pelo que está passando. Ter ele como seu par romântico deve ser bem complicado.

— Tem vezes que eu nem preciso atuar. — Ela deu de ombros, ainda com um sorriso melancólico no belo rosto.

— Eu atuo justamente para ser qualquer outra pessoa. Para viver outras vidas, já que a minha, fora daqui, é tão desajeitada.

— Você virou atriz para fugir? — Eu assenti. — Eu virei para me encontrar.

— E você não preferiria ter a vida de alguém que não sofre por amor? Alguém livre das amarras que só nos fazem sofrer no fim? — perguntei, sincera.

— A gente não pode escolher *não sentir dor*, Noelle. Existir dói, de um jeito ou de outro. Mas eu prefiro saber que meu coração está partido a não ter um. — Ela suspirou. — No fim do dia, a única pessoa que eu realmente quero ser é eu mesma. Eu amo dar vida às minhas personagens, mas ainda prefiro a minha própria.

— Eu também preferiria a sua — brinquei, e ela mostrou a língua.

— Acho a sua fascinante. Você parece entender a natureza de um jeito diferente... o que você fez ontem foi tão *livre*.

— Eu nunca teria feito aquilo, na verdade. Não sei o que aconteceu comigo. — Ainda ressoava na minha pele o toque da magia que me visitou.

— Parece que Gael acertou no desafio.

— É... — Olhei para a janela dele, a cabeça dourada de Luke com o focinho apoiado. Uma mão cor de bronze o acarinhou e desviei a atenção para Manu.

Indiretamente Gael me proporcionou uma experiência única, mesmo sem querer. Ele era um bom amigo, embora eu não tivesse tanta experiência no ramo. Manu e Pedro também. Com alguma sorte isso não se dissolveria ao voltar para casa, e meu peito apertou com o pensamento. Eu nunca sentia que estava no lugar certo e na hora certa, exceto agora. Como voltaria para o caos que havia deixado? Como as coisas poderiam ser diferentes? Manu olhava para mim, compreensiva, e pensei em compartilhar minhas aflições.

— Você acha que depois das gravações...

Ela soltou um grito agudo e súbito, me assustando.

Demorei para entender o que havia acontecido, até que vi um sapo na ponta do seu colchonete. Manuela já tinha corrido em direção ao nosso quarto, desesperada, e comecei a gargalhar. Pedro e mais umas quatro pessoas apareceram na janela, preocupados. Gael não esperou e saltou de supetão.

Eu me levantei com calma, rindo, e peguei o pequeno sapo. Era verde e quase sem verrugas, fofo se olhar além do estereótipo de "bicho nojento". Ele só era mole e gelado, pelos deuses.

— É só um sapo, tá tudo bem! — gritei, mostrando o sapo nas mãos, com delicadeza. — Só um sapo! — comentei com Gael. Coloquei o animal em um arbusto mais afastado e chamei Manu, acenando. — Pode voltar!

— Nunca. Mais — ela respondeu, quase em estado catatônico, da janela.

Luke havia pulado da janela como fazia na maioria das manhãs, mas correu em direção ao arbusto onde eu deixara o sapinho.

— Então tá tudo bem com você, Noelle? — Gael perguntou, e só então me dei conta de que ele estava sem camisa, os músculos delineados e expostos, a calça de moletom desamarrada. Tentei não encarar.

— Foi *Manu* quem gritou, não eu — falei, batendo a mão na calça. Ok, isso precisaria ir para a lavanderia.

— Tô sendo idiota de me preocupar com uma garota que dança nua na noite aberta, não é?

— Não, foi fofo você vir correndo como se eu fosse uma donzela em apuros. — Só então que a segunda parte da frase bateu na minha consciência. — Você viu aquilo? — Como fui esquecer que ele estava lá assistindo? Senti meu rosto ficar vermelho. No geral, no teatro, nós nos desapegávamos da vergonha, mas aquilo era diferente. A bebida de banana era consideravelmente mais forte do que eu havia julgado, ou o meu bom senso havia me abandonado ontem. O céu rosado começava a ficar azul, e os primeiros raios da manhã tocavam meu rosto oferecendo calor.

— Não consegui olhar pra nenhum outro lugar, mas fica tranquila. Você estava longe e estava escuro demais. Infelizmente.

— O que isso quer dizer? — Fiz força para não permitir que um sorriso surgisse.

— *Que eu invejo as estrelas por terem você inteiramente para elas, e por me privar de um sorriso seu todas as noites.* — Uma frase de Demétrio para Helena no roteiro do nosso filme. Iríamos gravar a cena de quando ele finalmente está apaixonado por ela e tenta convencê-la de que seu amor não é um deboche.

É claro que seria algo dos nossos personagens, mas ainda assim o sorriso finalmente surgiu.

— Essa é a fala da cena de depois de amanhã. — Encostei o indicador no peitoral exposto dele de brincadeira. Não deveria ter reparado, com um movimento tão simples, que sua pele era tão quente. — Ficou boa, me convenceu.

— Espero que sim, Noelle.

Interlúdio

Universo

Há raros momentos nos quais o sol e as estrelas se alinham, curiosos para testemunhar a mesma cena. E dessa vez, os astros se reuniam para ver a garota feita de amanhecer e o rapaz que caminhava nas nuvens.

Ele compartilhava verdades através das palavras de um outro alguém, hipnotizado pelos riscos de ouro nos olhos dela e pela lavanda que emoldurava seu rosto.

Ela fingia que não entendia. Achava graça da própria fé, colocando-se em dúvida e negação.

Mas assim são o dia e a noite. Opostos que se complementam a distância e sempre se encontram ao amanhecer e anoitecer. E enquanto Noelle decidia revisitar seus próprios fantasmas, o céu parecia fechar como um eclipse aguardado. Contudo, o que vinha pela frente era a única coisa que podia separar um sonhador do firmamento.

Uma nuvem de chuva.

XXI

Tudo pela arte, inclusive se jogar de um precipício.

Gael murmurou algo sobre estar com frio, e eu definitivamente precisava de um banho quente também. O dia era uma incógnita à minha frente, então decidi fazer algo diferente. Já estava em uma fantasia, por que não espiar alguns fantasmas?

Não consegui encontrar nenhuma das minhas roupas mais confortáveis – com exceção do conjunto de moletom que precisava urgentemente ser lavado –, então peguei uma meia-calça preta da Manuela e um dos seus blazers compridos o bastante para serem vestidos. Era quente, um pouco grande para o meu tamanho, mas estava confortável. Calcei os coturnos, ajustei a echarpe vermelha no pescoço, e decidi assistir à gravação, já que não precisava estar em frente às câmeras hoje.

A cena aconteceria no mesmo cenário que havia conhecido, o adorável jardim com plantas frutíferas que era nosso reino das fadas, e Titânia e Oberon estariam contracenando. Naquele momento, eu já havia me apaixonado o bastante por Helena, e não cobiçava mais o papel da rainha. Ainda assim, a curiosidade tomou o melhor de mim.

Pedi licença para a equipe e fiquei de longe observando-os trabalhar. Nos dias em que precisei atuar, eu estava tão focada em seguir as orientações da diretora que não notei com atenção os movimentos insanos por trás das câmeras. Passei a reparar nos olhares entre os cinegrafistas de máscara enquanto encontravam o ângulo que proporcionava o quadro ideal, as conversas breves e eficientes que tinham com os responsáveis pela iluminação a fim de refletir a essência feérica e onírica que Giovana Prado buscava. O jovem Puck aguardava para ser chamado, e algumas fadas da corte de Titânia conversavam entre si. Era o limiar entre realidade e fantasia.

O cenário era composto por flores reais e outras pintadas em azul metálico e dourado. Cristais pendurados por toda parte, refletindo pequenos arco-íris no horizonte. Uma viagem psicodélica e ousada do que é estar dentro de um sonho. Vendo de fora e com calma pela primeira vez, de repente me dei conta da grandiosidade do projeto. Era belíssimo, e eu fazia parte dele. Finalmente sentia que merecia estar aqui.

Isis surgiu em cena, o vestido reluzente e prateado contrastando com a pele escura, pequenos cristais e flores enfeitavam seu cabelo armado como uma coroa desarranjada e bela. Oberon tinha anéis dourados presos em seus dreads, assim como argolas que contornavam suas orelhas. Uma túnica verde o cobria, revelando os músculos delineados dos braços. Eles pareciam concentrados, repassando os detalhes de interação com o cenário, e a diretora lapidava algumas marcações. O filme já existia na cabeça dela, e agora ela o realizava.

Ouvi o som da claquete iniciando o primeiro take, me divertindo com o caos natural dos bastidores quando eu não fazia parte dele, e de repente era a própria rainha das fadas que falava diante de mim. Não me via mais naquele cenário, com aquela postura e gestual, naquele papel. Eu não era um ser mágico e eterno, era apenas humana – e não tinha nada de errado com isso.

Busquei o celular no bolso do blazer e anotei esse pensamento para transcrever ao caderno depois, poderia ser um bom mantra para quando essa experiência acabasse e a incerteza da minha própria vida me visitasse outra vez. Ninguém estava reparando em mim, então tirei uma foto dos bastidores para guardar de recordação. Não pretendia postar em lugar algum, era uma memória só para mim.

— Sabe que é proibido fotografar a produção, não é? — Gael sussurrou, surgindo do completo e absoluto nada. Quase dei um grito, mas tapei a boca com a mão, temendo cuspir meu coração pelo susto. Segurei um xingamento, preocupada em fazer algum som, e abri uma nova nota no celular.

Escrevi e entreguei o aparelho para ele.

> Há quanto tempo vc tá aqui?

Ele escreveu de volta:

> Alguns minutos. Quer fazer alguma coisa mais legal do que ficar em silêncio assistindo aos outros trabalharem?

Eu assenti e me levantei discretamente para deixar o set. Desviamos de alguns fios presos no chão e olhares bravos, seguindo pelo gramado em direção ao outro lado do lago da propriedade. Algumas nuvens brancas e fofas corriam, e Gael parecia diferente. Havia me acostumado a vê-lo com os trajes do seu personagem, e agora ele usava calças simples junto a um casaco *fleece* vinho que parecia ser a coisa mais macia do mundo. Eu sabia que a sua pele era quente, e a imagem dele sem camisa correndo na minha direção mais cedo me fazia corar mesmo sem motivo.

— Qual é a sua ideia para aproveitar o dia hoje? — perguntei, caminhando para o píer do lago, distante das gravações e acomodações. — Além de visitar o cenário de amanhã.

O lugar estava enfeitado com luzes que deveriam ser acesas para a filmagem, trazendo a impressão das estrelas ainda mais próximas dos humanos. A história se passava em uma noite, mas a ideia de Giovana era que, no mundo dos sonhos, o tempo não importava, e nossos personagens vivenciariam muitas coisas até acordarem verdadeiramente apaixonados.

— Pensei que seria legal se a gente ensaiasse um pouco. — Ele se sentou nas tábuas de madeira com as pernas em direção à beira do lago. — E fiz isso pra você.

Eu me sentei ao lado dele, balançando as pernas livres sobre a água azul e cristalina, e Gael estendeu uma garrafa de água sem rótulo e com um conteúdo de cor escura.

— Você acha que sou inocente o bastante para aceitar bebidas de estranhos no meio do nada?

Ele levantou a sobrancelha, tirando a tampa com um meio sorriso.

— Eu não duvidaria nem um pouco. Mas você faria isso porque é decididamente maluca, não por inocência.

— Quem diria... — Um sorriso inconveniente despontou no meu rosto. — Que você me conhece tão bem.

Tomei um gole do drink, o gosto de banana era o mesmo do licor que tomamos, um pouco mais sutil, e um toque de castanhas e conhaque preencheu meus sentidos alguns instantes depois. Era aveludado e aconchegante. Incrível.

— Você se surpreenderia. — Ele riu, jogando uma folha qualquer no lago. — Ficou bom?

Gael alternou o olhar entre mim e a garrafa, a expressão apreensiva e divertida. Algumas nuvens encobriam o céu, mas era uma árvore perto de nós que desenhava as sombras de folhas em seu rosto. A mandíbula quadrada dele ficava em evidência quando os cachos escuros estavam presos, mas agora ele parecia ser parte daquele lugar.

— Demais. Imagino que essa garrafa é pra mim, ou você tem algum copo por aí?

— Nenhum copo, Noelle.

— Então espero que não se importe de dividir o gargalo comigo.

— Eu já dividi com o Pedro, você é consideravelmente mais bonita — ele brincou, pegando a garrafa que descansava na minha mão e bebendo.

O vento frio vinha em ondas pelo lago, as folhas farfalhando atrás de nós e oscilando à luz do sol. Tudo o que pulsava em minha mente era "mais bonita". Isso não deveria importar, eu tinha plena consciência de como era a minha aparência – e de que era muito mais do que um conjunto de conveniências estéticas.

Independentemente disso, foda-se. Quis me demorar naquele elogio, memorizando como ele ressoara e aquecera meu corpo. *Caro universo, por que eu estava ficando estúpida?*

— Vamos brincar de verdade ou consequência? — *De onde viera essa ideia de novo? Uma década sem esse jogo, e agora era a única coisa que eu sabia fazer?*

Ele assentiu e respondeu:

— Consequência.

— Escolhe verdade — pedi.

— Não é assim que esse jogo funciona.

— Mas eu falei por favor. — Cruzei as pernas e me voltei para ele. Uma folha estava presa em seu cabelo, e me inclinei um pouco para tirá-la. Senti que Gael parou naquele momento. Já havíamos nos aproximado, mas sempre como nossos personagens, não como... bom, *Gael e Noelle*. O gesto parecia tão natural que minha mente estranhou.

— Não falou, não — ele retrucou, balançando a cabeça para despistar outras possíveis folhas. Podia jurar que Luke fazia o mesmo movimento, e me perguntei o quanto uma pessoa realmente ficava parecida com seu cachorro.

— Tava nas entrelinhas. — Revirei os olhos em um gesto falso e sofrido. — Por favor, Gael.

— Ok. Verdade. O que você quer tanto que eu fale?

Quem era a garota que ele conhecera no carnaval em abril? Eles ainda mantinham contato? Ela era mais bonita que o Pedro também? Pelos deuses, eu estava realmente usando o Pedro *como parâmetro pra isso? Foco, Noelle!*

Sacudi os pensamentos e comecei a improvisar uma trança fina no meu cabelo, as mechas douradas e lavanda se enroscando nos dedos. Eu tinha essa mania desde quando Jéssica havia me ensinado como trançá-lo, ainda criança, e sempre fazia quando estava ansiosa.

— De onde você me conhece? De verdade. Não venha me dizer que é de alguma rede social.

— É sério que você não se lembra? — Ele franziu a testa, claramente enrolando a resposta de propósito. — Estive na sua companhia de teatro por alguns anos.

— Quando foi isso? — Tentei encontrar o rosto dele em alguma das pessoas que via durante as aulas e a memória do jeito que ele se movia tentava desesperadamente se encaixar como uma peça de Tetris girando.

— Não, não. — Ele agitou o indicador para os lados. — Sua vez. Verdade ou consequência?

— Gostei da consequência que me deu, mas da última vez eu fiquei sem roupa.

— Não me sinto mal por isso. — Ele abriu um sorriso largo, brilhante e orgulhoso, e empurrei seu ombro.

— Então vamos de *verdade*, tá bem? Eu preciso devolver o blazer da Manuela inteiro.

— Como você quiser, lindinha. Me conta, então, quem ferrou teu coração.

— Começo pelos meus pais, pela minha irmã, pelo meu primeiro e último namorado...

— Pelo primeiro namorado.

O vento assobiava mais alto, abafando a minha voz enquanto eu contava sobre Gabriel: ascensão e queda. Usei todos os palavrões que conhecia para xingá-lo e inventei alguns no caminho. Não sei se falei por cinco ou quarenta minutos, apenas que Gael ouviu, e que acrescentou umas três novas formas de mandar meu ex para o inferno.

— Então você o odeia agora? — ele perguntou, apreensivo.

— Como eu disse antes, não. Não sinto nada, entende? Por ele ou por ninguém. — Levantei os ombros. Meu coração era um hematoma antigo. Só doía se colocasse o dedo e pressionasse, por isso era mais fácil manter distância e me manter segura. — E de certa forma é melhor assim.

Estávamos agora com os pés para fora do píer, ombros colados para nos proteger do vento como pinguins imperadores na Antártida. Eu escondia as mãos nas mangas compridas demais do blazer, e Gael me envolvia com um dos braços, transferindo calor e um rufar de tambores inesperado no meu peito. Todas as luzes de alerta em mim piscavam em direção à saída, e contra todos os meus instintos que me pediam para proteger meu coração, fiquei ali. O aroma de limão e âmbar se misturava à terra molhada e alguns patos riscavam a superfície do lago em V.

— Noelle, eu sinto muito... — Gael começou.

— Se você falar que "sente muito pelos homens", juro que te jogo nessa água gelada — interrompi, virando o rosto para ele em uma risada conspiratória. Só então me dei conta do quanto nossos rostos estavam próximos.

— Eu mesmo me jogaria, se fosse o caso. Ia dizer que sinto muito que você tenha se machucado a ponto de pensar que não é capaz de sentir mais nada.

— Sem coração, sem relacionamento, sem dor — murmurei, fingindo não me importar.

— Esse é o pior slogan do mundo. — Ele empurrou meu ombro com o dele. Mas o calor dele era reconfortante, e os dedos subiam e desciam pelo meu braço. Seu olhar passeava pelo meu rosto sem pressa. As luzes de alerta em mim pareciam piscar mais fortes, e de novo permaneci ali.

— Eu falei demais, você me deve uma resposta decente sobre a companhia de teatro.

— Ok, você tá certa. Nós erámos de horários diferentes, você ia para lá à tarde e eu à noite. — Ele se afastou um pouco e se levantou. Permaneci sentada no chão, apenas o ouvindo de costas. — Vi você saindo algumas vezes quando chegava mais cedo, acho que você tinha uns doze anos na época. Eu ficava nos bastidores assistindo ao encerramento da aula na qual você estava. A gente chegou a se cumprimentar algumas vezes, mas eu tinha o cabelo bem curto, nenhuma tatuagem, corpo mirrado. Tava naquela fase estranha, tentando encontrar uma forma de mostrar minha personalidade e seguindo tendências sem sentido.

"Eu te via cada vez menos, e uns anos depois um garoto mais velho começou a te buscar e pareceu que você mudou um pouco. Parecia estar mais focada nas orientações da sua professora, sorria menos quando se despedia dos outros. E um tempo depois, eu me mudei com minha família para Los Angeles, estudei em uma escola de cinema porque sempre adorei o mundo dos bastidores, especialmente a parte de produção e direção. Voltamos para São Paulo em 2019, vi que você estava em uma peça junto com alguns amigos conhecidos e tentei ir, mas não consegui. Procurei seu nome na internet e comecei a te acompanhar de longe. Eu pretendia te ver em uma outra chance, mas em 2020 teve o isolamento e o resto você sabe.

— Foi um tempo difícil pro mundo inteiro. Mas pelo menos você não está mais tão longe agora — comentei, soltando um sorriso. Saber que ele, de certa forma, estava ali por tanto tempo era surreal e inacreditável. Uma borboleta amarela pousou ao meu lado na madeira craquelada onde Gael estava sentado instantes atrás. As bordas de suas asas eram pretas, e longas antenas, delicadas como fios de seda, estudavam os arredores. Estendi o dedo até ela despretensiosamente, sentindo cócegas fantasmagóricas enquanto suas patas finas subiam. Qualquer um que não entendesse que borboletas, mariposas e libélulas eram as fadas do mundo real estava louco.

— Bom, agora é minha vez. Você quer verdade ou consequência?

A borboleta voou alguns segundos depois e me levantei, caminhando até o final do píer. O vento era mais forte ali, longe do tronco da árvore, e começava a atravessar as fibras do meu casaco e da meia em meus pés.

— Verdade.

— Nada de consequências hoje? — ele provocou.

— Não quero arriscar que você me desafie a pular no lago. — Fiz uma careta olhando para a água.

— Claro, essa seria minha primeira opção — Gael ironizou, e cruzou os braços um pouco incerto. — Como você se sente sobre a cena de amanhã?

— A cena em que Helena finalmente acredita em Demétrio e ele a beija? — Toda a valentia que eu tinha havia sido usada para pronunciar essa frase sem tremer. Aquela borboleta podia muito bem ter saído de dentro de mim, provocando um tsunâmi em algum lugar do mundo.

— Eu gosto de como você é direta.

— Não se preocupe. Não é porque eu não me envolvo mais com ninguém que eu não sei como dar um *beijo técnico*.

— Não existe beijo técnico — ele rebateu.

— Existe, sim — insisti, dando um passo na direção dele.

— Tudo bem, mas *eu* não aprendi isso. — Gael colocou a mão no peito. — Ou é um beijo comum ou não funciona. — Ele ria, e podia jurar que estava com o rosto vermelho.

— Não tem nada de comum no jeito que eu beijo, Gael. — Me aproximei dele mantendo as mãos junto ao meu corpo como uma camisa de força me impedindo de fazer uma loucura. Provocar era um território cativante, entrar na cabeça de alguém era divertido. Mas arriscar que ele entrasse na minha era perigoso.

— Não tem nada de comum em você, Noelle. — Algo nessa frase me roubou um sorriso, e relaxei os ombros. — Eu só... confesso que tô um pouco nervoso.

— Se isso for um jeito que achou para pedir que a gente ensaie a cena do beijo, eu também te empurro no lago. — Ri baixinho e me encostei em seu peito, testando a proximidade, a maciez do casaco aconchegante.

— Claro que não, é muito melhor guardar esse tipo de tensão para as câmeras. — Gael tocou meu rosto em um movimento ensaiado, e levei alguns instantes para entender que ele havia dito "tensão", e não "tesão". Fiquei totalmente paralisada por um instante e acho que ele percebeu, pois seus dedos faziam movimentos circulares na minha nuca e no topo gelado das minhas maçãs. — Vai ser melhor para o filme registrar um primeiro beijo *de verdade*. — Ele encostou a testa na minha, nossos lábios tão pertos que fiquei na dúvida se já se tocavam.

— Tudo pela arte? — provoquei.

— Tudo. — A voz dele ressoou.

— Já ouvi falar que a antecipação é melhor que o beijo em si — sussurrei. — Assim como qualquer expectativa, quando está tudo certo antes de tudo dar errado.

— Não tem nada de errado nisso — murmurou, com a voz grave e aveludada, os dedos dele emaranhados no meu cabelo. Fez uma pausa. — Verdade — Gael pontuou, nossos rostos ainda dolorosamente próximos, ele sorrindo, bobo, na minha direção, e eu sem saber se era Noelle, Helena ou alguém muito ferrada.

Demorei um pouco até entender o que ele queria dizer e pensei em uma pergunta. *Você quer me beijar fora das filmagens? As coisas vão ficar estranhas depois de amanhã? Você realmente pensou em mim todo esse tempo?*

Eu não deveria fazer uma pergunta se não estava pronta de verdade para ouvir a resposta, então, em pânico, disse:

— Qual é sua cor favorita?

Interlúdio

Universo

Perguntas bobas normalmente são as mais difíceis de serem respondidas. Peça que uma pessoa cite sua música favorita e de repente é como se ela jamais tivesse ouvido som algum. Pergunte sobre uma boa memória e imediatamente a mente se torna uma tela em branco, um computador processando imagens abstratas na certeza de que existe uma resposta certa e inacessível.

Os humanos sabem pouco sobre o universo, e menos ainda sobre si mesmos. Frequentemente se distraem com coisas pouco importantes, ignoram sinais e colecionam objetos inúteis que ocupam bastante espaço, ou roupas que amaram um dia e que nunca mais irão vestir.

Não julgo, pois *perceber* é um exercício para quem tem os sentidos atentos. São estímulos demais, informações demais para se acomodarem devidamente em seus pensamentos.

Porém, em alguns momentos, a resposta não é percebida em palavras, mas em sensações. E naquele momento, quando a voz melodiosa de Noelle indagou a Gael qual era a cor favorita dele, sua dúvida era outra. Ele quis saber como uma pergunta tão corriqueira podia ser tão envolvente.

A garota em seu enlace tinha perfume de jasmim, incenso e constelações indecifráveis, e o toque suave de sua pele desafiava seu autocontrole. Os últimos raios de luz cruzavam as nuvens pesadas, iluminando o rosto da jovem atriz – e, naquele momento, ela não sabia que não estava atuando.

Assim, ele viu as nuances douradas e âmbar que salpicavam uma mancha em seu olho como um pequeno tesouro, a trança desajeitada perdida em seus dedos e o reflexo do sol que tocava sua pele. Só então pareceu que o outono havia chegado, pois subitamente a árvore que os observava tinha as folhas nos mesmos tons.

Parecia que o mundo inteiro era feito de luz e novas possibilidades. E ele não pensou duas vezes – tampouco percebeu o que realmente sentia – quando finalmente lhe respondeu:

— Amarelo... minha cor favorita é amarelo.

XXII

Quer fazer Deus rir? Conte a Ele os seus planos.

Um dos contrarregras apareceu correndo a fim de desinstalar as luzes que deveriam ser acesas nas próximas filmagens, avisando que uma tempestade estava a caminho. Me desfiz do enlace de Gael como se estivesse fazendo algo errado, e murmurei qualquer desculpa para sair dali, acenando sem jeito para eles, pegando o caminho mais longo até a propriedade.

O vento estava mais forte, e a luz do dia parecia ter sido engolida por nuvens cinzentas. Não tinha condições para gravar nas áreas externas, e todo o elenco passou o resto da tarde – e início da noite – em seus quartos ou nas áreas comuns, conversando ou jogando cartas.

Eu não conseguiria ficar do lado de Gael sem tomar alguma atitude estúpida, então sugeri que ele buscasse Luke para que o cachorro não se assustasse com os trovões sozinho. Pedro estava sentado ao lado de Isis em um sofá distante, e ela ainda estava com o penteado e a maquiagem de Titânia, apesar de agora usar uma calça verde-menta com um casaco de moletom na mesma cor. Eles bebericavam algum licor, trocando olhares demorados; parecia que eu estava assistindo a um episódio de *The Bachelor*.

Voltei a atenção para as cartas em minha mão, o carpete antigo pinicando minha perna através da meia-calça. Eu, Manu e Puck estávamos sentados em volta de uma mesa de centro de madeira e jogávamos uma versão adaptada de Uno com um baralho normal que eu encontrara na pousada. Faltavam algumas cartas, certamente perdidas décadas atrás, mas até que estava sendo divertido.

— Uno — Puck falou com um sorriso travesso, escondendo a carta embaixo da longa manga de seu casaco.

— Manu, você tem alguma coisa? — Levantei a sobrancelha, encarando os dois.

— Não, ele agora é problema seu — Manuela respondeu, colocando um coringa que simbolizava a carta "reverter" no jogo.

Arregalei os olhos para Puck, que devolveu uma expressão suplicante. E, droga, ele ainda estava na fase de ser fofinho.

— Seria uma pena se eu jogasse um +4 agora, não é? — provoquei.

— Bela Noelle, a minha cena foi a única que não foi filmada hoje graças ao mau tempo. Você não vai ter piedade de mim?

— Eu devo ter piedade dele, Manuela?

— Eu não teria — ela brincou. — Mas cederia pelo elogio.

— Você precisa melhorar seu critério — respondi baixinho para ela, que mostrou a língua de volta.

— Hoje é dia dos namorados, segundo algum calendário infeliz. Tô sensível — Manu murmurou, um fundo de verdade triste nos lábios repuxados para cima.

Olhei para minha mão, mas não tinha nenhum valete, dama ou rei. Relembrei as cartas que já haviam saído e joguei propositalmente um três de copas.

— Ah, não, bela Noelle! — Ele colocou a mão na cabeça, os olhos marejados. O garoto tinha um futuro brilhante na atuação. — Você me fez ganhar! Eu te amo!

Puck jogou um três de espadas na mesa, não se importando com as cartas que haviam caído no chão, e pulou no sofá em uma dança empolgada. Eu me sentei mais próxima de Manuela, recolhendo o baralho por cima dos ruídos abafados no ambiente.

— Você sabia que ele ia ganhar?

— Talvez. — Abri um meio sorriso em resposta. — Eu precisava acabar logo com o jogo. Tirar você do camarote de ver seu ex dando em cima de outra pessoa.

— Você nem precisava se dar ao trabalho — ela murmurou, jogando o cabelo verde para o lado em um gesto confiante, mas vi sua testa tensa. — Eles não estão mais aqui.

Virei em direção ao sofá e notei que Pedro e Isis não estavam à vista, provavelmente tinham achado um lugar mais calmo, com mais privacidade. Eu não tinha dúvidas de que a língua dele estava metros abaixo da garganta dela.

Engoli em seco e me vi em Manu, lidando com a dor do término que ainda estava fresco, e era por isso que eu havia me distanciado desse tipo de sentimento. Porque nada é feito para durar para sempre, mas a maldita dor, de alguma forma, dura quase isso.

— Quer invadir a sala dos figurinos e gravar uns vídeos pra quando tivermos internet de novo?

O sorriso dela se alargou, dessa vez com sinceridade. Felizmente eu conhecia alguém que tinha acesso àquela sala e que certamente não se importaria de bancar o tripé de vez em quando.

Apesar de ir todos os dias até lá para me arrumar, pisar ali escondida uma segunda vez com Gael nos fez trocar um sorriso cúmplice. Eu sabia que isso era bom para a dinâmica entre os nossos personagens, e, contra meu bom senso, nem pensei se isso seria bom para mim.

A chuva começou a bater na janela, e passamos a tarde gravando tutoriais sem sentido e *challenges* que não haviam sido inventados: Gael nos entrevistando, perguntando coisas infames como quem era a mais bagunceira ou a mais centrada no set, maquiagens escolhidas com os olhos fechados, ele tentando passar delineador em mim e falhando miseravelmente. O dia se foi enquanto Manuela tentava esquecer – e eu tentava me lembrar – que se apaixonar era uma merda.

Não vimos que o mundo acabou fora da nossa frágil bolha até que um relâmpago iluminou o céu e uma preocupação real atingiu a nós três. Voltamos à área comum da pousada e todo o elenco estava reunido junto à produção, a sala subitamente parecendo apertada pela falta de espaço e pela falta de ar que precede más notícias. Isis estava já sem maquiagem, com a expressão serena, o cabelo levemente úmido, perto de Puck e o ator que fazia o burro. Pedro se aproximou de nós alguns momentos depois que chegamos, e o foco estava na diretora Giovana Prado.

— Sinto muito informar que as nossas gravações terão de ser adiadas. O mau tempo danificou parte do nosso cenário externo e bom... precisamos de tempo... — ela deixou transparecer uma risada irônica — para arrumar tudo de acordo com a continuidade das cenas. E também precisamos de boas condições climáticas novamente. — Sua voz era firme e confiante, mas o sorriso em seu rosto era triste. — Amanhã cedo um ônibus levará todos de volta a São Paulo e informaremos assim que estivermos prontos para retomar as gravações. A boa notícia é que todos vocês têm ultrapassado minhas expectativas, e sou grata por ter cada um nesse projeto. Então vamos manter o otimismo de que nos veremos muito em breve!

Parecia que eu estava pisando em falso em um degrau inexistente e falhando em me equilibrar sem um corrimão. Naquele momento, um buraco negro poderia muito bem ter sido aberto no centro da sala. Eu não estava pronta para voltar a minha vida, para me despedir do ar do campo e experimentar o tipo de previsibilidade que me drenava. Manu voltou para o quarto murmurando algo sobre arrumar a mala e a sala foi esvaziando sem que eu percebesse.

Uma hora mais tarde me peguei encostada na parede do deque em frente ao meu quarto, encarando o coturno molhado. Eu não tinha problema em pegar chuva, mas precisava manter a voz intacta caso as gravações voltassem logo. *Poxa vida, universo. Logo agora? Logo hoje? O que eu fiz pra merecer esse tipo de provação?*

O caderno de feitiços estava nas minhas mãos e eu folheava minhas anotações em busca de algo sobre sol, bom tempo ou algo auspicioso para me ajudar. Encontrei outros encantamentos, alguns de limpeza espiritual ou para atrair a boa sorte, mas nada específico sobre o clima. Eu precisaria de internet se quisesse pesquisar algo útil o bastante para no mínimo trazer o sol de volta. A chuva e o mato molhado não facilitavam a vida de ninguém.

Amanhã eu não meditaria sentada na grama, não vestiria meu figurino, não andaria até o set, não repassaria minhas falas, não ouviria as instruções da diretora e não...

Enfim. De que adiantaria me focar naquilo que eu não tinha? Fechei o caderno, abraçando-o contra o peito. Eu poderia atualizá-lo e testar algumas coisas novas em casa. Já teria recebido o cachê e poderia levar Serena para jantar. Mais coisas boas iriam acontecer, eu quis acreditar.

Uma cabeça dourada e babona apareceu na minha visão de soslaio e caminhei até a janela para falar com Luke.

— Vou sentir saudade de você babando na minha perna, amiguinho.

— Até parece que a gente não mora na mesma cidade — ouvi Gael comentar. Olhei para o interior do seu quarto e o vi saindo do banheiro. Os cachos estavam molhados e encostavam nos ombros enquanto ele os secava com uma toalha. Senti meu rosto esquentar.

— Desculpa, não quis invadir seu espaço — comentei de qualquer jeito.

Pelos deuses, ele estava sem camisa, todo o torso exposto, o contorno dos seus músculos desenhado de um jeito sutil e elegante na sua pele castanha. Fiz o melhor que pude para me focar no cachorro que lambia minha mão. Eu não costumava ter pudor ou vergonha do corpo, mas naquele momento não sabia o que fazer com a minha existência. Gael fez o favor de não se vestir e se sentou na cama ao lado de Luke com a toalha sobre os ombros como um super-herói improvisado.

— Invada a hora que quiser. — Ele deu de ombros, acariciando o cachorro.

— Bom, sendo assim...

Me suspendi no ar e entrei pela janela do quarto dele, mas estava sem jeito com o caderno em minha mão. A disposição do quarto era parecida com a do meu, mas era muito mais fácil pular para o lado de fora usando a cama dele como degrau.

Acabei travando no meio do caminho quando meu pulso torceu, sem jeito, e Gael me puxou pela cintura meio desajeitado, fazendo com que eu caísse em sua cama. Luke pulou para cima e para baixo, achando que estávamos brincando, e eu segurei um gemido de dor.

Gael estava ao meu lado no colchão, sua toalha caída, e ele pegou meu antebraço com ar de preocupação.

— Você tá bem?

— Vou sobreviver — respondi, testando os movimentos contra seu toque gentil. Estava incômodo, mas nada grave.

— Essa foi a pior invasão de todos os tempos — ele murmurou, o cotovelo apoiado na cama.

— Concordo que não teve nenhuma estratégia, mas você não pode dizer que deu errado.

Meu cabelo estava espalhado por seu travesseiro – que era mais macio que o meu –, arrepiado pela umidade. Pedro não estava no quarto, o que queria dizer que estávamos sozinhos ali.

E eu estava na cama de Gael.

Prendi a respiração e me sentei, fingindo buscar meu caderno que havia caído em algum momento, mas não o vi.

— Se eu não te conhecesse, Noelle Vieira, diria que está chateada porque nossa cena foi adiada.

— Estou chateada porque *tudo* foi adiado. — Dei a língua. Fingi me distrair com meu pulso e bufei. — Isso me faz pensar que em algum momento o projeto todo vai acabar e eu não planejei muito da minha vida depois desse momento.

— E você precisa ter tudo planejado?

— Não, claro que não... — Isso era uma característica da minha irmã que eu detestava, mas, diferente dela, eu tinha razões para ter preocupação. Era a minha carreira, meu *sonho*. Não eram motivos superficiais como os de Jéssica. — É que eu gosto de como as coisas estão agora, e sei lá... tenho medo de que seja só uma fase daquelas que vou usar de bengala emocional quando a vida voltar a ser o caos.

— Você está deixando o drama tomar conta de você. — Ele sorriu, compreensivo. — Se acha que está feliz ou satisfeita com a vida por qualquer que seja o motivo, lembre-se de que é por causa das *suas ações*. Que você só tem que continuar fazendo seja lá o que estiver fazendo para conquistar o mundo.

— Eu não nasci para conquistar o mundo, Gael — confessei sem um pingo de sarcasmo.

— Mesmo assim, não duvidaria que é totalmente capaz. — Ele tocou minha mão, e nossos dedos se entrelaçaram em um caminho natural.

Ah, não.

Isso não.

Foi quando eu soube que as coisas iam dar errado. Estava ali a maldita faísca que começava todos os incêndios, irradiando dos seus olhos escuros. Do desenho definido dos seus lábios grossos. Da curva do sorriso satisfeito que morava em seu rosto. E do jeito estúpido com o qual ele insistia em me encarar como se eu *importasse*.

O perfume cítrico que emanava de seu corpo estava mais forte, e mordisquei os lábios sentindo a respiração pesar e o tempo desacelerar. Talvez uma parte de mim desejasse ser quebrada de novo, porque era isso que estar ao lado de Gael significava. Uma inegável queda. Eu não me sentia preparada para a vulnerabilidade que vem junto com uma atração. Não queria colocar em risco a nossa amizade, ou a dinâmica nas gravações. Desejei estar mais bonita do que certamente estava, sabendo que ele guardava em sua memória o desenho do meu rosto. Eu só tinha uma coisa que poderia me fazer ganhar algum tempo, pelo menos até voltar a pensar com a cabeça fresca.

— Verdade ou desafio? — sussurrei.

— Não era "consequência"? — Eu o empurrei com o ombro, não querendo ceder ao sorriso que ele arrancava de mim. — Desafio.

— Eu desafio você a só me beijar quando formos filmar a cena de beijo entre Helena e Demétrio.

— Por que você acha que eu te beijaria antes disso? — Ele franziu o cenho, irônico.

E precisei de mais coragem do que admitiria para falar em voz alta em seguida. Talvez porque eu havia me conectado à Helena de tal forma que seus sentimentos se misturavam com os meus. Talvez eu só quisesse esticar a corda até ver quando iria me enforcar. Eu podia estar caindo e prestes a quebrar a cara, mas o levaria comigo. Se Gael estava na minha cabeça, eu teria certeza de que também estaria na dele nos próximos dias.

— Porque eu... — *Porque eu quero. É estúpido ficar do seu lado fingindo que tô pensando em alguma outra coisa.* Mas o que admitir isso significaria? Só complicaria as coisas entre nós, que eram tão fáceis. Eu devo ter ficado em silêncio por tempo demais, já não sabia o que falar. Talvez eu tivesse sido prepotente e lido os sinais errados. — Eu...

A porta do quarto quebrou nossa concentração quando Pedro a abriu como se tivesse acabado de entrar numa festa surpresa para a qual não tinha sido convidado. Me levantei rapidamente, sem conseguir disfarçar que estava tão próxima de Gael, e busquei qualquer assunto sobre o qual falar.

— Como é que tá o seu pau... — *merda*, boa sorte tentando disfarçar agora — *pai*. Como foi aquele procedimento?

— Ele tá... *bem*. Tá ótimo, vou vê-lo amanhã. — Pedro pegou um relógio em cima da cômoda, o que com certeza não era seu objetivo principal ao ir até o quarto. — Obrigado pela preocupação, Noelle.

Pedro foi embora da mesma forma que entrou: inconveniente e assustado. Eu murmurei qualquer coisa sobre arrumar a mala e saí pela porta logo atrás dele. Não podia passar pela cama e pular por um Gael sem camisa sem meus pensamentos me traírem. Eu precisava tomar um banho de ervas e revisar minhas prioridades de vida.

No dia seguinte, a chuva ainda insistia em cair quando entrei no ônibus para São Paulo ao lado de Manu. Pedro se sentou ao lado de Isis, Puck ao lado de sua mãe, que ficava perto o bastante para cuidar do filho e longe o suficiente para que ele construísse as próprias experiências. Algumas fadas da corte de Titânia ocuparam o lugar no fundo do ônibus, e quando o motorista deu a partida, uma constatação óbvia me visitou.

Gael não iria conosco. Certamente partiria com a mãe de carro ou de algum outro jeito. Eu não sabia quando nos veríamos novamente, e odiei perceber que tinha me acostumado com a presença dele.

A estrada acelerou a nossa volta, encurtando a distância entre o que era sonho e realidade, e todas as músicas que Manuela colocava em sua playlist pareciam uma indireta ácida. Precisava começar a fazer terapia para treinar o meu subconsciente a fazer associações mais pertinentes, mas por enquanto o que tinha para hoje era isto: associações solitárias que se encaixavam bem demais nos pensamentos que me visitavam sem pedir licença. "Eu já deitei no seu sorriso", na voz sensual de Marina Sena. "Espero que o tempo passe, espero que a semana acabe pra que eu possa te ver de novo", de Anavitória com Nando Reis. "I can't live with or without you", um clássico do U2.

Quando começou a tocar "Yellow", do Coldplay, devolvi o fone para minha amiga dizendo que estava com dor de cabeça. Eu estava, de fato, mas o que realmente me incomodava não poderia ser resolvido com uma dipirona.

"Amarelo. Minha cor favorita é amarelo." A voz desnecessariamente gentil e aveludada dele era um carimbo no meu espírito.

Era só uma cor, Noelle. Não significava nada. Porém a frase tocava repetidas vezes quando eu fechava os olhos, tentando me convencer de que significava mais do que realmente era. Uma intuição inútil, uma forma desesperada de me enganar fingindo que eu era especial.

Cheguei em casa no fim das contas, mas Serena não estava lá. Desfiz minhas malas em silêncio, com medo das músicas que tocariam na playlist aleatória e duvidando do bom senso do universo para se comunicar comigo.

Preparei um banho de ervas de alecrim e hortelã, feliz em ver que minha melhor amiga havia regado minhas plantas, embora o cacto estivesse um pouco deprimido. *Serena, cacto precisa de menos água, ele é diferente das outras plantas dramáticas que murcham sem atenção.*

Eu precisava de mais um ingrediente do qual não me recordava o nome, e busquei na mochila pelo meu caderno de feitiços. O de roteiro estava ali, assim como os cristais e tudo mais que havia levado. Joguei tudo em cima da cama, papéis de bala e moedas de 1985 caindo sobre o edredom, mas nenhum sinal da encadernação verde-oliva.

Merda.

Eu sabia onde o havia deixado. Ironicamente, o feitiço havia virado contra o feiticeiro.

XXIII

Duas taças de vinho e confesso até crimes que não cometi.

Se engana quem pensa que o pior pesadelo de uma garota é que alguém leia seu diário. Honestamente, não tem nada de tão interessante, ameaçador ou secreto assim acontecendo na minha vida. Não sou uma agente especial do FBI, nem uma princesa perdida, tampouco guardo a localização de um tesouro. Se algum pobre coitado ler meu diário, vai ficar entediado.

Agora, pensar em alguém folheando minhas manifestações e meus rituais? Fuxicando tudo que existe nas partes mais íntimas da minha alma e tendo noção do que eu *realmente* desejo?

Isso me arrepiava. Um desejo é algo poderoso demais para deixar solto no mundo. Normalmente, a maioria acaba esquecido, e só alguns poucos se realizam. O resto? Ah, o resto se vira contra você. Ou entendi assim desde que li um livro de capa vermelha com um violino quebrado no centro.

Olhei para o relógio. Gael possivelmente já estaria na estrada, em algum lugar com internet. Pensei em enviar uma mensagem, mas não podia soar desesperada. Eu estava, mas ninguém precisava saber. Será que eu sabia atuar *escrevendo*? Naturalmente dependeria de como a pessoa coloca a entonação nas vírgulas e nos emojis, e eu precisava aplaudir a capacidade da minha geração de se expressar através de figurinhas.

Abri o aplicativo e procurei por seu nome, sentindo que digitava as letras escondido de alguém, mesmo estando sozinha em casa. Eu estava exposta de um jeito diferente de quando ficava diante do espelho ou das câmeras, o tipo de sensação que você encara só quando tem algo por dentro que você deveria afastar, mas insiste em dar um passo naquela direção.

Porra, Noelle, é só uma mensagem. Pede logo seu caderno e fim. Não é como se você estivesse chamando alguém para assistir a um filme. A tela carregou, e meus lábios repuxaram para cima ao ver sua foto de perfil com a expressão séria de algum ensaio profissional. Gael tinha o sorriso fácil, daqueles que fica sempre preso no rosto procurando algo novo para justificá-lo.

Fiz um favor a mim mesma de não me estender nas fotos dele, muito menos nos comentários nelas, e tratei de escrever e apagar algumas vezes a mensagem.

"Oi, deixei meu caderno contigo. Tem como me devolver?" Frio demais.

"Meu caderno de capa verde tá contigo?" Muito sonso.

"Preciso do caderno que deixei no seu quarto urgentemente, você ficou com ele?" *Claro, vamos soar apreensiva.*

A tela estática mudou subitamente quando o vi on-line, e soube que deveria ser rápida, como arrancar um band-aid sem enrolação.

Se escrever não estava funcionando, enviaria um áudio. Manipular minha voz era muito mais fácil.

— Como vai meu parceiro de cena favorito? Seguinte, deixei meu caderno de capa verde no seu quarto e tem umas anotações que eu preciso nele. Posso marcar de pegar contigo? Ou é tarde demais e o Luke comeu ele?

Enviei e apoiei o celular na mesa, organizando os cristais em seus respectivos lugares. A tela bloqueou automaticamente e eu não estava a fim de esperar vinte minutos por uma resposta, então seria bom, para variar, se o universo não contribuísse com as caraminholas na minha cabeça.

Uma notificação piscou, li o início da mensagem e não tinha certeza se queria saber o resto.

> Já tava com saudade da sua voz.

É correto afirmar que eu não tinha nem figurinha para expressar como me senti. Suprimi o sentimento tentando encaixar uma bola de boliche no lugar, ignorando essa frase tão fácil de acreditar. Naturalmente, a gente acredita no que quer.

Enfim. Foco. *Caderno*. Especialmente agora, no momento em que eu precisava de um feitiço para recobrar o bom senso. Querer beijar Gael, me sentir bem quando ele estava por perto, gostar do seu calor era uma coisa: hormônios e um rosto perfeito. Pura química, nada de novo sob o sol. Mas todas as histórias que têm final feliz foram simplesmente interrompidas antes que tudo desabasse.

Ele enviou um áudio em seguida, sua voz aveludada e divertida de um jeito que eu conseguia imaginar como o rosto dele se mexia. *E que ódio*, porque eu sentia saudade dela também.

— Eu encontrei, sim, e ele tá a salvo do Luke. Não posso deixar meu cachorro destruir suas coisas o tempo todo — ele ronronou, descendo alguns tons. — Mas eu só volto na semana que vem. Fiquei aqui, tô ajudando minha mãe a contabilizar os estragos, entrar em contato com os responsáveis e tal. Se for urgente, posso bater foto da página que você precisa, ou mandar um vídeo da próxima vez que conseguir internet. Você que manda!

> N: Se você abrir e ler esse caderno, não tem nada na Terra que te salve de mim.

Ótimo, indo de meiga para psicopata em segundos.

> G: Oops, tarde demais. Agora parece que te tenho nas mãos, Noelle Vieira.

> N: Acho que te odeio agora.

Podia ser um blefe, mas, de novo, a gente acredita no que quer, e saber *o que* ele tinha lido era pior do que não saber. Preferi pensar que ele não tinha lido nada. Respirei fundo contando até um zilhão e voltei para a tela.

> N: Espera, como você tem internet e a gente não tinha esse tempo todo?

> G: Privilégios. As pessoas não se conectam mais como antigamente, fica todo mundo olhando pro celular esperando algo fantástico acontecer.

N: O senhor está sendo inconsistente, pois lembro que disse ter se aproximado de mim graças à internet.

G: Você deu sorte. Vim ao centro da cidade comprar alguns suprimentos que a produção tava precisando, e sua mensagem chegou. Ainda tô na fila, na verdade. E pra que eu ia querer internet se você já estava do lado?

    Meu coração fez um movimento involuntário que eu poderia chamar de cãibra. Um claro sinal de que eu estava ficando idiota, então tentei parar de reler a mensagem – disse que *tentei*, não que consegui. Merda. Se ele não fosse bom ator, diria para virar roteirista. Uma mensagem nova pipocou em minha tela.

G: Devo voltar na semana que vem. Guardarei seu caderno com a minha vida, ok?

N: Só não lê mais nada.

G: Qual a palavra mágica?

N: Alakasam.

    Mandei e revirei os olhos, suprimindo um sorriso. Ele não podia me ver, mas eu sabia que estava agindo feito boba, e pedir para ele não revirar as *minhas* anotações não era nenhum favor. Era educação. Estalei os dedos sentada na cama, sabendo que a conversa tinha acabado, buscando algum motivo para continuar falando com ele, e tinha uma preocupação latente além do meu caderno.

G: Não era bem isso, mas te dou minha palavra.

N: Acha que vai dar tudo certo com o cenário?

G: Cara... os estragos foram feios, e talvez tenha que mexer no orçamento, cortar algumas coisas. Não sei ainda o que vai rolar. Minha mãe está muito preocupada com toda a situação.

N: Como vocês estão lidando com tudo isso? Pode confiar em mim, quero ajudar.

G: Tá tudo uma merda, Noelle. O prazo pra entregar o filme pra produtora não é grande, e a gente já gastou a maior parte da verba. Os patrocinadores que entraram com grana tem multas violentas se a gente não cumprir nossa parte. A gente tá contabilizando os gastos, e é assustador. Tá tudo muito caro, e não queremos entregar um corte final sem qualidade técnica.

N: Arte já é algo estigmatizado, produção brasileira tem o triplo da cobrança de qualquer coisa gringa, é foda.

G: Sim, a gente quer tirar essa síndrome de vira-lata fazendo um bom trabalho. Mas tá cada vez mais difícil ficar otimista.

N: Eiii, cadê seu lado golden? Pensa assim: o que seu cachorro faria?

G: Ele convenceria o mundo a dar todo dinheiro e tempo necessários, porque ele é fofo demais. Só você pra me fazer rir numa hora dessas.

N: Tô aqui pra isso. Vai dar tudo certo, não tem ninguém melhor do que vocês pra resolver isso. Se precisar de mim, grita. Beijo pro Luke.

G: Um beijo pra você.

Foi a última mensagem que ele mandou.

Duas batidas suaves à porta do meu quarto, e me apressei para abri-la. Serena me recebeu com um abraço e em alguns minutos me arrastou para um *brunch* a duas quadras de casa.

Eu tinha acabado de raspar o pote com geleia de framboesa que viera no menu de café da manhã na Padaria do Anjo com o pãozinho mais macio que já havia provado na vida. Alguns talheres tilintavam junto ao som de MPB que tocava no ambiente. O lugar era decorado com aquarelas pintadas à mão nas paredes e correntes de folhas presas nas pilastras brancas tal qual uma gruta, se tivesse sido esculpida pela arquitetura greco-romana. A chuva estava mais fraca aqui do que na pousada, e Serena servia mais uma taça de *clericot* para nós duas. Contei sobre as gravações, a equipe, o figurino, a meditação matinal. Tudo.

— ... mentira que você pegou um sapo na mão! — Ela riu, já altinha pelo vinho branco às onze da manhã.

— Gael também ficou surpreso, mas Manuela ficou horrorizada.

— Você fica tão bonitinha quando se sente lisonjeada.

— Lisonjeada com o quê? Ninguém me fez um elogio.

— Toda vez que você fala desse Gael, retorce o rosto de um jeito engraçado. Como se não quisesse ceder e abrir um sorriso.

— Você está sendo boba.

— Pelo menos eu admito, Noelle. — Serena mostrou os dentes alegremente para provar um ponto. — Ele é bonito, tem um cachorro incrível, fez você dançar pelada no frio. Parece um bom partido.

— Parece que você saiu de uma novela de época reprisada pela milionésima quinta vez. Todo mundo quer um bom partido e acaba com o *coração* partido. A ironia no termo todo mundo ignora. — Minha amiga levantou a sobrancelha mais alto que um personagem de desenho animado. — Enfim, menos você, Lucas e Vivi, que parecem ter decifrado a relação perfeita.

— Nossa relação não é perfeita.

— Não? Só vi vocês terem problema até agora na pizzaria, porque não existe pizza de três sabores no delivery. Mas problema de relacionamento mesmo, ciúme, insegurança e picuinhas, não.

— A gente tem nossas questões, Noelle. A diferença é que a gente sabe conversar, e a honestidade é a base de tudo. Só assim uma relação a dois, a três ou a sei lá quantos pode dar certo. — Ela pegou minha mão. — Até mesmo uma relação com uma pessoa só.

— Você tá dizendo que eu não tô sendo honesta comigo mesma?

— Não tava, mas se você chegou a essa conclusão sozinha, deve ter um motivo.

— Tá bem, tá bem... — bufei, passando a mão pelo cabelo, jogando-o para trás. Ele estava preso numa trança pela umidade, mas algumas mechas finas haviam se soltado. — Gael é uma delícia e eu tô morrendo de nervoso da nossa cena de beijo, com medo de gostar demais. Tô quase torcendo pra ele babar ou pra ter bafo, só pra desmistificar.

— Por que você odeia a ideia de realizar uma fantasia? — Parecia que Serena estava irritada e achando graça olhando para um carro voador, não para sua melhor amiga.

— A gente tá grandinha pra ter fantasias.

— A gente nunca tá grande demais pra sonhar. E você, Nô, tá sonhando *muito* errado. — Ela tomou um gole calmamente. — Você passou as últimas semanas dividindo o quarto com a Manuela e agora que tá de volta em casa eu afirmo com tranquilidade que cometemos um erro vindo aqui.

— Por quê? Esse lugar é maravilhoso. — Olhei em volta, procurando moscas, ratos ou algo que indicasse um problema. Não encontrei nenhum. Tinha uma paz quase celestial nessa padaria.

— Você deveria ter ficado trancada em casa pensando nele e... *se tocando* — ela falou entredentes, e respondi com a voz mais natural do mundo.

— Você quer que eu me masturbe pensando no Gael?

Minha amiga fez uma expressão de espanto, e aí sim eu ri, satisfeita.

— Eu quis dizer no sentido de perceber seus sentimentos reais, mas se você quer ir por esse caminho, acho que também funciona. Se liberta de você mesma, Noelle. Parece que você não liga de cair em ciladas, mas quando a coisa parece séria, você se apavora.

— Se der errado... — Peguei um morango com os dedos. Minhas unhas ainda estavam curtas por causa de Helena, e mordi a fruta ao exibir os dentes. — Você vai catar meus cacos.

— Se der certo, você me agradece depois.

— A gente pode falar de outra coisa que não meus futuros orgasmos? — Coloquei uma fatia de abacaxi na boca dessa vez.

— Claro. Sabe que você é famosa agora, né?

— Aham. Demais — ironizei.

— Você não olhou seu celular? — Balancei a cabeça para os lados, a súbita dúvida fazendo cócegas, e toquei nos bolsos. Havia deixado o aparelho carregando em casa. — Eu acompanhei tudo através das notas que saíram na mídia e através da assessoria da Manuela Martins, que manteve o perfil dela ativo. Ainda não tem nenhuma imagem oficial do filme, né?... Mas eles repostaram todas as matérias e seus vídeos começaram a viralizar.

Serena me mostrou meus perfis no seu celular e eu não podia acreditar. Eu já tinha um pouco mais de cem mil seguidores em cada um, o que para mim era um universo.

Universo.

Universo, tá vendo isso?

— Eu não fazia ideia... — Peguei o celular dela e comecei a ver os comentários nos vídeos e fotos. — Eu nem postei nada, achei que ia me ferrar para recuperar o alcance.

— Você colhe o que planta. Não é o que você diz? A tal da lei tríplice?

— Ah, você lembra! — Toquei na mão dela, genuinamente emocionada. Talvez eu não fosse um estorvo na vida dela, então.

— Fiquei com saudades e li um ou dois livros sobre bruxaria que encontrei no seu quarto.

— Tô achando você muito fofa para ficar irritada por ter mexido nas minhas coisas.

— Sorte a minha, então.

Uma hora depois partimos levando algumas *éclairs*, um bolo de chocolate e outro *red velvet*. Serena pagou a conta alegando que ia levar os doces para seus namorados. Eu não sabia se já tinha recebido meu dinheiro, querendo e adiando ao mesmo tempo voltar para casa e descobrir. Não queria saber se meus pais e minha irmã haviam visto minha mensagem. Tinha medo de ver minha conta vazia, e do que isso poderia significar. Minhas mãos tremiam ao pensar que de "ninguém", agora eu era *alguém*.

Porque eu nunca tinha aprendido a *ser* Noelle Vieira.

XXIV

Espero que o cosmos não ligue se eu substituir ingredientes nos feitiços.

A existência dos dias da semana ainda não fazia sentido agora que eu estava de volta à rotina. Li a palavra "Miércoles" no calendário da geladeira. A firma onde Serena trabalhava era da Espanha, assim como todos os brindes institucionais. Dia de Mercúrio, primeiro planeta do nosso sistema solar, que ferrava a vida de todo mundo quando estava retrógrado. Hermes, segundo a mitologia grega, deus dos viajantes, dos ladrões e do comércio – e eu gostava dele por receber preces de ambos os lados, como um agente duplo.

Entender sobre mitologias era tão mais interessante do que a vida real. Eu havia passado os últimos dias apenas respondendo comentários e mensagens, ainda entorpecida pela quantidade de *fãs* que tinha. O termo até na minha mente parecia pretensioso e surreal. Dois vídeos meus haviam batido um milhão de visualizações no TikTok, um com algumas impressões e comentários falando a frase "Espero que você esteja feliz" com sentimentos diferentes escritos na tela: ciúme, deboche, inocência, honestidade, euforia. Eu gostava das nuances na mudança de um para o outro, era um trabalho simples que me dava orgulho. E o outro foi recitando o soneto que gravei ao pôr do sol. Os outros vídeos tinham dezenas de milhares de visualizações e compartilhamentos. Ainda que o mundo a minha volta parecesse igual, uma janela me mostrava uma realidade nova.

Eu tentei ao máximo curtir cada um dos comentários, deixando os olhos arderem de tanto apertar os coraçõezinhos e enviar o máximo de emojis de coração possível. Bisbilhotei quem havia começado a me seguir e quase caí para trás quando minha influencer de moda favorita começou a me acompanhar. Dei um grito, meu corpo vibrou, e eu senti que passei a existir no mundo, porque alguém que eu admirava estava me acompanhando.

Eu não devia precisar da aprovação dos outros, mas era tão gratificante ser reconhecida pelo meu trabalho – pelo meu sonho. Beijei o celular algumas vezes, em um gesto idiota e sincero. Não me sentia mais tão perdida, agora que tanta gente tinha me achado. Queria ter um jeito de retribuir o carinho, então tentei gravar alguns stories, mas eu funcionava bem melhor com roteiros ensaiados. Passei a compartilhar algumas fotos de looks, livros que estava lendo mesmo sendo um pouco hipócrita por amar romances fofinhos e acharem que eram pura fantasia. Era exaustivo, mas bem legal.

Por mais que eu estivesse feliz, precisava de um tempo longe das telas, e agora que eu encarava fixamente a geladeira e os ímãs tortos das inúmeras viagens de Serena enquanto o café ficava pronto na cafeteira, não tinha muito o que fazer.

Havia ligado para Daniel, meu agente, e enviado algumas mensagens, perguntando sobre o pagamento. Minha conta já estava no negativo, e com a chegada do filme não procurei nenhum trabalho em eventos nem nada assim para ganhar algum dinheiro.

Meu celular vibrou sobre a bancada, foi só falar no diabo. Era Jéssica, com um convite adorável.

> Neste sábado, farei um jantar de boas-vindas ao nosso novo lar! Espero vocês três às sete da noite.

Ela compartilhou a localização e minha mãe respondeu com algumas figurinhas rudimentares. Parecia que a geração dela tinha uma máfia de figurinhas que não faziam tanto sentido assim. Uma ressurreição do Orkut, como minha irmã tinha falado tempos atrás.

N: Não sei se consigo sábado.

J: Consegue, sim, eu sei que seu filme tá com a produção parada.

Que maravilha. Então ela sabe que a irmã faz parte do elenco de um filme e nem se dispõe a dar *parabéns*? Só joga na minha cara que a produção – *que o sonho da minha vida* – está passando por dificuldades como se eu mesma não soubesse? Sinceramente, por que eu ainda esperava algo diferente *dela*?

Procurei a mensagem no grupo da família um pouco acima na tela, o ponto de exclamação vermelho ao lado dela me dizendo que nunca foi enviada. Estava prestes a reenviar quando meu pai escreveu:

> Se você puder vir, vou ficar muito feliz em te ver, filhinha. Papai tá orgulhoso da sua pequena atriz ♥♥♥♥
> E papai quer muito conhecer seu castelo novo, princesa.

Prendi os lábios em uma linha fina. Papai repetia a mesma frase desde a minha primeira apresentação no teatro, em Peter Pan. Ele estava no rodízio de pizza, mas pediu uma de chocolate com meu nome escrito em confetes, e sempre guardei essa memória comigo. Na época, foi o mesmo que um Oscar. Difícil ser ludibriada por tão pouco, mas eu queria ver meu pai. Ele disse que estava orgulhoso, e, honestamente, foi o único que de verdade apoiou minha carreira. Insistiu diversas vezes com minha mãe que eu deveria continuar, mesmo no ensino médio, e ela cedia porque "Eu podia tentar a sorte na arte, já que com as minhas notas eu só dava azar". Pensei se estava disposta a ter essa conversa no jantar de Jéssica, e não encontrei energia em mim para discutir.

> Manda o endereço por escrito.

Silenciei o grupo antes de ver mais respostas. Ótimo, mais um compromisso sem sentido, e eu mal tinha dinheiro para a passagem. Admitir isso seria pior, talvez eu pudesse pedir uma carona à Serena ou usar o troco do mercado.

O café ficou pronto e voltei ao trabalho prático. Anotei algumas ideias de roteiro para filmar, troquei o contato comercial no meu perfil pelo meu próprio e-mail e enviei mensagens para algumas marcas a fim de tentar alguma publicidade ou alguma coisa que levantasse uma grana. Preparei um fricassé de cogumelos e legumes para o jantar enquanto Serena estava no escritório e não recebi nenhuma notificação de que precisava. Nenhuma mensagem de trabalho, da produção ou de Gael.

A gente se falava todo dia, ria todo dia, implicava um com o outro todo dia. E agora a solidão era como eu imaginava que seria. Chata. Não que eu estivesse sentindo falta dele – nem admitiria, se fosse o caso –, mas de tudo no set de filmagem. Eu podia mandar uma mensagem para Manuela, que estava em algum lugar na cidade, mas teria que chamá-la para o meu apartamento, já que não tinha dinheiro nem para pagar um milk-shake no shopping.

Havia anotado em uma folha solta alguns rituais para atrair o sol, e o único que eu tinha os ingredientes envolvia pegar um copo com a chuva, adicionar cravos, gengibre e fazer uma prece antiga.

Não tinha gengibre puro em casa, mas tínhamos uma espuma de Moscow Mule que teria que servir. Estiquei o braço para fora da janela por alguns minutos esperando a caneca de aço encher e depois juntei à água os ingredientes, colocando intenção em cada palavra.

> *Eu me despeço da chuva*
> *E saúdo o sol*
> *Eu me despeço da chuva*
> *E saúdo o calor*
> *Eu me despeço da chuva*
> *E recebo tudo aquilo que é feito de amor*

Repeti o feitiço três vezes de olhos fechados, sentindo o aroma das especiarias e mentalizando o céu limpo e claro. Respirei fundo ainda no meu quarto, desejando a grama sob meus pés e uma vida à qual tinha me acostumado fácil demais. Deixei o cálice – ok, a caneca – em cima da mesa e liguei mais uma vez para Daniel, esperando que ele não atendesse. E estava certa.

Abri o navegador no meu celular e fiz a única coisa sensata possível: busquei o nome e sobrenome dele no Google. Minha garganta se fechou quando vi as primeiras notícias que apareceram como resultado da pesquisa.

Golpe milionário e agente desaparecido

Um escândalo revelado por um grupo de artistas que faziam parte da agência de atores e modelos comerciais *Futuro das Telas* denunciou o atraso de pagamentos e a súbita ausência do agente consagrado Daniel Peres. O golpe já contabiliza mais de seis milhões de reais entre cachês de filmes, novelas e contratos publicitários. O renomado ator José Bastos, conhecido pelo papel de Bentinho no horário nobre, revelou que começou a estranhar a demora na resposta dos e-mails, que levava semanas. Leia a matéria completa.

Típico da minha sorte.

Não podia ser. Eu sabia que era bom demais um agente renomado escolher me representar, mas ele tinha sido tão legal, elogiado meu potencial, que eu aceitei sem nem procurar o nome completo dele na internet, para ver se ele era tudo isso mesmo. O pilantra descaralhado – obrigada pelo novo xingamento, Gael – do Daniel havia me roubado? Ele nem sequer tentou me repassar uma parte da grana ou me dar uma satisfação? Como eu ia me virar agora? Como ia me manter?

Universo, por que é que você foi colocar um desgraçado como ele no meu caminho? O que eu fiz para merecer isso?

Joguei o celular em cima da cama e ele quicou até cair no chão. Chorando de raiva, corri até ele torcendo para não o ter quebrado. Sem o celular, eu não tinha como gravar meus vídeos, não teria a menor chance de trabalhar ou de me comunicar com o mundo.

Ele estava virado para baixo.

Universo, só dessa vez. Por favor, só dessa vez...

Peguei o celular e chorei ainda mais forte ao ver que ele estava intacto. Pelo menos a moça da loja da película não era mentirosa.

Desbloqueei a tela para ver se estava tudo funcionando e uma notificação me fez sorrir em meio às lágrimas.

> Gata, tá podendo falar?

Era Manuela, e eu li a mensagem com a voz despreocupada e confiante dela. Respondi que sim e o telefone tocou. Uma chamada de vídeo. *Porra, Manu, falar e ser vista são coisas diferentes!*

Enxuguei as lágrimas com o lençol, empurrando a coriza, e atendi.

— *Aham*. Já falo contigo, tô aqui com a No... Oi, Noelle! Tá tudo bem, tu tá chorando? — Manu terminava de falar com alguém quando a conexão finalmente ficou clara.

— São lágrimas de ódio. — Forcei uma risada.

— O que rolou? — Ela arregalou os olhos, sem franzir o cenho. Lembro que disse que era para evitar rugas.

— Meu agente me roubou e eu tô endividada e quebrada. Então se você ligou para oferecer trabalho, é uma bora hora.

— Puta merda! Você era agenciada do cara que passou a perna numa galera. Tem que processar esse maluco.

— Claro, vou pagar a advogada com minha gratidão eterna.

— Vou te indicar alguém de confiança, depois me lembra isso, tá bem?

— Se for alguém que além de processar o Daniel ainda me deixe dar um soco nas bolas dele, melhor ainda.

— Você é exigente, Noelle.

— Um pouco. Mas o que você queria falar, Manu?

Minha amiga ajeitou uma mecha verde que estava perfeita no lugar e caminhou até um spot de luz que a iluminava melhor.

— Então, conversei com a Giovana e com a galera da produção. E a parada tá feia, os gastos para recompor o cenário e até repor uns equipamentos são muito altos e extrapolam o orçamento.

— Eu devia ter pedido pra você começar pelas boas notícias.

— Não são exatamente boas. Mas a gente tem como conseguir mais patrocínio e apoiadores para o filme. Porém, pra isso, tem que começar um *boom* dele nas redes sociais, pra que os possíveis patrocinadores vejam que existe um interesse real do público em ver essa produção.

— Não sei se tô entendendo. — Balancei a cabeça, a tela congelando meu rosto em *frames* estranhos.

— Sugeri que a gente comece um plano de marketing pra gerar *buzz* nas redes sociais. Soltar alguns trechos de interação entre nossos personagens, fazer presença VIP em alguns eventos, sempre na intenção de falar sobre o filme com todo mundo que conseguir. Daí a fofoca vai ser boa pra gente. Eu conheço uma galera que pode ajudar a colocar a gente nas festas certas, e como a ideia foi minha, a Giovana pediu para que eu falasse com você e Pedro.

— Acha que isso vai salvar o projeto?

— Eu acho que é nossa única chance — ela respondeu com a voz um pouco cortada.

Olhei para o céu, a chuva fina que seguia persistente. Não sabia se meu feitiço tinha funcionado, mas podia tentar esse que Manuela estava sugerindo. As estrelas existiam mesmo em dias nublados.

— Só me fala o que eu preciso fazer que tô dentro.

XXV

Algumas feridas emocionais só se curam com um vestido vermelho que te deixa gostosa.

São Paulo parecia menos cinza de dentro do carro. O sol estava preguiçoso, e o frio insistente de julho pedia que eu usasse os tricôs mais aconchegantes que tinha. Coloquei uma calça jeans preta com rasgos no joelho, meu coturno que estava a duas saídas de distância de começar a andar sozinho e um suéter de lã violeta com pequenas lantejoulas prateadas. Não tinha necessidade de uma camiseta especial por baixo, estava frio demais para pensar em ficar sem uma blusa, então coloquei apenas um *top* de renda preto confortável. Completei com uma gargantilha de veludo preta, minha turmalina negra por dentro e um chapéu fedora da mesma cor.

Já eram sete e meia da noite, e certamente minha irmã controladora se irritaria por eu estar atrasada, mas era melhor isso do que admitir que tinha precisado esperar Serena ver minha mensagem e sair do quarto para pedir um carro para mim por aplicativo. Lucas e Vivi estavam em casa, eu só interromperia alguma coisa se o apartamento estivesse pegando fogo – e mesmo assim, um incêndio já bem avançado. Prometi a minha amiga que a pagaria em breve, pois havia passado a semana entrando em contato com marcas e propondo trabalhos. De vinte, três haviam me respondido, e senti alguma confiança. Eu poderia processar Daniel, afinal.

Não era para as coisas estarem acontecendo dessa forma. Eu achava que quando conseguisse um papel legal e tivesse um público maior, minha vida estaria resolvida. Jurava que os problemas seriam outros. Contudo, eram as mesmas inseguranças que me mantinham acordada à noite. Ainda não tinha dinheiro, uma renda fixa ou uma carreira em ascensão. Se o filme não fosse produzido, eu voltaria à estaca zero, e eu não conseguia suportar a ideia de construir um castelo de areia para ser derrubado por uma onda.

O carro finalmente parou em frente a um prédio simpático de grades brancas e um pequeno jardim em frente à portaria. Agradeci ao motorista, que sorriu por baixo da máscara, e peguei o elevador para o sétimo andar. Um capacho escrito "Bem-vindo" em letra cursiva ficava em frente à porta de Jéssica. *Muito original*. Tanta opção divertida na internet, mas minha irmã parecia insistir em ser chata nos mínimos detalhes. Ela fazia isso com bom gosto e zero autenticidade.

A voz de minha mãe e Jéssica murmuravam algo enquanto Ed Sheeran cantava no fundo, e contraí os dedos antes de apertar a campainha e ver o rosto sorridente de Marcos me recebendo.

— Oi, Noelle! Seja bem-vinda! — Meu cunhado era legal. Mais fácil de lidar que minha irmã, mesmo que vivesse para fazer suas vontades.

— Obrigada. Eu li o capacho. — Abri um sorriso amarelo olhando para baixo, tirando o coturno e o deixando no corredor, ficando com as meias de ursinhos carinhosos.

Meu pai tomava uma taça de vinho tinto sentado no sofá, um segundo copo apoiado na mesa de centro. O apartamento, assim como imaginei, era limpo, meticulosamente arrumado e minimalista. Bonito de acordo com as tendências do ano, mas nada que transparecesse a personalidade de quem morava ali, exceto por um mural de fotos de Marcos e Jéssica em seu casamento dividindo um guarda-chuva e ao pôr do sol, que imaginei ser a lua de mel.

— Olha aí a minha jovem estrelinha! — Meu pai se apoiou no sofá para se levantar, e andou até mim como um pinguim. Meu coração sorriu, eu amava o quanto ele era fofo. — Como você não contou pro papai que ia fazer um filme?

— Eu queria fazer uma surpresa quando recebesse os ingressos — brinquei ao retribuir o abraço.

— Noelle chegou? — Uma voz soou animada e estridente da cozinha. — Coloca o que ela trouxe aqui na bancada, amor! Já tô indo — Jéssica completou.

— Era pra trazer alguma coisa? — perguntei entredentes para os dois patetas à minha frente.

— É de bom tom, filhinha — papai respondeu e me segurei para meus olhos não girarem na minha cabeça.

Caminhei até onde imaginei que seria a cozinha, e minha mãe desenformava um pudim enquanto Jéssica desligava o forno.

— Jéssica, sua casa é... — procurei por algo bom e sincero para dizer. Precisava pensar mais rápido. Os olhos dela estavam arregalados, confusos e azuis na minha direção — a sua cara. Em cada detalhe.

Minha irmã sorriu satisfeita. As pessoas se têm em tão alta estima que acreditam que esse comentário é um elogio – e nem sempre é. No meu caso, nunca é.

— Ainda estamos acertando os detalhes, mas amamos viver aqui.

— Foi o melhor investimento que fizemos, e a decoração que vocês fizeram é perfeita — mamãe acrescentou, colocando água e detergente na forma. O pudim em cima da pia reluzia, a única coisa que parecia certa naquela cena.

Investimento?

Meus pais deram um apartamento para minha irmã só porque ela se apaixonou?

Isso era injusto. Pessoas com o coração partido mereciam muito mais apoio e reconhecimento. Eu havia saído de casa e ido morar de favor com uma amiga por não suportar a dor do abandono e da traição e não ganhei *nada* além de cobranças.

E mais, mamãe: *decoração?* Os *Irmãos à Obra* teriam uma síncope se ouvissem esse termo ser aplicado de um jeito tão torto. Ou talvez eu estivesse tendo uma síncope. Era o que fazia mais sentido.

Engoli em seco, não querendo dar a eles mais motivos para reclamar que eu destruía os eventos importantes de Jéssica. Não tinha uma taça vazia à mostra, e eu não era assim tão íntima da minha própria irmã para abrir a geladeira e me servir de vinho. Fingi admirar a vista inexistente da janela da área, e minha mãe foi para a sala quando Marcos trouxe uma travessa branca para arrumar o prato principal.

Pedi licença e fui até meus pais, as meias escorregando no piso encerado. A taça do meu pai estava meio cheia, e tomei um longo gole sem pedir permissão.

— Vocês deram um apartamento para a Jéssica? — perguntei sussurrando, escondendo a irritação enquanto a adstringência do vinho dominava minhas papilas gustativas, nem de perto tão seco quanto a cena que eu presenciava. Queria vê-los falar que não tinham uma filha favorita agora.

— Ajudamos sua irmã com a entrada, estrelinha — meu pai respondeu. A voz dele era calma, mas não ajudava.

— Sua irmã tá começando a vida dela, essa fase é difícil. Toda ajuda é bem-vinda.

Por que todo mundo nessa família estava citando o capacho?

— Sei que é difícil, mãe. — Minha voz era amarga. — Eu saí de casa há quatro anos e tô me virando desde então. Vocês nunca me deram dinheiro só porque eu decidi ser independente. Mas deram pra ela porque ela *se casou*?

— É diferente se rebelar e começar uma família... — Minha mãe começou. Lá estava o motivo pelo qual eu odiava festas de família.

— Pai! — supliquei, antes que causasse um chilique.

Eu dava pequenos golpes para conseguir lanches na rua. Estava com o saldo negativo, os juros do cartão virando uma bola de neve e tinha sido roubada por um trabalho – o meu *sonho* – que poderia nunca ser concluído. Eu precisava sair dessa situação, meu peito estava esmagado de um jeito insuportável.

Eu não importava para eles, nem para ninguém.

— Noelle, as portas da nossa casa vão estar sempre abertas pra você quando essa fase passar e você quiser voltar.

— Não deu pra perceber que não é uma fase? — Passei a mão no rosto, em clara aflição.

— E nós temos uma poupança para o seu casamento também. Desde que vocês duas nasceram a gente vem juntando — ele respondeu, colocando a mão no meu ombro.

— E por que eu nunca soube disso?

— Só contamos para Jéssica quando Marcos a pediu em casamento — minha mãe justificou.

— Jéssica, você não se irritou quando mamãe e papai te disseram que guardaram um *dote* pra você? — gritei da sala. Marcos apoiava na mesa um risoto de salmão e alho-poró extremamente cheiroso, e meu estômago me implorou para fazer as pazes e jantar.

— Ninguém se irrita ao encontrar um pote de ouro no fim do arco-íris, maninha. — Ela entrou na sala com extrema felicidade. O cabelo dela estava preso em um rabo de cavalo alto, e uma blusa de gola alta azul-escura a deixava com a aparência elegante.

— Não é um pote de ouro se você precisa se casar para ter acesso. — Puxei uma cadeira e me sentei, ainda com a taça do papai em mãos. — Eu podia usar a minha parte para fazer um intercâmbio, investir em um projeto...

— Noelle, o jantar de hoje não é sobre você — minha irmã me cortou.

— Nada é — resmunguei.

— Só hoje. Pode ser, Noelle? — minha mãe cortou. — Ninguém quer repetir o vexame da hora do buquê.

— Ah, então a gente vai falar sobre isso? — Jéssica interrompeu. Marcos e meu pai faziam cara de paisagem, enquanto meu cunhado servia os pratos com o risoto fumegante e nozes picadas.

— Podemos falar! Já sabem da história completa ou não é tão interessante assim? — provoquei.

— O primo do Marcos perdeu a noiva naquela noite, Noelle. Você tem ideia do que é isso? — minha irmã falou, e eu estava fadada a nunca saber o nome do amaldiçoado.

— Você tem ideia de que ele me levou ao banheiro e insistiu em fazer coisas comigo, mesmo quando vi que era comprometido? Que ele me xingou quando eu disse que não? Ou isso não é tão divertido de falar nas rodas de fofoca porque pesa o clima? — Bati o garfo na mesa, ignorando as duas lágrimas que pingaram na porcelana do meu prato.

Meu pai arregalou os olhos, olhando para minha mãe, e eu não ouvi mais nada depois disso. A conversa ficou tão entrecortada que deixei que eles tirassem as próprias conclusões enquanto comia o risoto. Algumas fatias de limão siciliano estavam em uma tigela pequena, dando um toque cítrico ao prato, e eu me alegrei pela minha barriga, que, diferente do meu coração, estava cheia e quentinha.

— Eu não quero dar mais detalhes — foi tudo que respondi, e meu prato já estava quase na metade quando Jéssica pegou no meu braço.

— Vem cá. — Sua voz era firme a autoritária, o tom que eu imaginava que ela usava quando atendia algum paciente na emergência.

Chegamos ao seu quarto, e Jéssica fechou a porta para nos dar privacidade. A cama estava arrumada com as almofadas azul *serenity* alinhadas. Ela se sentou na ponta, e segui seu movimento, incerta do que ela diria. Não ficávamos a sós desde... nunca.

— Por que você não me falou isso antes? — Nunca tinha visto Jéssica tão séria. Ela era médica, mas seu olhar era de quem estava pronta para tirar a vida de outra pessoa.

— Eu... fiquei com vergonha. — Levantei as mãos. — E eu sei que a culpa nunca é da vítima, mas sei lá. Travei. Se eu falasse, ia parecer que era real, e quis fingir que não tinha acontecido nada.

— Eu teria expulsado ele do meu casamento imediatamente, se tivesse me contado.

— Você estava nervosa com muita coisa, não quis ser mais uma preocupação.

— Noelle, você é minha irmã mais nova. É uma preocupação minha desde que nossos pais disseram que eu ia ter uma irmãzinha ou um irmãozinho.

— Então por que você me odeia?

— Pelo amor de Deus, Noelle. Eu amo você desde que mamãe contou que tava grávida. Eu que escolhi seu nome porque era o nome mais lindo que eu conhecia, e queria você só pra mim. Mas você sempre foi tão... — Jéssica ajeitava um fio solto na manga do suéter — ... difícil! Eu acho que é você que me odeia. Não é? — Ela soltou um riso triste.

Balancei a cabeça, sem saber como reagir ao que tinha ouvido.

— Só quando você age que nem... *você*. — Jéssica franziu a testa. — Controladora e neurótica. Você surtou quando eu peguei os doces, como eu ia imaginar?

— Tente ser médica sem ser controladora e é capaz de injetar a anestesia no paciente errado. Eu só tento fazer tudo certo porque o ser humano é naturalmente passível de erro... e eu surtei em relação aos doces. Eles eram bonitos demais para serem comidos.

— Só que você nunca pareceu aceitar o fato de que eu sou humana, Jéssica. E eu não ligo tanto assim de errar... — Afastei uma mecha de cabelo do rosto. — E sei lá, você podia ter contratado uma doceira que faz doces feios. Eu sei fazer alguns.

Jéssica pegou uma das almofadas em seu colo, alisando a superfície de veludo.

— Mana, você nunca teve que ser perfeita, eu invejo isso. Eu tive que passar em medicina, ser a primeira da turma pra ter a aprovação deles. Nossos pais não esperam nada de você, e, BUM!, você tá no cinema.

"Nada" foi foda de ouvir.

— Na verdade, o filme vai ser lançado em *streaming*, mas enfim. — Cutuquei os dedos, desviando para a janela, vendo que a lua iluminava a cabeceira da cama. — Crescer na sua sombra foi uma merda. Se você me fizesse o favor de não ser tão perfeita, talvez tivesse tirado a pressão que eu sempre senti em ser. Eu sempre tive a sensação de que nossos pais te amam mais, que têm mais orgulho das suas conquistas que das minhas, e infelizmente tenho algumas evidências também.

Limpei uma lágrima fina do rosto com a manga.

— Você nunca esteve na minha sombra porque sempre teve luz própria.

— Isso é engano seu, Jéssica. Eu tentei por muito tempo ser você e falhei. E admito, essa parte não é culpa sua.

— Tentou?

— Não tem nada que uma caçula admire mais no mundo do que sua irmã mais velha. E eu tinha inveja da aprovação que a mamãe dava a você. Não teria feito mal receber um elogio ou outro quando tava crescendo. — Eu não acreditava que estava admitindo isso.

— Noelle... — Jéssica pegou minhas mãos, e, nossa, os dedos dela estavam gelados. — Você é boa atriz, mas é péssima tentando ser eu. Tenta ser você.

— Eu não saberia direito como começar. Não tive o mesmo suporte e a mesma atenção que você. Quase não tenho amigos. Não tenho um parceiro de vida, nem posso viver com minha melhor amiga pra sempre. Eu sinto que nossos pais me largaram quando eu aprendi a amarrar os sapatos.

— Eles largaram você em mim, Nô. Você era tão desenvolta e rebelde que acharam que já tinha nascido pronta pro mundo. Você não teve a mesma expectativa nos seus ombros que eu. Papai e mamãe te deram liberdade, uma coisa que eu *nunca* tive. Mas a gente não pode se abalar pela diferença que eles tiveram quando nos criaram, agora isso já não adianta de nada. — Minha irmã enxugou uma lágrima com a manga. — Eles fizeram o melhor que podiam, pode ter certeza disso. Do jeito desajustado deles, me deixando com ansiedade, e você com inseguranças. Faz parte, mas a gente consegue lidar com isso, não é?

Prendi os lábios, sem saber o que dizer em seguida. Odiava dizer isso, mas Jéssica estava certa. Mais do que em qualquer outro momento da sua vida.

— Bom, parece que deu certo. Você é uma médica incrível, encontrou um cara legal que te ama e sabe cozinhar, tem um lar que faz as pessoas se sentirem bem-vindas. — Minha vez de citar o capacho.

— E você é uma atriz famosa — ela completou com um sorriso modesto e orgulhoso. *Minha irmã* estava orgulhosa de mim. — Minha irmãzinha é uma atriz de verdade!

Eu sabia que ela dizia isso com boas intenções, mas a expressão "de verdade" ainda incomodava. Não valia a pena estragar o momento. Então, quando Jéssica me abraçou, eu retribuí.

— O primo do Marcos nunca mais vai pisar em eventos da nossa família. Ele passou um tempo internado, quebrou a perna e precisou operar um ligamento. Acompanhei o caso por ser a médica da família e pensei em convidá-lo para jantar, mas me recuso a estar no mesmo ambiente que ele. Prometo que vou pensar em um jeito de fazer com que ele pague pelo que aconteceu.

— Fica tranquila, aposto que ele sofreu isso pela maldição que joguei nele — comentei, sentindo a lã macia no seu ombro contra a minha bochecha.

— Claro, você é uma bruxa. — Ela me soltou e me analisou por alguns momentos. — Com certeza se parece com uma.

— Tá me chamando de feia? — Franzi o cenho, desfazendo o movimento ao me lembrar das rugas citadas por Manuela.

— Você tem meus genes, é impossível ser feia. Só seu estilo que é meio... — Ela fez o sinal de mais ou menos com as mãos, seu rosto retorcido.

Taquei uma almofada nela e voltei para a sala para comer meu risoto já frio. Ela não podia falar mal do meu estilo quando não tinha nenhum. Meus pais, alheios à nossa conversa, ouviam algo que meu cunhado falava sobre seu trabalho. A sobremesa certamente seria substituída por torta de climão, em vez do pudim. Marcos esquentou meu prato no micro-ondas, e Jéssica começou a falar sobre a lua de mel. Ouvimos atentos, desesperados pela troca de assunto.

O interfone tocou, meu cunhado atendeu e voltou com um sorriso confuso.

— Não sabia que você ia trazer um convidado, Noelle — ele comentou.

— Eu? — Levei a mão ao peito. — Não chamei ninguém, como assim?

Vi as notificações na tela do celular, uma dúzia de mensagens de Serena, Manuela e Gael. Antes que pudesse ler, a campainha tocou e Gael abriu um sorriso tímido ao ver minha irmã, meu cunhado e meus pais na sala. Não sabia se queria derreter como uma poça ou me tacar da janela, mas certamente um dos dois.

— Eu conheço você — Jéssica afirmou, mas era uma pergunta.

— Prazer, Gael Ribeiro. Eu sou do elenco do filme da sua irmã — ele completou, gentil.

— Não é isso, não... — ela murmurou, pensativa.

Jéssica o deixou entrar, e Gael fez o trabalho de se apresentar ao resto da minha família com um aperto de mão firme em meu cunhado e meu pai, e um beijo na mão da minha mãe, que sorriu lisonjeada, ignorando a imprevisibilidade do momento e até oferecendo pudim.

Me levantei, ajustando o suéter e estranhando vê-lo ali, na sala da minha irmã. O "quem" parecia certo, mas o "onde" estava errado.

— Você aparece nos lugares mais inusitados — falei. Eu queria lhe dar um abraço forte, mas não ali com eles olhando. — Como você chegou aqui?

— Oi pra você também. — Gael tocou nos meus ombros e deu um beijo na minha testa. Eu poderia implodir com o calor que fluiu com um gesto tão breve. — Explico os detalhes depois, mas a versão curta é que Manuela conseguiu, de última hora, um evento pra gente prestigiar, eu fui parar na casa da Serena e ela me disse que você estava aqui. Vamos ao lançamento de uma bebida, algo assim.

— Ahhhh, era isso! Você foi *barman* no meu casamento! — Jéssica cutucou o marido com o cotovelo.

— Fui, sim — Gael assentiu.

— Parece que quer entrar pra família de um jeito ou de outro, né? — papai brincou, piscando o olho, e eu quis morrer. *Morrer*. Não era drama, Jéssica era médica e poderia me ressuscitar.

— É o meu plano! — Gael respondeu. — Não vão ficar bravos se eu roubar a Noelle para um evento importante de trabalho?

Olhei para Jéssica, mas não esperava que ela fosse dar um chilique porque tudo estava fora do seu planejamento dessa vez.

— Na próxima você volta e ensina o Marcos a fazer alguns drinks? — ela propôs.

— Ensino vocês dois. — Gael apontou na direção deles. — Então, vamos? — Se voltou para mim.

— Quando começa o evento? — perguntei.

— Vinte minutos atrás.

— Eu não tô vestida pra isso. — Só agora tinha reparado que Gael estava de colete por cima da camisa vermelha entreaberta, paletó e boina, extremamente elegante.

— Ainda assim vai ser a garota mais bonita de lá — ele comentou, e eu corei duas vezes: pelo comentário e por meus pais, que olharam para nós dois como se fôssemos um arco-íris.

— Eu posso ajudar — Jéssica apontou para o seu quarto com a cabeça.

Em poucos minutos, descobri que estava errada em mais um fato sobre minha irmã. Tinha uma peça em seu guarda-roupa que tinha estilo, mesmo que fosse vermelho e decotado demais.

— Você usou isso em público? Com pessoas de verdade em volta? *Você?* — repeti algumas vezes sem opção, e em nome do filme e da minha carreira, ao tirar minha roupa e experimentar o vestido.

— Acredite em mim, depois de tantos anos na faculdade, tudo que eu queria era um pingo de glamour. Eu amo meu jaleco, mas precisava me sentir uma grande gostosa na minha formatura — ela explicou ao fechar o zíper nas costas.

— Eu lembro de você parecendo um pinguim de beca, e não era nada sexy.

— Você ainda não tinha feito dezoito anos, por isso não foi à festa. Acho que nem estava em casa no dia que me arrumei, não me lembro.

Ah, mas eu me lembrava. Tinha dezessete anos na época, estava acabando o terceiro ano e não suportava ouvir como minha irmã havia se formado em tempo recorde. Passei aquele final de semana na casa do Gabriel, e nem lembro o que fizemos. Nós dois tínhamos convite, mas ele disse que era um ambiente tóxico, com muita música e bebida, e eu não pertencia a um lugar assim. As coisas não estavam boas, ele passava a maior parte do tempo jogando, ou dormindo enquanto eu lia na rede da varanda. Passava várias tardes devorando histórias de romance, me encantando com cada um dos personagens que se apaixonavam tão desesperadamente que não sabiam se desgrudar. Gabriel sabia me procurar quando ele queria algo de mim, agia como um cavalheiro quando era necessário, mas cada momento era frio. Planejado. Nada como nos livros, então eu não desejava que fosse. Só queria me refugiar naquelas páginas algumas horas, e isso bastava. Eu era uma atriz, afinal. Fingir ser outra pessoa era um estilo de vida.

Mas vendo o cuidado com que Jéssica alisava o tecido do vestido, eu queria poder voltar no tempo. Queria mudar todos os dias em que senti inveja dela. Queria implorar para minha mãe parar de comparar nós duas, para que eu pudesse ter tido liberdade de amar minha irmã nos maiores momentos da vida dela.

O vestido envolveu cada uma das minhas curvas em um modelo sereia com uma fenda frontal. Jéssica me emprestou um par de luvas brancas, que não tinha usado no seu casamento, então não tinha apego emocional, e uma estola da mesma cor. Minha irmã arrumou meu cabelo em uma trança cascata, e uma memória perdida dos seus dedos passando na minha cabeça me visitou. Ela havia me ensinado a fazer as tranças que viraram uma mania minha quando estava ansiosa.

Ao me olhar no espelho, eu parecia uma boneca de luxo. Um reflexo que tinha muito da minha irmã, mas eu me via ali também.

— Esse vestido volta intacto, entendeu? — ela falou, de braços cruzados, na minha frente.

— Já aviso que vou sequestrá-lo e você vai precisar pagar pelo resgate. — Sorri.

— Está me chamando para ir à sua casa?

E eu não respondi, porque em quatro anos eu finalmente me sentia pronta para convidar minha irmã a entrar no meu quarto. E especialmente porque Jéssica era esperta e não gostava de respostas óbvias.

Essa sensação era estranha: se *lembrar* de que você tem motivos para gostar de alguém. Apoiei a estola branca quente nos ombros e me encontrei com Gael na sala para finalmente sairmos. Ele estava comendo pudim, explicando algo sem sentido sobre a garrafa de vinho para meus pais, que o ouviam com genuíno interesse.

Não conseguia acreditar que tinha acabado de deixar o cara que eu estava a fim com a minha *família*. Caro universo, se esse dia ficar mais estranho, favor avisar com alguma antecedência. Preciso começar a agendar meus surtos.

XXVI

Ok, Google, pesquisar: desfibrilador para bom senso e sapatos confortáveis.

Gael estava com o celular com o aplicativo aberto em uma mão e estendeu a outra mão para que eu o acompanhasse até o elevador. Cogitei fingir que não tinha visto o gesto apenas para dar motivos para meus pais pararem de babar, mas ele havia sido gentil demais comigo para ignorar. E a quem eu tentava enganar?

Eu estava morrendo de saudades do sorriso fácil que ele tinha, como se tudo estivesse bem de verdade o tempo todo. O elevador era antigo e lento, balançando um pouco até o térreo.

— Quero pensar que fui tipo um cavaleiro ao resgate da princesa esta noite — ele quebrou o silêncio.

— Se você está procurando uma princesa, está na história errada. — Mordi o lábio inferior, fitando os botões pretos no painel a minha frente. — Mas de certa forma, eu meio que me salvei hoje. E minha irmã também me salvou, por incrível que pareça. — Dei de ombros, ajustando a estola, subitamente quente demais para ficar em um lugar tão apertado com Gael ao meu lado.

Ele tocou na minha mão por cima da luva branca, eu quase tinha esquecido que ainda estávamos de braços dados.

— Então é a hora certa de levar minha bruxinha a um lugar mais divertido.

— "Minha bruxinha"? — Levantei uma sobrancelha e inclinei o corpo na direção dele. O perfume de limão e âmbar estava mais forte, e nosso reflexo no espelho parecia uma versão contemporânea de um casal gângster nos seus melhores anos. — Achei que me chamava de "lindinha" — brinquei, procurando pela bajulação.

Era injusto perceber o quanto eu havia sentido falta dele falando comigo, e sei lá... eu queria que ele tivesse sentido minha falta também. O golpe estava aí, em querer ser importante para alguém.

— Os dois encaixam com você. Especialmente hoje — Gael brincou, seus lábios repuxados para cima.

Ele me olhava sem pressa e o tempo desacelerava, um quebra-cabeça fazendo sentido logo antes de ser pisoteado. Eu estava vestida, mas poderia perfeitamente estar despida como na vez em que dancei para a lua. Gael tentava enxergar através de mim, e meu medo era que ele conseguisse.

— Você me trata como se eu fosse um enigma — comentei em um desafio.

— Sinto muito se isso te incomoda, bruxinha. Mas vou continuar agindo assim porque adoro a carinha intrigada que você faz, e preciso testar o que funciona. Então é melhor começar a revelar algumas pistas. — Ele piscou.

Finalmente o elevador chegou ao térreo, que aparentemente ficava a quilômetros do sétimo andar. Eu podia soltá-lo e andar sozinha até o carro, mas meu bom senso estava de férias – e o scarpin de Jéssica apertava meu mindinho como se o odiasse.

Por que sapatos bonitos odeiam seres humanos? Uma boa pergunta para um outro momento.

Me acomodei no banco de trás, Gael ao meu lado no espaço apertado, e o motorista a nossa frente era um candelabro gigante entre nós. A rádio tocava as músicas erradas, mas não liguei. Gael acariciava o dorso da minha mão enluvada com as pontas dos dedos e não parou até chegarmos ao nosso destino. Antes de descermos do carro, ele murmurou no meu ouvido.

— Esqueci de avisar, nós devemos agir como um casal aqui. Pode ser um laboratório para nossos personagens, se preferir pensar assim.

— O quê? — me espantei.

— O público gosta de ver um casal que sai das telas. Se acharem que estamos apaixonados, vai ter mais burburinho sobre o projeto, e é isso que a gente precisa.

— Eu preciso fingir que tô apaixonada por você aí dentro? — *Universo, a gente acabou de conversar. Para de me enviar para a secretária eletrônica!*

— Acha que vai ser tão difícil assim? — Gael perguntou, e vi muito de Luke nele. A luz atrás dele delineando seus cachos, sua voz aveludada tão irritantemente doce e a expressão de cão abandonado.

— Não... — *Merda. Merda. Merda.* — Não vai.

Tinha um papel que eu nunca havia interpretado: a versão Noelle influencer. Ironicamente era justamente o trabalho ao qual tinha me aplicado na última semana, desesperada para reverter o drama da minha vida financeira.

A festa começara havia algum tempo na hora em que chegamos, e procurei os stories de Manuela Martins para me inspirar. Eu não fazia ideia do que fazer em festas sem ser beber, dançar e comer coisas gostosas em miniatura que deveriam ser o triplo do tamanho – talvez um buffet com petiscos gigantes e doces feios fosse tudo que uma festa precisasse. A música não estava alta demais ainda, isso ajudou um pouco.

— É o lançamento de uma bebida, certo? — perguntei para Gael, que assentiu. — Que tal você invadir o bar e fazer alguns malabarismos? Posso postar nas minhas redes, e você posta nas suas a minha reação ao provar o drink.

— Não sei se posso fazer isso *aqui*, Noelle — ele respondeu sem jeito.

Andei até o bar, me agarrando à única ideia que tinha. Eu sabia criar e dar vida a personagens, não queria tirar minha imaginação da inércia de novo. Desabotoei a estola, apoiando-a em um dos ombros apenas, e me dirigi ao bartender mais próximo.

— Oi. Aquele rapaz bonito ali é um dos atores que tá aqui para promover o evento. Ele também é bartender, tudo bem se eu filmar ele fazendo um drink?

Um sorriso, três segundos de contato visual e um toque discreto no cabelo quase sempre me faziam conseguir o "sim" que eu precisava. Apontei com a cabeça para Gael vir e ele deixou o paletó comigo antes de entrar no bar, pedindo "licença", "desculpa" e "obrigado" milhões de vezes.

Comecei a gravar, e era impossível olhar para outro lugar. Gael não só sabia o que estava fazendo como também se divertia com cada movimento. Agitou as garrafas por trás do corpo, fez malabarismos com alguns limões que não estavam cortados e colheu uma folha de alecrim do vaso, colocando-a sobre a espuma. Logo eu não era a única a filmá-lo, as telas gravando seu olhar atento àquela taça triangular. Parecia que gostava de ser o centro das atenções não por ele... mas por fazer quem estava em volta se alegrar também. Guardei o aparelho para editar com calma depois, e Gael pegou seu celular e mostrou o drink que havia feito. Filmou a marca da bebida que usou como base e saiu do bar dizendo:

— Agora eu quero a opinião da garota mais bonita da festa. — E entregou a taça para mim. Legal, eu estava da cor do vestido.

— Sou difícil de impressionar... — brinquei e provei, com um sorriso traidor quebrando minha postura de *femme fatale*. — Gael, você é um perigo. Isso aqui tá perfeito.

E estava. Nos apoiamos em um bistrô, postando os vídeos e seguindo todas as recomendações da produtora de como subir o conteúdo. Alguns minutos depois, Manu, de braços dados com Pedro, nos encontrou.

— Tenho que descobrir que vocês chegaram através do Instagram?

— Eu diria que você devia entrar em contato comigo pelo meu agente, mas não tô a fim de humor fúnebre hoje — zombei, dando um beijo no rosto de cada um. — Então, essas festas são só pra gente *existir*?

— É pra aparecer, Nô. Fazer fotos, dançar na pista e tudo mais. A gente marca presença e a galera da produção faz a parte "braçal", que é levantar grana pra gente concluir o filme.

Pedro murmurou algo sobre pegar uma bebida e Gael o acompanhou. Pedi alguma coisa para comer, e ele piscou em resposta.

— Alguém aqui me disse que a gente tem que ficar de casalzinho. — Olhei na direção de Gael do outro lado do salão. — É sério?

— Meio que sim. Só pra gente ver se o público começa a acompanhar algum. Vocês não precisam se beijar nem nada, na verdade é até melhor a gente contar com a força dos rumores do que com algo concreto. Os contos de fadas acabam depois que o casal se beija, não é? — Ela tomou um longo gole da taça de gim que carregava, não falando um terço do que seu olhar gritava.

— O que tá rolando, Manu? A pessimista amorosa aqui sou eu.

— Pedro tá segurando um ataque de ciúme porque a Isis está de mãos dadas com o Liam. — Procurei por eles no salão e os vi em um grupo de mãos dadas, trocando risadas. Nada demais, mas eu não estava apaixonada por nenhum deles. — Ele já reclamou que é pra ser um par em frente às câmeras, que tinha que ter um outro jeito de a produção se virar sem comprometer nossa vida pessoal e tal.

— Tá, deixa eu refazer minha pergunta. Como *você* tá se sentindo nisso tudo?

— Sinceramente? — Manu ajeitou o vestido verde sem alças. — De saco cheio. Tô percebendo que eu amava mais a *ideia* dele, a *ideia* de ser amada, do que quem ele realmente era.

— Nunca parei pra pensar nisso.

— Claro, tô te falando agora. — Ela bateu com a bolsa no meu braço. — Aliás, você parece uma deusa. — Manu analisou o vestido vermelho, o decote que fazia meus seios parecerem um pouco maiores do que realmente eram, as luvas brancas que vinham até meus cotovelos, o acabamento da trança.

— Qual deusa? — provoquei.

— Medusa — ela falou, dando de ombros.

— Ela era uma *górgona*... — acrescentei, porque não perdia uma oportunidade para falar: — e só tava se defendendo.

— Pode ser, mas quem olhar pra você vai virar pedra. E aí?

Quase cuspi o drink que bebia, soltando uma risada alta.

— Aí que você deveria estar com alguém que te admira e te ama de verdade. Porque você é foda, Manu.

— E se eu te disser que já meio que tem alguém? — ela falou com a taça na frente da boca. E eu perguntei "quem?", sem fazer som. — A gente tá regravando *Sonho de uma noite de verão*, certo? E se Hérmia ficasse com o rei das fadas?

— Você tá com o Oberon? Digo, com o Liam. — Coloquei a mão na boca para evitar alguns gritinhos.

— Ele foi na minha casa pra me ajudar a fazer uma lista de prospecção, porque tem um conhecido que trabalha com isso. A gente abriu um vinho pra traçar um plano, uma coisa leva a outra e eu o beijei.

— E ele? — Se eu fosse um desenho animado, teria estrelas saindo dos meus olhos.

— Tem o beijo bom demais. — O sorriso de Manuela era maior que o sol. Não o de uma mulher apaixonada, um mais poderoso. De uma mulher que estava *curada*. — A gente tá indo com calma, sem muitas expectativas, mas tá gostoso viver isso. Percebi que não quero me amarrar, afinal de contas.

— O Pedro sabe disso? — Nossos pares estavam voltando, Gael com um pote de morangos com chocolate nas mãos.

— Não é da conta dele. — Ela piscou e se voltou para Pedro. — Vamos dançar?

— Não tô a fim — resmungou.

— A melhor forma de combater ciúme é fazendo ciúme — ela ponderou, e Pedro bufou antes de ir até a pista.

Comecei a comer os morangos, sentada em um banco alto observando o mar de desconhecidos a minha volta. Certamente eles também eram personalidades, e eu deveria me apresentar, socializar e criar laços. Mas já tinha conversado com três pessoas e jantado com a minha família. Minha bateria social estava negativa para conhecer gente nova.

— Saudades do jovem Puck — comentei com Gael. — Uma pena ele não poder vir nesses eventos com a gente.

— *Dele* você sentiu falta? — ele retrucou, levemente indignado.

— Sim. Só dele. — Abri um sorriso cínico de propósito.

— Você tá com um pouco de chocolate aqui... — Gael passou o dedo no canto da minha boca.

— Ah... obrigada — comentei sem jeito, pegando um guardanapo na minha mesa para limpar a boca. Eu não sabia comer nada com calda ou molho sem me lambuzar.

Apoiei o pote na mesa e fiquei encarando o nada. A música já perdia o sentido, o cansaço e o turbilhão de emoções da última semana – das últimas horas – estavam batendo forte.

— A gente já gravou mais vídeos e fez mais fotos do que toda a geração dos nossos avós. Missão cumprida, estamos livres. Vamos sair daqui?— Gael sugeriu, interrompendo meus pensamentos.

— Por quê?

— Você parece cansada, tô enganado?

Sacudi a cabeça.

— Foi uma semana longa. Eu só queria estar de moletom em casa vendo TV.

— Eu tô com seu caderno na minha casa. Lá tem moletom e TV, se você quiser. — Um sorriso cúmplice surgiu em seus lábios.

— Quem mais tá lá? — Eu realmente precisava do meu caderno. Sentia falta da sua energia, de reler minhas anotações.

— Meus pais e minha irmã, moro com eles. E Luke, claro.

Seria uma visita perfeitamente inocente.

Só não tinha nada de inocente no jeito que a gente se olhava.

— Não tenho capacidade de interagir com tanta gente hoje... — Quem eu queria enganar? Eu nunca tentei ser inocente na vida. — Mas tem moletom e TV onde eu moro também.

Não pronunciei uma palavra até chegar em casa, limitando-me ao estritamente necessário. Eu não queria voltar sozinha, não depois do caos emocional que tentava processar. Chegando ao meu apartamento, Serena e Vivi estavam no sofá abraçadas assistindo a uma série de comédia, comendo pipoca.

— Oi, Nô! — Serena acenou, seguida de Vivi, sem olhar para a porta.

— Trouxe uma visita hoje — comentei, tirando os sapatos apoiada no corredor, me lembrando de como era ter pés funcionais de novo.

— Boa noite de novo, Serena! — Gael cumprimentou, alegre.

— Oi, Gael, você voltou! Entra aí, podem assistir com a gente se quiserem! — minha melhor amiga disse.

— Vocês se conhecem como mesmo? — Eu definitivamente ia ganhar uma ruga no cenho nesse dia. Nada fazia sentido nesse dia. *Nada*.

— Manu me deu esse endereço, e vim aqui te buscar. Serena que me disse onde você estava, lembra?

— Eu não tinha registrado essa informação no meu cérebro, depois do caos emocional da noite — aleguei.

— Vocês estavam lindos nos stories, mas pessoalmente tão de outro mundo — Vivi comentou, aconchegando-se na coberta de bebê Yoda que ficava sobre o sofá.

— Brigada, mas tudo que eu quero é virar uma bola de pelos que nem vocês. Onde tá o Lucas?

— Ele viajou, foi visitar a família — Vivi respondeu. — Fim de semana das meninas!

— Desculpa interromper — Gael murmurou sem jeito.

— Fica aí, tá tranquilo. Se quiser, tem roupa do Lucas no meu quarto. Pode pegar emprestado, de boa — Serena sugeriu.

— Ele aceita — falei. — Se continuar bem-vestido assim, vai quebrar o código de vestimenta da preguiça e fazer a gente se sentir mal.

— Longe de mim, isso parece sério.

Tirei minha maquiagem sem muito capricho e coloquei um conjunto de moletom verde-esmeralda. Não tive coragem de desfazer a trança e voltei para a sala. Gael estava com um moletom amarelo de capuz e uma calça preta.

Ter Serena e Vivi no mesmo cômodo aliviava a tensão entre nós, e assistimos a um episódio da série roubando a pipoca, que já estava no fim. Me levantei para estourar mais um pacote no micro-ondas e Gael me acompanhou, como se fosse um trabalho para duas pessoas.

— Meu caderno perguntou de mim? — Apoiei na pia gelada esperando a pipoca começar a estourar.

— Disse que estava com saudade.

— Fala a verdade, você leu alguma coisa?

— Seria tão terrível assim se tivesse lido? Você não confia em mim, Noelle? — Gael encostou ao meu lado, nossos casacos se tocando ao som de fogos de artifício pela cozinha.

— Não é falta de confiança... é que as coisas ali são íntimas demais. De um jeito que nunca fui com ninguém.

— Então se algum dia eu tiver sorte, você mesma vai ler alguns trechos pra mim.

— Você não acharia tão interessante assim.

— Como não? Vem de você.

Ele me empurrou com o ombro, distanciando-se logo em seguida e deixando um vazio ao meu lado.

— A pipoca apitou! — Vivi gritou da sala, cortando o clima. Para ser justa, ela sempre "comemorava" a pipoca, a pizza, o brigadeiro... Já havia ouvido várias vezes no apartamento.

— Você quase me convenceu — brinquei, sentindo as pernas bambas. Era uma loucura diferente a que eu sentia. Do tipo que fazia o errado parecer certo, e o perecível, eterno.

Nunca tinha levado ninguém para o meu quarto nesse apartamento, nem me envolvia intimamente com outra pessoa havia alguns anos. A pandemia me colocara em um celibato forçado. Não sabia mais como se faziam as coisas, e só por isso andei de volta para o sofá em vez de quebrar uma promessa idiota no meu quarto. Por mais que meu corpo ardesse em um desejo insano.

Eu sabia como era ser admirada e desejada, mas tinha me esquecido de como era desejar alguém com cada fibra do meu ser – e estava me lembrando disso pouco a pouco.

A pipoca já estava acabando, mas eu não ligava. Estava de mãos dadas com Gael embaixo do cobertor roxo que busquei na minha cama para nós dois, o aroma de incenso e canela preso no tecido. Encostei no seu peito e fiquei com as pernas esticadas no sofá. Ele mexia nas mechas do meu cabelo, desfazendo aos poucos o penteado, mas eu não ligava.

Eu estava acostumada a fingir que estava apaixonada por ele em frente às câmeras do filme e nas redes sociais.

O mais difícil seria fingir que estava fingindo. Eu esperava mesmo ser tão boa atriz quanto imaginava.

XXVII

O TEMPO É UMA ILUSÃO, MAS TÁ TODO MUNDO NA MESMA BRISA.

Como minha prioridade era fazer tudo ao meu alcance para o filme receber mais patrocínio e ser lançado, passei a contar o tempo através dos eventos ligados a ele. Claro que não era porque nesses eventos eu via Gael, definitivamente não. Por mais que fosse uma experiência de outro planeta poder ter algo *parecido* com um grupo de amigos – mesmo que forçado pelas circunstâncias. Parecia que eu tinha unido um pouco da minha rotina no set de filmagem com meu dia a dia na capital em um feitiço, mas a vida tinha se arrumado assim.

Manuela parecia ter desencantado de Pedro, e eles agiam com naturalidade perto um do outro. Ela não tinha mais a energia desolada e ele havia parado de provocá-la com insinuações sobre o amor de seus personagens ou beijos ocasionais.

Eu continuava quebrada financeiramente, mesmo fechando duas publicidades com um cachê bacana. Ninguém tinha me falado que marcas podiam levar algumas semanas, ou meses, para pagar por um trabalho, então fiz mais um cartão de crédito e rezei para algum deus que gostasse de matemática para que os juros não me levassem à falência.

Serena bancava, sozinha, as contas do apartamento enquanto eu buscava economizar o máximo possível e me importar com coisas bobas, como a louça suja; Manu enviava seu motorista para me buscar nos dias de evento, pois sabia que eu tinha sido roubada, e eu não pediria um centavo para meus pais, já que os muquiranas não me dariam nada a menos que eu me casasse. O pensamento ainda me dava calafrios.

Jéssica se convidou para vir até minha casa dois dias depois da festa, não arriscando que seu vestido belíssimo desaparecesse em Nárnia no meu guarda-roupa. Eu esperava que meu cunhado viesse também, mas ela apareceu sozinha. Sem grana para oferecer um jantar incrível como o que ela fez, eu a chamei para assistir a um filme. Estourei uma pipoca no micro-ondas, e ela preparou uma caramelada com farelo de biscoitos no fogão. Fazíamos isso antes de ela entrar na maratona insana do vestibular, quando meus pais começaram a nos deixar sozinhas em casa. Só então me dei conta de que havia perdido qualquer senso de normalidade com a minha irmã quando tinha uns onze anos, e ela tinha quinze. Ela começou a trancar a porta do quarto para estudar, e eu passava a tarde no teatro. Quem diria que caminhos bifurcados em algum momento se encontrariam?

Estávamos longe de usar fantasias de irmãs no próximo Halloween, mas era um recomeço. E a receita dela de pipoca doce era seu ponto forte, por mais que eu jamais fosse admitir isso em voz alta.

Fiz meus rituais de cabeça até recuperar meu caderno, o que aconteceu em algumas semanas. Curiosamente, nesse tempo passei a criar feitiços em vez de testar aqueles que encontrava em livros ou na internet. A magia não era uma fórmula matemática com hipóteses testadas e aprovadas. Era uma intenção, a forma de canalizar a energia para o mundo material, e se os mesmos feitiços que eu seguia tinham sido escritos por bruxas, isso significava que tinham vindo de mulheres.

Percebi que a mesma magia delas corria nas minhas veias quando comecei a fazer as luzes dançarem no meu quarto como se as estrelas brilhassem entre minhas paredes.

Assim em cima como embaixo. Passado, presente e futuro coexistindo em uma bola de coincidências decisivas. Eu estava no centro de tudo, e na beira. Era fruto da criação e a própria criadora. Uma rainha e uma serva. Era confuso e maravilhoso e inexplicável. Tente mexer com uma garota que está alinhada com o universo e falhe miseravelmente.

Dois meses se passaram, e a primavera começaria em breve. A essa altura, já havia ido a uma dúzia de eventos, festas e lançamentos; os lugares e as pessoas já se misturando uns com os outros. Eu ainda evitava socializar além do necessário, mas aprendi com Manu como me portar nessas ocasiões, e minha bateria social passara a durar um pouco mais. A única coisa que permanecia a mesma era que Gael estaria lá. Que eu precisaria segurar sua mão, sorrir para o que ele falava perto de alguma câmera e dançar quando tivesse vontade. Doía o quanto era fácil fingir que eu era dona de tudo. Eu caminhava nas nuvens sem pensar que elas eram feitas de água – e que eu não sabia nadar.

O momento que mais gostei foi o dia em que o elenco estava em um estúdio com o cenário parecido com a floresta encantada que fora destruída e fizemos fotos e vídeos promocionais, apresentando cada personagem, respondendo a perguntas sobre o filme, compartilhando as partes favoritas, e até arriscamos algumas tendências que certamente estariam obsoletas até o momento de lançar o conteúdo.

Agora, eu me olhava no espelho vestida de Helena e enxergava nela não a mulher frágil que se arrastava por um amor não correspondido, mas alguém determinada, com consciência das próprias forças e fortalezas. Helena havia tido uma ajuda mágica para conseguir aquilo que queria, de fato... *mas se eu não acreditasse em magia, quem seria?*

Nesse dia, Gael "finalmente" se lembrou de levar meu caderno, mas eu podia apostar todos os meus segredos que ele queria usá-lo de isca para que fosse até sua casa. E não minto, teria funcionado se eu tivesse dinheiro para a passagem, já que ele vivia do outro lado da cidade. Eu queria ver Luke, e nos encontramos no Ibirapuera nos dias que andei até lá para gravar alguns *jobs* que tinha conseguido, porque todo senso de normalidade que alguém precisa ter às vezes é estar na beira de um lago com seu bichinho de estimação. Não que Luke fosse *meu*, mas enfim. Eu podia fingir que era.

Gael brincava de longe com o cachorro enquanto eu gravava, mas parecia preocupado quando ninguém estava olhando. Uma nuvem escura passava pelos seus olhos vez ou outra, mas se dissipava quando ele percebia que eu estava olhando para ele.

— Se você fosse um desenho animado, teria uma nuvenzinha de chuva em cima da sua cabeça, com alguns raios amarelos aparecendo — falei, limpando a câmera do celular.

— Você seria um daqueles animes que a personagem é uma bruxa, uma garota normal e também guardiã de um livro mágico.

— Eu assistiria a isso — brinquei. Ele sorriu, mas não de um jeito natural. — O que tá rolando?

— Mesmo problema, só que cada vez menos tempo pra resolver, Noelle. Tá difícil ficar otimista.

— Vocês já receberam todas as respostas das propostas de patrocínio? — perguntei, encaixando o celular no tripé.

— Poucas respostas. Menos ainda querendo abraçar o projeto.

— Mesmo com toda a mídia que estamos fazendo?

— Talvez a gente não esteja fazendo o suficiente. Talvez falte alguma coisa, mas eu tô ficando exausto de tentar descobrir o quê.

— Queria poder ajudar.

— Você já ajuda demais. — Gael jogou um graveto para Luke, e murmurou que voltaria logo.

As tardes seguiam, eu fazia piada sobre Luke comer o meu tripé, Gael me ajudava a editar os vídeos sentada na mesma canga da carta de tarô que tinha o desenho dos amantes, e a gente esperava o sol se pôr em silêncio.

Ou talvez o mundo ficasse dourado demais para se falar em voz alta. E se não tivesse me inclinado ao seu perfume, recostando no seu peito fingindo que momentos assim são para sempre, tudo teria sido diferente.

Uma tarde eu o convidei para fazer um feitiço comigo, algo para transformar o filme em realidade.

— Você acredita em mágica? — suspirei contra o crepúsculo.

— Eu acredito em você — ele respondeu, arrepios correndo pelo meu corpo.

— Então me dá as mãos. — Ele entrelaçou os dedos nos meus, nossos ombros ainda encostados. — Visualiza a gente caminhando no tapete vermelho no dia do lançamento. Os cartazes a nossa volta, os sorrisos de quem fez essa história acontecer.

Olhei para cima, e a pele castanha de Gael reluzia. Os cachos escuros bagunçados pelo vento, olhos cerrados, e o meio sorriso dos seus lábios fartos poderia ser a coisa mais bonita que eu já tinha visto. Como se percebesse que estava sendo observado, ele me encarou, mas não desviei. Ele me perfurava como uma flecha e eu queria ser atingida.

— E agora? — ele perguntou, e eu não sabia o que deveria responder.

— Hum... a gente visualiza de novo. Pra saber onde queremos chegar, e durante o dia a gente faz o que tá a nosso alcance para realizar.

— Eu gostaria de ser diretor, um dia.

— Achei que amasse atuar.

— Eu gosto, muito. Mas é diferente estar atrás das câmeras, controlando o que vai aparecer. De uns tempos pra cá, começou a me atrair mais.

— Então visualiza isso. Você já tá no caminho. — Sorri, sincera. Não tinha nada que ele não pudesse conquistar.

— Funciona com qualquer coisa?

— Esse é o princípio. Se não ferir as leis da física... — ponderei, e ele tocou a ponta no meu nariz.

— E se eu quiser você?

— Eu já sou minha. Você não pode me querer por isso — brinquei, borboletas circulando ao nosso redor.

— Tudo bem. Eu posso querer sua companhia?

— Isso você tem agora. — Acariciei a mão dele para enfatizar.

— Eu te quero por perto agora e depois — ele fez uma pausa, buscando palavras sem encontrá-las. Atropelou-as quando saíram. — Eu te quero o tempo todo, Noelle.

— Me encontre nos seus sonhos, então.

Porque já te vejo nos meus, toda noite. Como uma profecia. Como uma maldição. E não tinha o que fazer com esse sentimento, além de ignorá-lo.

Foi no início de setembro que chegou a nossa última chance de fazer o filme acontecer. O prazo era apertado e eu não fazia ideia se estávamos perto de alcançar a meta necessária. Havia um certo *buzz* nas redes sociais, mas eu estava longe de entender como funcionava a burocracia de projetos complexos. Gael parecia mais preocupado nas últimas semanas, mas insistia em comentários otimistas, trazendo ideias diferentes a cada dia.

Abri uma notificação no grupo, e Manuela havia conseguido entradas para a área VIP do Rock in Rio para o elenco principal e o produtor comercial com tudo pago. Meu coração palpitou de um jeito estranho, sem saber se pela iminência da viagem, por ser a primeira vez que eu iria a um festival de música tão grande ou por não fazer ideia do que vestir naquela ocasião.

Não sabemos qual vai ser o dia que vai mudar nossa vida. Qual momento vai aparecer um e-mail que transforma a nossa realidade em algo novo, muito menos quando exatamente vamos quebrar a cara. E aquele dia, de alguma forma, as duas coisas aconteceram.

XXVIII

Lição de probabilidade: o provável é que tudo dê errado.

A naturalidade com que todos entraram naquela aeronave foi assustadora. Eu não tinha a mesma vivência que o resto do elenco, e só tinha andado de avião quando era pequena demais para protestar e dizer que aquilo não fazia sentido. Era uma caixa gigante e pesada que voava, um desafio às leis da física. Quiçá uma ofensa. Mágica era muito mais fácil de entender que aerodinâmica. Minha mão suava, o celular com a passagem já escorregando, e eu fazia preces aleatórias para chegar sã e salva ao Rio de Janeiro.

— Por que você está resmungando? — Manu me perguntou ao se sentar na poltrona ao meu lado, visivelmente incomodada.

— Eu não gosto da ideia de voar — murmurei, sem querer fazer um escândalo.

— É só uma ponte aérea, o avião sobe e desce. É rapidinho.

— E agoniante. Essa coisa tem asas que não batem, não faz sentido. Fora que pode ter turbulência, e...

— A pressão atmosférica não deixa o avião cair, é tipo uma gelatina. Fica tranquila, Nô. — Ela encostou, procurando rapidamente um vídeo que ilustrava seu argumento absurdo, e depois ajustou os fones com orelha de gatinho no ouvido.

— Eu sou tipo uma gelatina. — Segurei firme nos apoios de braço. A poltrona flutuava na água, e com sorte teria um paraquedas embutido também. Continuei a repetir palavras aleatórias baixinho de olhos fechados, mesmo com a nave no chão.

Manuela abaixou o fone, impaciente como jamais eu a havia visto, e pediu para Gael trocar de lugar com ela. Se não estivesse preocupada em morrer, teria me importado mais. Ele também tinha o rosto fechado, e afivelou os cintos antes de a comissária de bordo lhe dar uma bronca por estar em pé.

— Você também não gosta de voar?

— O quê? — ele perguntou distraído. — Você tem medo de altura?

— Tanto quanto qualquer outra pessoa com bom senso. — Cutuquei freneticamente a unha do polegar quando o avião começou a taxiar.

— Já sei, a gente pode jogar jogo da velha até chegar lá. — Gael abriu uma tela no celular e desenhou a *hashtag* gigante.

E tinha ajudado, já voávamos havia uns vinte minutos quando me convenci de que não morreria *nesse* voo.

— É só por isso que você parece nervoso? — insisti. Ele parecia focado até demais em um passatempo tão simples. — Por voar.

— Aham. Mas agora minha preocupação é com você, que tá perdendo de 2 a 9.

— Você vai se arrepender de ter dito isso. Agora é guerra.

— Vem com tudo, bruxinha. — Ele abriu um sorriso, e eu gargalhei ali mesmo.

Pousamos apenas a tempo de trocar de roupa e ir direto para a Cidade do Rock. Usei uma sombra holográfica lilás e um delineado gráfico preto, combinando com um vestido longo de tule transparente com estrelas prateadas espalhadas por todo o tecido. Eu estaria nua se não fosse pela parte de cima do biquíni que tinha na mala e o short de cintura alta preto. Completei com algumas correntes acinturadas e coloquei meias de renda preta que apareciam acima do meu coturno, uma gargantilha preta, brincos de estrelas gigantes e vários anéis nos dedos.

Nunca tinha ido a um evento de música daquele tamanho, então não me preocupei muito em estar elegante nem nada assim. A roupa deveria ser confortável e refletir quem eu era. Fiz uma trança fina em cada lado, prendi como um pequeno coque, deixando a franja solta, e coloquei a pulseira escrito VIP antes de sair do quarto. Guardei o celular, o cartão novo já estourado e um cachecol de *pashmina* verde na mochila e aguardei os demais no lobby do hotel.

Manu não surpreendeu ninguém estando tão bela quanto os deuses, com um macacão assimétrico de lantejoulas prateadas que havia sido feito para o seu corpo, o cabelo solto e ondulado, pequenos cristais decorando seu delineado verde. Pedro usava uma camisa xadrez amarela e azul entreaberta, revelando seu peitoral. Seu cabelo estava penteado com gel para trás, e ele podia perfeitamente subir no Palco Mundo. Talvez eu estivesse simples demais, mas havia sobrevivido a um avião, e me parabenizei por ter me maquiado sem tremer. Eu estava calma graças às constantes derrotas no jogo da velha que tivera com Gael. Na volta, pediria uma revanche.

Isis se juntou a nós usando um vestido dourado justo no busto, com as costas abertas. Ela havia trançado a lateral do cabelo, deixando os cachos definidos soltos. Pedro lhe ofereceu o braço e a acompanhou até o carro que esperava por nós lá fora. Longe de fotógrafos oficiais, eles podiam agir como um casal normal, por mais que Manuela fosse bastante evasiva sobre perguntas ligadas ao seu coração. Olhei para Manu, e minha amiga estava tão concentrada que realmente não se importou em ver seu ex – literalmente – seguir em frente sem ela.

— Vamos nesse carro com eles, o resto alcança a gente depois. — Foi tudo que ela disse ao pegar nos meus dedos e entrar no veículo. Ali cabia mais do que quatro pessoas, não entendi por que não esperamos por Gael, tampouco me senti no direito de perguntar. Era tudo novo demais, e eu tinha pressa de viver, curiosa pelo que iria acontecer.

O carro estacionou em um lugar especial para a produção, e entramos no festival por uma das laterais, perto da ala VIP. Manu, Pedro e Isis foram direto para lá, mas eu paralisei. Jamais tinha visto um lugar assim, que transbordasse música em cada direção que olhasse. Estava muito calor, mas os ventos da primavera já estavam no horizonte.

— Alcanço vocês já — falei, sem me importar se tinham ouvido, e comecei a vagar pelo festival.

Após dois anos em casa, não sabia mais o que era ser mais uma na multidão. Ver as pessoas rindo e se divertindo depois que o mundo tinha passado por tanta coisa. Nos últimos dias que saí, precisava estar em evidência, seguir um protocolo de divulgação, mas ali eu era só mais uma pessoa tentando se divertir. Pedi licença sem ser ouvida, xinguei algumas pessoas que fumavam coladas em desconhecidos quando quase me queimei e ouvi música. A cada cem passos parecia que tinha um novo palco, um novo *hit*, algo novo acontecendo.

Senti meu celular vibrando quando assistia a uma banda cover tocar alguns sucessos dos anos 1980 em uma rua que parecia um cenário de Los Angeles, perto de uma pequena cafeteria e algo que deveria ser uma capela. Parecia um cenário de filme lotado de figurantes, e eu podia fingir que era a personagem principal se tentasse. Sorri ao ver que era Gael me ligando, ele já deveria estar aqui, afinal.

Atendi, gritando sem conseguir ouvir nada, e enviei uma selfie de onde eu estava.

> Você tá linda aí, mas preciso de você na área VIP.

> Não lembro como chega lá, e aqui tá divertido.

> Ok. Me espera aí e a gente se diverte junto.

Ouvi mais duas músicas inteiras até reconhecer Gael no horizonte, e o céu alaranjado nos assistia mais uma vez. As primeiras estrelas salpicavam o céu contra as nuvens. Ele vestia um blazer vinho fechado, de mangas dobradas, deixando suas tatuagens à mostra. Não havia nada por baixo, apenas uma corrente prateada em seu peito, o All Star preto quebrava o tom de seriedade da calça de alfaiataria. Ele era inegavelmente lindo, mas não era isso que importava.

O que me deixava sem ação era como ele parecia abrir o maior sorriso do mundo ao me ver. E eu sei que tínhamos voado juntos poucas horas atrás – e que ele me devia uma revanche no jogo da velha –, mas aquele sentimento que me tomou foi *saudade*. Eu estava inebriada pela energia do festival, em uma cidade nova, tão perto de realizar o maior sonho da minha vida, mas isso só fez sentido quando deixei extravasar ao correr na sua direção.

Esbarrei em uma ou duas pessoas no curto trajeto, mas ninguém se feriu. Envolvi o pescoço de Gael como se tivéssemos ficado separados por anos, e me surpreendi quando ele me levantou, sentindo o perfume na minha nuca em resposta. Ficamos assim alguns instantes, e quando ele me colocou no chão, seu rosto estava fechado.

Talvez eu não estivesse lendo os sinais certos. Ou então sua preocupação com o filme era ainda maior do que eu imaginava.

— O que você não tá me contando? — indaguei, ainda perto o bastante para sentir o seu perfume de limão e âmbar. — E não mente dizendo que é o avião.

Andamos até um banco em volta de um canteiro de plantas, as pessoas seguiam seus rumos indiferentes à nossa presença. Gael passou a mão no cabelo quebrando alguns dos cachos, hesitando ao começar a falar algumas vezes.

— Hoje é nossa última chance, Nô. — Franzi o cenho sem entender. — A gente conseguiu levantar uma verba, mas o prazo tá acabando. Se a gente não fizer as conexões que precisa essa noite, o filme não vai sair.

Meu coração despencou e rolou pelo chão. Eu realmente acreditei que estávamos fazendo tudo certo, que teríamos mais tempo. Mas quando é que barganhar com o universo funciona?

— Achei que a gente tinha mais uns meses, entendi errado?

— Nosso prazo é mais apertado do que eu tinha previsto... eu tô na linha de frente com a produção, e a gente tem virado a madrugada pra conseguir esses patrocínios. E não vale a pena sucatear o projeto e entregar algo sem a qualidade e o refinamento que a gente tinha em mente. — Ele passou a mão pelo rosto e levantou, inquieto. — Você tá sendo maravilhosa em tudo. Mais do que imagina. — Meu rosto aqueceu. — Se quiser fazer um dos seus feitiços, fique à vontade.

— Você tá zoando?

— Eu tô totalmente enfeitiçado, você deve ser boa.

— Então não precisa pedir duas vezes. — Abri um sorriso, e mesmo querendo saber do que exatamente ele falava, precisava me apressar. Sabia exatamente o que fazer.

Voltamos para a área VIP de mãos dadas para não nos perdermos na multidão, repeti algumas vezes para não achar que seria por qualquer outro motivo. Senti um glamour diferente ao conferirem minha pulseira, o tipo de sensação de superioridade que faz você se tornar um babaca se não tomar cuidado. O espaço era grande, mas nem de perto tão lotado. Gael murmurou algo sobre ter que encontrar alguns conhecidos e fui para a mesa do buffet observar os temperos que enfeitavam os pratos. A quantidade de ervas frescas decorativas prontas para serem usadas em feitiços era surreal.

Peguei um copo de vidro – o cálice possível – e ali coloquei algumas folhas de alecrim, louro seco e amêndoas. Pedi um pouco de açúcar e uma dose de vinho no bar, misturando tudo com o dedo enquanto inventava as palavras de que precisava.

Uma chuva de glórias para a adaptação
E um suspiro de fortuna para acompanhar
Esse sonho de uma noite de verão.

    Estava longe de ser meu melhor verso, mas a intenção deveria contar mais do que a semântica. Não é como se o universo tivesse uma cópia do Aurélio para verificar cada palavra – assim eu esperava. O aroma de vinho era forte, com um toque de especiarias aleatórias. Não tinha cheiro de Natal, nem de Halloween, mas era o que tinha para hoje. Bebi em um só gole, incomodada com algumas folhinhas de alecrim que prenderam na minha garganta.

    Me juntei ao resto do elenco para divulgarmos nas redes sociais, sorri para estranhos pela milionésima vez no mês e comentei com pessoas que nunca havia visto que eu seria a Helena na nova adaptação de *Sonho de uma noite de verão*. Expliquei sobre a história para aqueles que não conheciam os detalhes, inquieta para saber se o feitiço tinha funcionado.

    O que eu deveria esperar? O Silvio Santos com um cheque milionário? Uma luz divina em cima da pessoa que salvaria o projeto? *Universo, favor enviar um sinal com cara de sinal. Se enviar outra borboleta, que ela pelo menos carregue um pergaminho com instruções claras.*

    Os shows principais começaram, e boa parte das pessoas estava mais interessada em curtir o festival do que em falar sobre nosso projeto, naturalmente. Uma hora se passou. Duas. Minha bateria social precisava de um respiro, eu não tinha mais paciência para fingir que conhecia todas as músicas, então encontrei um canto para assistir ao show sem interagir com ninguém. Fiquei sentada em um cubo branco, incerta de cada batida no meu peito. O relógio girava em câmera lenta, e em breve eu saberia qual seria o curso que minha vida teria. Vi Gael de longe algumas vezes conversando com sei lá quem. Acenei uma das vezes, e ele abriu um breve sorriso que eu sabia que era uma máscara. A ideia de contar para meus pais que o filme não sairia e de voltar a não ter uma perspectiva na minha carreira como atriz era agoniante. Eu ainda não tinha um agente e, sem esse trabalho, meu sonho era algo ainda mais abstrato.

Quis revirar os olhos muito forte quando começou a chover. Uma tempestade impiedosa inundava o palco e arrepiava meu cabelo. Parecia que todos os meus feitiços só serviam para isso: criar uma tromba d'água. Eu provavelmente tinha feito o encanto errado, e agora me culpava por não poder fazer nada de concreto para ajudar.

Precisava ter falado de chuva no encanto, Noelle? Não tinha ninguém a culpar além de mim.

O festival parecia estar lotado aguardando a atração principal, com todos em frente ao Palco Mundo para assistir ao Coldplay. Manu estava bêbada e eufórica depois de cantar as músicas de Camila Cabello, não respondendo nada do que eu queria saber sobre o futuro do nosso filme. Talvez tudo tivesse ido por água abaixo, e esse era o seu jeito de reagir.

Gael veio até mim perto de meia-noite, e com uma expressão indecifrável no rosto. Ele podia estar feliz ou decepcionado, mas não me contaria naquele momento.

— Todo mundo fala que o show deles é lindo, vamos ver. — Ele estendeu a mão para mim, que estava sentada em um banco diferente, ainda mais afastada, evitando encarar a chuva que havia conjurado sem querer.

— Tem alguma coisa que você quer me contar?

— Milhares. Mas agora vamos ver o que as pulseirinhas fazem. — Ele agitou o pulso, mostrando o acessório que a banda emprestava ao público. Ela deveria mudar de cor de acordo com a música.

Era um show em que as luzes dançavam, e milhares de estrelas desciam do céu em prantos para brilhar na terra. Existiam coisas maiores que nossas aflições, nossos planos, nossos sonhos. E a arte era uma delas. Gael, atrás de mim, tinha os braços a minha volta levantando minhas mãos de brincadeira, me convidando a pular nos momentos agitados, cantando as músicas melhor que o próprio vocalista. Sua voz era mais aveludada, mais encorpada... e ressoava em toda minha pele.

O show ficou calmo e seus dedos subiam e desciam em meus braços, o carinho provocando arrepios. Estava frio, mas era calor que me tomava. Passamos tanto tempo fingindo ser um casal, que eu tinha me acostumado a inclinar ao seu toque, me lembrando dele quando estava longe. Começou a tocar "The Scientist", o palco encharcado e o mundo em um mar esverdeado. Eu sentia a música me envolver como se quisesse dizer algo além. Como se estivesse se despedindo de alguma coisa.

— A gente tentou, Noelle. E eu não me arrependo de nada, porque, sem esse projeto, eu não teria encontrado você de verdade — ele murmurou no meu ouvido.

— O que você quer dizer? — Eu sabia a resposta, mas não queria ouvi-la.

— Quero dizer que eu tava cansado de esbarrar contigo sem você saber meu nome. Cansado de você existir pra mim sem eu existir pra você.

Me virei para ele e toquei no seu rosto úmido pela chuva. Eu não esperava que ele dissesse *isso*.

— O filme não vai acontecer? — perguntei, direta. Eu estava em queda livre, e não havia gelatina alguma para me segurar.

"Yellow" começou a tocar, o mundo a nossa volta em súbita alegria, todas as pulseiras amarelas como o próprio sol. Toquei no coração de Gael, que retumbava, e ele encostou no meu rosto com uma expressão que era um misto de medo e tristeza. Afastei alguns de seus cachos dos olhos quando ele balançou a cabeça, respondendo "não" para a minha pergunta.

Mordi meu lábio inferior, sem saber o que fazer com essa constatação. Sem saber o que sentir. Meu sonho estava em chamas, meu coração crepitava. Porém não podia controlar nada além das minhas ações. Só podia agir rendida aos meus desejos e vontades, e jogar para o universo. Pela primeira vez, decidi pisar na fogueira.

Não para me queimar.

Eu *era* o fogo.

— Que seja — afirmei. Que assim seja, assim é. Eu odiaria admitir que esperava pela nossa cena só para ter uma desculpa convincente para beijá-lo, mas era um daqueles momentos que eu precisava viver. Não sabia o que aconteceria no dia seguinte, mas não tinha plano algum para o futuro. Fiquei na ponta dos pés para colar meus lábios nos dele, Gael pareceu surpreso por não mais que um instante, envolvendo minha cintura e me puxando para perto em um gesto urgente como se o beijo estivesse guardado havia tempo demais. Ele me levantou e nós dois flutuávamos acima da chuva e das estrelas... afinal, você só pode cair se voar.

E se havia tempo a nossa volta, ele se desfez. Se havia música, ela agora pertencia a nós dois. E se havia algum erro no que eu estava fazendo, ele não apareceria até o amanhecer.

XXIX

✦

Sonho de uma noite de ~~verão~~ inverno.

✦

A porta do quarto atrás de nós travou automaticamente. Deixamos o festival pelos fundos, usando um dos carros da produção para voltar até o hotel. O show estava no ápice, muito antes das filas gigantescas para ir embora, mas eu não esperaria mais. Esconder o meu desejo por Gael estava tirando a minha sanidade.

Nada comparado ao meu toque íntimo e particular, mas estar com ele tinha um nível de cumplicidade que eu não me lembrava – ou nem sequer tinha conhecido.

Viemos em silêncio, eu dirigia sem olhar para ele com medo de me desconcentrar na pista encharcada. Não sabia direito de quem era aquele carro, só esperava que o GPS fizesse seu trabalho.

Somente quando a bendita tranca da porta foi ouvida que me dei conta do que estávamos prestes a fazer.

Analisei o quarto do hotel, ficava no mesmo andar que o meu. A disposição dos móveis e a decoração era idêntica, e um mundo totalmente diferente ao mesmo tempo. Tirei o coturno sentindo o chão gelado através da meia de renda, passei a mão no lençol arrumado sobre a cama e andei até a varanda. Abri a cortina, encontrando o mar flutuando por toda parte. A chuva parecia mais intensa agora que eu estava protegida dela. O som das ondas se misturava com o das nuvens, e abaixei a cabeça para rir da piada idiota que pensei. Todo mundo estava molhado, inclusive *eu*.

A realidade nos cercava de um jeito estranho, aqui as luzes eram mais claras e definidas, não misteriosas e envolventes como no festival. Se antes tinha sido tomada pelo momento, agora eu o escolhia.

— É isso mesmo que você quer? — ele perguntou, me abraçando por trás, colando os lábios no meu pescoço.

— Transar com você? — instiguei ao deixar a janela aberta, a maresia embaçando as janelas da varanda. Era uma diversão pessoal falar coisas diretamente para ver suas expressões desconcertadas. Tirava o foco do quão nervosa eu mesma estava. O sol alto abafava minha voz, era um pouco mais fácil falar sem filtros. Ele merecia a verdade, e se eu estaria vulnerável, seria bom abrir o jogo. Cruzei os braços, incerta do que fazer com eles. — Vou ser sincera, já faz *um tempo* pra mim e eu não sei se vou saber o que tem que fazer, mas... eu quero. — Encarei Gael mais despida do que estava prestes a ficar. Mordi o lábio antes de acrescentar: — Muito. Mesmo se fizer algo errado. — Ri de nervoso, e ele também.

— Não tem nada que você faça que eu não admire. — Gael se aproximou, e afastou meu cabelo do rosto, seu olhar correndo pela curva dos meus seios quase expostos naquela roupa de festival. Ajeitei as mechas agora frisadas, desejando que estivessem arrumadas. Ele pareceu ler meu pensamento. — Não tem nada que não seja inacreditavelmente lindo. — Ele colou seus lábios nos meus e sussurrou. — Nada em você que eu não deseje com tudo que tenho.

A boca dele abriu a minha sem pressa e a explorou. Suas mãos envolveram minha cintura, buscando pela pele exposta, me deixando à vontade do quanto ou quando eu queria me despir. Abri o botão do seu paletó, aliviada por finalmente poder sentir o calor da sua pele contra a minha, o contorno dos seus músculos e a suave aspereza da sua pele.

A chuva havia acordado os nossos perfumes, limão, âmbar e canela fluindo pelo quarto em um novo feitiço. Gael me envolveu contra a parede, algumas gotas errantes encontrando nossa pele. Mordi o lábio dele, sentindo sua nuca e seu cabelo entre os meus dedos. Eu o puxava e deixava minhas unhas correrem sem destino por sua pele, e em resposta ele corria os lábios pela minha nuca até o meu colo, quando roupas começaram a parecer muralhas entre nós.

Me encostei ainda mais contra a parede, a distância ínfima entre nós parecendo grande demais. Abaixei, tentando pegar a barra do vestido para tirá-lo, mas Gael interrompeu o movimento com um meio sorriso.

— Tudo bem se você deixar essa coisa transparente? — ele ronronou, e eu ri.

— Isso é um *vestido* — expliquei, insinuando movimentos lânguidos. Ele balançou veementemente a cabeça, discordando.

— Sinto dizer, mas isso é o que as virgens vestiam para fazer oferendas nos altares do templo.

— É isso que eu pareço, Gael? — Meus olhos estavam cravados nos dele. Eu amava como ele acompanhava cada movimento que eu fazia, hipnotizado. A um estalo de perder o controle. — Uma virgem inocente?

— Já disse que você não tem nada de inocente, minha bruxinha. — Ele ajoelhou na minha frente, e borboletas pairaram ao meu redor. — Nesse caso, você é a deusa. — Seus dedos quentes subiram por baixo do tule, segurando a barra do short e o puxando para baixo, me deixando sem nada. — Eu sou o seu servo. — Gael beijou meu joelho, subindo pela perna, suas mãos delineando o contorno. — E essa é minha oferenda.

A língua dele me partiu em duas quando ele me lambeu, o toque terno e morno logo ampliando para o que eu poderia definir como... merda, não tinha um jeito bonito de dizer isso. Até tinha, mas não seria tão franco. Eu estava vivendo a melhor chupada da minha vida, e ninguém te prepara para isso. Para como você fica zonza e com a respiração ofegante de tanto gemer, sem se importar com quem está ouvindo. Mas a forma que ele me lambia me fazia ver estrelas, andar por elas e explodir como uma supernova.

E ainda assim, não me saciava – não ao menos do jeito que eu mais ansiava. Quando ele se levantou, seus lábios brilhavam. Ele me tinha na palma das mãos, e eu precisava dele na minha. Tirei o biquíni, deixando a transparência do tule revelar meus seios, e nada no rosto dele denunciava qualquer grau de satisfação. Não. Gael estava faminto.

Abri a calça dele e o encontrei endurecido, e pela forma que o toquei sabia que ele estava desesperado por algum tipo de fricção. Encaixei-o entre minhas pernas, agora escorregadias, e voltei a beijar Gael, deixando que ele deslizasse o decote do meu vestido a fim de mordiscar os meus seios. Finquei as unhas nas costas dele sem saber se o aguentaria dentro de mim e respirei fundo para relaxar, provocando-o com beijos que prometiam devorá-lo quando ele finalmente entrasse em mim. Vi quando ele se afastou para buscar uma camisinha na carteira, que agora estava jogada no chão, e assisti sem pudor enquanto ele a vestia.

    Não sabia que sexo podia ser tão íntimo antes da penetração, que eu estaria tão perto do ápice só por vê-lo. Ele me levou na sua direção, me deitando na cama sob ele. Nos abraçamos em um movimento coreografado, e me perdi nos seus lábios em uma sequência de beijos meticulosos, como se ele já tivesse planejado como faria isso e a quais partes do meu corpo ele daria mais atenção. Eu sentia seu membro colado na parte interna da minha perna, meu quadril se encaixando no corpo dele e esperando que ele acabasse com essa espera torturante; contudo, antes ele desceu seus dedos pelo meu abdômen até encontrar a umidade que o aguardava e roçou seu toque ali, me atiçando.

    — Porra, Gael, você quer que eu implore? — falei entre gemidos. Esperava que as paredes do hotel fossem grossas o bastante; caso contrário, ninguém dormiria naquela noite. Ele parou de me beijar um instante com um sorriso devasso cogitando a ideia.

    — Não é má ideia.

    — Me fode. — Rebolei, vendo que peguei o jeito após os anos na seca, me sentindo mais confiante ao persuadi-lo, e eu podia ouvir para sempre o silvo que saiu dos seus lábios. — Me come. Mete em mim até eu gozar.

    — Você falando assim fica bem difícil de manter a concentração. — Ele beijou o canto da minha boca e atendeu meu pedido. Agarrei o lençol na cama e contorci o rosto com um símile de dor, sabendo pela primeira vez como era estar com alguém com tudo que tinha. Gael era maior do que o único vibrador que eu tinha, presente de Serena depois de ter a terceira experiência desagradável da minha vida. Até então, eu achava que aquele brinquedo era a melhor coisa que eu poderia enfiar em mim, e estava totalmente errada. — Te machuquei? — ele perguntou, o rosto subitamente preocupado. Girei o quadril em resposta, sentindo-o por completo dentro de mim, meu consentimento para que seguisse em frente.

— Não para — pedi, e Gael seguiu o movimento dolorosamente lento, pressionando os lábios nos meus, mordiscando meu pescoço e acarinhando meus seios. Levei alguns minutos para finalmente me acostumar com ele dentro de mim, sentindo o ritmo aumentar gradativamente, seguindo o som dos meus gemidos como um guia. E finalmente comecei... de novo, não tem um jeito bonito de dizer isso. Eu finalmente comecei a cavalgar nele.

Gael sentou-se na beirada da cama e subi em seu colo, ele segurando minha cintura antes de abraçá-lo com as pernas. O tule transparente estava torto no meu corpo, os seios expostos e o cabelo grudando no pescoço. Os cachos escuros dele também estavam despenteados, e ele me analisava como se quisesse memorizar cada detalhe.

— Você é mais linda do que eu imaginava, como isso é possível?

Eu já estava nua, transando com ele, e mesmo assim sentia o rosto aquecer quando sua voz suave reverberava. Eu estava tão perto do clímax que qualquer toque mais elaborado me faria explodir. Beijei-o com urgência, aplicando pressão com a minha boca de uma forma que contrastava com a languidez do meu quadril. Eu estava mais excitada do que já tinha ficado em toda a minha vida, e não precisava ser um gênio para saber que me viciaria nessa sensação. Talvez eu e ele pudéssemos ser amigos coloridos ou algo assim. Poderia funcionar, tentei barganhar comigo mesma.

Libertei o desejo que reprimia, prestes a explodir em um milhão de estrelas. Gael não resistiu e se juntou a mim quando sentiu que eu estava prestes a me desfazer.

Deitei em seu peito, suada e anestesiada. Minhas extremidades cintilavam, dormentes, e ele me abraçou, beijando meu cabelo e minha sobrancelha. Viramos um de frente para o outro, minha perna ainda cruzada sobre a dele, e admirei seus lábios grossos entreabertos, os cílios longos semicerrados e fixos em mim. Ficamos em silêncio por segundos ou horas, apenas respirando a essência um do outro.

— Onde você tava esse tempo todo? — sussurrei, tão baixo que a chuva quase levou a frase embora.

— Do seu lado, Noelle. — Gael tocou meu rosto com o polegar, passeando pelas minhas feições em pequenos círculos. — Esperando pelo dia em que você finalmente ia querer me conhecer.

— Você é galanteador demais pro meu próprio bem — brinquei, um sorriso malicioso surgindo no meu rosto.

— Não quero só te conquistar. — Gael franziu o cenho. — Eu quero te *amar*. Eu sou apaixonado por você, Noelle. — Ele abriu um sorriso tímido e beijou a palma da minha mão, um gesto mais cúmplice do que a própria transa. Meu coração parou de bater, o tempo ficou suspenso e eu estava fora de órbita. — Acha que tenho alguma chance?

O que eu fiz em seguida foi o maior erro da minha vida.

XXX

Se é errando que se aprende, já, já eu viro um gênio.

Um coração partido pode ser um mau conselheiro, mas é um bom segurança. Eu estava fazendo isso por mim, pelo meu bem-estar e pela minha sanidade. Sabia o quanto podia doer pra caralho ter o coração esmagado e o peito esticado na beira de um buraco negro, para sempre preso naquele horizonte de eventos. A mensagem que havia deixado no celular de Gael, na mais piedosa das hipóteses, era inconclusiva.

> Vou precisar remarcar a revanche no jogo da velha.

Mas que merda era essa, Noelle? A estrada deserta, chuvosa e escura era o último lugar que uma garota sozinha deveria estar após ter tomado a decisão mais impulsiva da sua vida. As gotas grossas espancavam o vidro, eu enxergava apenas alguns metros à frente no táxi a caminho da rodoviária. Felizmente o farol do motorista era muito bom, e se mantivesse a velocidade estável, eu chegaria a São Paulo *viva* em algumas horas, assim que o próximo ônibus saísse.

Eu estava fugindo de mim e de todas as decisões estúpidas que viria a tomar caso acordasse ao lado de Gael. Eu já sabia o enredo completo, e o final da história era amargo demais. Não poderia enfrentar mais um avião com ele ao meu lado, com claras expectativas que eu não tinha capacidade de atender.

Eu quero te amar.

A maldita voz dele ainda ressoava na minha mente como um sonho insistente. Aumentei o volume da música em meu fone, tentando abafá-la, mas ele estava lá. Gael aparecia em cada canção, a lembrança do seu toque e do seu cheiro ainda marcada na minha pele. Não havia tomado banho, tampouco trocado de roupa, quando decidi partir.

Arrumei alguns dos cachos despenteados longe dos seus olhos adormecidos, ponderando se deveria ou não ficar ao lado dele. Sem saber como responder sua pergunta, me guiei pela única certeza que tinha naquele momento. A noite havia sido perfeita. Mesmo com o meu sonho de estrelar um filme destroçado ou com a fuga de madrugada. Gael me perguntou se teria *alguma* chance.

Ele tinha todas, mas eu não era a garota capaz de dá-las a ele. Eu tinha certeza de que nos divertiríamos por algumas semanas, quem sabe alguns meses. Passaríamos as tardes enrolados nos meus lençóis, levaríamos Luke para passear, provaríamos milk-shakes por toda a cidade. Ele espiaria meus diários, eu acabaria lendo um trecho ou outro, porque não tem nada que eu deseje mais do que ele me conhecer. Eu finalmente iria até a casa dele e maratonaria *Crepúsculo* com a irmã dele, que iria me adorar de cara, mesmo que eu não saiba como ela é. Eu ensinaria tranças diferentes, assim como Jéssica fez comigo, já que ela não tinha uma irmã mais velha.

Era perfeito. Seria perfeito, de verdade. Enxuguei algumas lágrimas errantes, tentando me distrair com a estrada, as árvores se misturando a minha volta. Chegando ao ônibus ainda precisaria esperar umas cinco horas e estaria em casa depois do amanhecer. A questão é que sempre surge alguma coisa que descolore os sonhos. A fase da lua de mel passa, a rotina vira algo aceitável, e no fim das contas toda a graça se esvai, deixando apenas o sabor de cinzas e a dúvida de onde nos perdemos no caminho.

E eu simplesmente não podia fazer isso com Gael. Não podia macular a certeza da nossa noite perfeita com a incerteza de um futuro fadado à mágoa. Sacudi a cabeça, irritada pelo veículo não estar indo rápido o bastante. Era muito tarde para não magoar Gael, ele em algum momento veria que eu havia partido sem explicações, porém isso era melhor do que ter uma DR fora de um relacionamento.

Nunca imaginei que alguém poderia me fazer imaginar um relacionamento feliz, mas o "felizes para sempre" só existe porque alguém termina de contar a história antes. E esse era o nosso final. "Então ele adormeceu sentindo o perfume dela cravado na sua cama, sentindo a ternura de seus dedos na sua nuca logo após ter se declarado, ainda extasiado de prazer. Fim."

Ninguém ia querer ler a parte que ela pegou suas coisas, vestiu a roupa do avesso na pressa e fez algo idiota logo em seguida. *Puta merda, Noelle. Você se jogou na estrada sozinha no pior horário e clima possível, e deixou o bilhete mais imbecil pro cara mais legal que você conheceu!*

Mas isso era um problema para a Noelle do futuro. Pelos deuses, essa garota estava bastante encrencada. A do passado também, se eu parasse para pensar, pois em algum momento da vida ela começou a namorar com um amigo da sua irmã, que lhe ensinou que *confiança* é a diferença entre aquilo que você sabe e o que vai te destruir.

Eu confiava em Gael. Com a minha vida, com tudo que eu era. Com meu caderno de feitiços, até. Era justamente por isso que não podia arruinar o que tínhamos. Talvez, com a cabeça fresca, a gente pudesse conversar, voltar a ser amigos. Fingir que essa noite nunca aconteceu, que foi só um sonho que a gente dividiu e que, como todos eles, se dissipou pela manhã.

Ele levaria um tempo para entender, e eu também. Mas eu finalmente tinha aprendido a diferença entre sozinha e solitária. E eu estava bem por conta própria, sendo dona do meu próprio coração e sem precisar prestar contas a ninguém. Limpei mais uma lágrima que caiu, os anéis roçando no meu rosto. Eu estava melhor sozinha – repeti até chegar a minha própria cama, e, imersa no caos, cansaço e teimosia, adormeci.

Interlúdio

Universo

O ser humano pode experimentar, ao longo da vida, alguns tipos de queda. Pode cair de amores, cair e ralar o joelho (ou qualquer outra opção ativada pela gravidade), deixar cair o queixo ao ver algo impressionante, mas há um tipo de queda bastante particular e incompreensível que acontece quando alguém está deitado, adormecido, e subitamente percebe que está "caindo para cima".

  Essa é uma experiência frequente de quando a consciência está prestes a despertar de um sonho em uma experiência profundamente vívida, momento em que o cérebro assume que tudo aquilo que você imaginou reflete a realidade. É mágico, confuso, tal qual toda viagem interplanar, e, sem qualquer sombra de dúvida, curioso.

  Naquela madrugada, Gael experimentou as três quedas ao mesmo tempo. Já havia se apaixonado por Noelle no dia em que descobriu sua cor favorita à beira do lago, mas passou a amá-la em um momento diferente, em uma cena que só aconteceu para os seus olhos quando a jovem atriz se deitou em Luke para ver o pôr do sol em uma tarde aleatória e deu um beijo na testa do animal.

O coração dele derreteu de tal jeito que jamais imaginou que essa seria a mesma garota que viria a parti-lo algumas semanas depois.

Ela não estava ao seu lado e não porque tinha voltado para seu próprio quarto no final do corredor. Havia uma ausência diferente no ar, a marca de quem havia fugido. A sua bolsa havia desaparecido da escrivaninha vazia, e um brinco de estrelas repousava no travesseiro.

O jovem que caminhava nas nuvens não queria acreditar. Quis barganhar ter sonhado tudo aquilo, que não a tinha beijado, finalmente, por inteiro e encontrado seu prazer no dela. Mas ele sabia que tinha sido realidade não pela joia vazia de calor que espetava sua mão, mas porque nem em mil anos conseguiria imaginar, sozinho, a complexidade de sensações que era estar ao lado dela.

Ele não sabia o que tinha feito de errado, mas relembrou cada detalhe da noite desejando voltar no tempo e tomar qualquer que fosse a decisão que a faria acordar nos seus braços. Gael barganhou com os deuses sem obter respostas, e adormeceu após cinco piedosas doses de uísque.

A melhor noite da sua vida se tornou a pior, e ele descobriu que o céu e o inferno podiam ser o mesmo lugar: a cama. Contudo, os problemas tomam uma proporção diferente à noite, aproveitando-se das sombras para destilar seus mistérios.

O que Gael havia percebido, e que Noelle insistia em duvidar, era que o destino brincava de cruzar os seus caminhos por esporte – ou por um jogo de azar.

As estrelas apostavam quando seria o próximo desencontro.

XXXI

Mood: ADOÇANDO O CAFÉ COM LÁGRIMAS.

Nos dias seguintes, fiz o que qualquer pessoa em sã consciência faria. Desliguei o celular, não acessei a internet de nenhuma forma, ignorando os possíveis e-mails, mensagens e tudo mais que poderia encontrar. Não sabia se tinha mais medo de encontrar uma notificação de Gael ou o seu silêncio. Os dois seriam igualmente desesperadores, e somente o tempo nos daria distância o bastante para que pudéssemos fingir que nada tinha acontecido. Eu não o veria mais, agora que a programação ligada ao lançamento do filme havia acabado. Logo, não tínhamos mais espaço para encontros embaraçosos ou forçados.

Tentei fingir que nada tinha acontecido, mas era difícil quando minha própria mente me sabotava, fazendo com que eu revisitasse a lembrança do seu toque e do perfume que insistia em surgir no ar quando estava distraída. Ele começou a aparecer nos detalhes toda vez que eu olhava para meu tripé sujo de terra, que o sol se punha, que eu olhava para meu caderno de feitiços. Acabei folheando algumas das páginas escritas, desejando mostrar alguns trechos para ele.

Era natural, repeti algumas vezes. A cabeça procura refúgio em sensações prazerosas, existentes ou não... todo sonho é feito da mesma matéria-prima que nossas memórias. Mais um motivo para não poluir algo tão bom com o caos inerente à realidade. Eu precisava desabafar com alguém, mas contar para outra pessoa o que tinha acontecido era tornar real demais, então, cada vez que um pensamento me entorpecia, eu o anotava no meu caderno de capa verde-oliva. Esse sentimento era um feitiço, e deveria ser tratado como tal.

As primeiras horas sem saber o que estava acontecendo no mundo foram um pouco desesperadoras. O vício demora a sair do sistema e a sensação de urgência plantou vários pensamentos sem sentido em minha cabeça. Será que eu estava perdendo algo urgente? Teria uma nova pandemia irrompido e eu seria a última a saber? Seja lá o que fosse, ia ter que esperar. Mal aguentava lidar com as notícias da minha vida, quiçá lidar com as últimas novidades da realidade. Existir, por ora, deveria bastar. Em algum outro momento eu faria algo pela minha vida financeira, pela minha carreira ou por toda essa baboseira que vem com ser adulto, mas o mundo podia segurar as pontas alguns dias.

Na manhã do terceiro ou quarto dia incomunicável (incrível como o senso de tempo muda quando você passa a usar o relógio biológico, e não o Google Agenda), uma Serena empolgada e com cara de sono me abraçou subitamente na cozinha enquanto eu preparava uma tapioca na frigideira. Partículas brancas (*Grãos? Bolinhas? Farelo? Do que é feita uma tapioca?*) caíram no fogão e no chão, e soltei um xingamento de susto.

— Parabéns, parabéns, *parabéns*! — Minha amiga repetiu entre bocejos, me envolvendo tão forte que poderia me esmagar. Ela ainda estava de pijama, mas eu havia despertado ao amanhecer e tinha começado esse ritual de preparar café da manhã para ela havia algumas semanas.

— Sabe que meu aniversário foi em abril, né? — Eu a abracei de volta, tentando não encostar a espátula vermelha em seu cabelo.

— É pelo filme! E pelo Gael, óbvio, eu sabia que vocês iam ficar juntos!

O café ficou pronto, o aroma fluindo pela cozinha pacífico e silencioso. O oposto dessa manhã.

— Eu não te contei que a gente ficou... — cada palavra saiu da minha boca torta e travada.

— E eu tô muito puta com você por isso, obrigada por me lembrar. — Ela me deu um último apertão antes de me soltar e servir uma xícara para nós duas. — Mas a gente briga depois de brindar, não tem problema. — Serena estendeu o café para mim e eu o peguei sem entender nada.

— Serena, eu não acessei a internet desde que voltei do Rio de Janeiro. Você pode ser um pouco mais clara? — Bebi um gole longo, queimando a língua e a garganta, mas eu precisava da cafeína ou de um beliscão para saber que não estava em um sonho.

Minha amiga buscou o celular em seu quarto, e mostrou uma matéria do jornal na aba de "Cultura":

Releitura de Shakespeare chega às telas do streaming em 2023 com visual arrebatador.

Os fãs de *Sonho de uma noite de verão* podem comemorar, pois a adaptação dirigida por Giovana Prado promete uma viagem onírica e inesquecível. Premiada pelo seu curta *Canções silenciosas* em Cannes, a renomada diretora volta ao Brasil e promete: "Será uma experiência de encantar corações". <u>Leia</u> a matéria completa.

Mal tive tempo de ler tudo, ainda confusa com o que tinha acontecido. Ela tinha a data de três dias atrás, e isso significava que a gente tinha conseguido. Gael tinha conseguido, e eu nem sabia com que cara podia mandar uma mensagem para ele para parabenizar por todo o seu empenho.

Choque fluiu por mim enquanto Serena pegou o aparelho da minha mão e mostrou um vídeo no perfil de Manuela Martins em que se lia, na tela: "O beijo mais sincronizado que você vai ver na vida". A chuva a distância era abafada pelo som de "Yellow" tocando ao fundo e mostrava o momento em que eu e Gael tínhamos nos beijado. Nossa cabeça se tocava formando a silhueta de um coração, e eu não havia percebido o quanto nosso movimento tinha encaixado com as luzes e com a melodia. O vídeo viralizou de um jeito insano, e não demorou para sites de fofocas juntarem fotos e vídeos nossos em eventos fingindo que éramos um casal apaixonado.

Em uma das notícias, os jornalistas haviam usado uma foto em que eu mostrava a língua para Gael, que colocava dois dedos atrás da minha cabeça de brincadeira. Eu estava com o vestido da minha irmã, e naquela hora minha bateria social estava morrendo, mas aquilo me fez querer sorrir. Ao lado, um print do nosso beijo no TikTok de Manu.

A vida imita a arte?
Noelle Vieira e Gael Ribeiro são vistos em beijos ardentes em show do Coldplay no Rock in Rio.

Par romântico na adaptação do filme *Sonho de uma noite de verão*, o casal foi flagrado em vários eventos trocando olhares e provocações. Parece que a química da tela veio para o mundo real, só nos resta acompanhar o casal para ter certeza de que a história é uma comédia, não uma tragédia! Leia mais.

Em outra foto, nós dois e Luke meditávamos ao amanhecer (quer dizer, eu estava meditando, ele dormia acordado com certeza), certamente um flagra de Manu.

Casal alinhado! Saiba os segredos das estrelas Noelle Vieira e Gael Ribeiro para se manterem conectados.

A meditação em dupla é uma prática benéfica para alinhar a energia dos apaixonados, e é claro que não existe paixão mais quente no momento do que nosso *Gaelle*! Os atores vão interpretar um casal no filme *Sonho de uma noite de verão* e já arrancam suspiros dos fãs. Clique para continuar lendo.

Era invasivo, sensacionalista e distorcido, exatamente o tipo de mídia descontrolada que a produtora precisava. Continuei deslizando a tela e parecia que tinha tudo que nós vivemos através da lente de um ser onisciente que estava lá o tempo todo. Eu pensaria que seria algum tipo de divindade, mas era só minha amiga gloriosamente enxerida. Eu queria sorrir, ver o passado era confortável, mas estava longe demais daquilo que eu estava vivendo no presente.

Alguns dos vídeos eu conhecia, resultados da divulgação oficial que vínhamos fazendo, mas um deles mostrava nós dois dançando em uma das festas. Meu braço esquerdo estava apoiado no ombro de Gael, e ele entrelaçava minha mão direita com os dedos. O vídeo não tinha som, mas o calor do toque dele voltou para os meus dedos como se eu estivesse lá de novo. Eu sabia o que aconteceria depois.

Alguém me chamou para gravar um agradecimento formal por estar na festa, e sussurrei "Vamos lá" no ouvido dele. Soltei o corpo dele sem olhar para trás e o deixei na pista de dança, e só agora via o jeito que ele me olhava partir. O vídeo terminou antes que pudesse ver para onde ele tinha ido em seguida, mas eu não me lembrava de ele ter me seguido naquela noite. Meu peito começou a se contorcer de mil formas diferentes, a doçura das lembranças se chocando com força com a realidade de que eu o tinha deixado mais uma vez.

O bater das asas de uma borboleta pode causar um tsunâmi do outro lado do mundo, mas quem diria que poderia ser uma borboleta saída de mim? Continuei pesquisando e, nas matérias associadas, li mais uma manchete confirmando a previsão de lançamento do filme, assim como uma entrevista com Giovana Prado sobre os contratempos da produção.

Sentei-me no chão da cozinha em prantos, apoiei o celular de Serena no piso frio, cobri o rosto com as mãos e a abracei, soluçando. Ela acariciou meu cabelo e me acalentou com palavras como "Você merece, Noelle", "Deu tudo certo, você é um sucesso" e "Sabia que ia conseguir".

— Não é nada disso, Serena — interrompi, tentando me acalmar.

— O que é, então? — Seus olhos escuros eram compreensivos, e seu sorriso era ridiculamente gentil. Eu deveria ter contado tudo desde que tinha chegado do Rio de Janeiro. Não deveria ter mentido sobre estar cansada e ter voltado de carona.

— Acho que cometi um erro irremediável.

— Nô, não há nada nesse mundo que não tenha solução.

— Você diz isso porque não sabe o que fiz.

— Fala logo, Noelle. O que você fez? — Não era uma pergunta, apenas paciência letal misturada com preocupação.

Então eu contei. Cada detalhe da noite que havia roubado meu destino, e, como agora, vendo as nossas fotos, eu sentia que era estúpida demais para fazer alguma coisa voltar a dar certo. Não conseguia encarar minha amiga, mas a xícara de café era boa na competição de não piscar.

Tentei tanto fingir que o que tinha acontecido não existia que deixei de enxergar o que estava bem diante dos meus olhos – invisível, assim como as coisas mais importantes da vida tendem a ser. Serena ouviu tudo com atenção segurando minha mão com força, e de algum jeito isso me ajudou a falar sem tropeços.

— E eu preciso te pedir um favor pra uma coisa que não vou ter coragem de fazer — murmurei, fungando.

— Não vou perder meu réu primário por sua causa.

— Eu sei que você perderia, mas não é isso. — Empurrei Serena com o ombro. — Preciso que ligue meu celular e veja as notificações.

— Você quer que eu mande um pedido de desculpas pro Gael porque não tem cara pra fazer isso?

— Não — interrompi. — Não é isso... Quero que veja se tem ou não mensagem dele. Se tiver, só apaga e não me fala. E preciso que entre no meu e-mail também e me fale se tenho reuniões com o elenco, qual a data para começar a gravar, qualquer coisa.

— Você vai continuar fugindo de ser feliz?

— Eu só não esperava ter que lidar com isso agora. Com tudo isso... é só... muita informação. — Falei que nada de bom pode vir de receber todas as notícias do mundo de uma vez só. Maldita globalização. Em um mundo sem a revolução tecnológica, eu teria tranquilamente duas semanas até me reestabelecer, um pombo-correio achar minha janela, e estaria de cabeça fresca para conversar sobre temas importantes. — Só preciso fugir dele.

— Dá quase no mesmo nesse caso.

— Eu não preciso de homem pra ser feliz, Serena. Nem todo mundo precisa de alguém pra ser feliz.

E pelo olhar dela, soube que a minha fala havia saído totalmente sem jeito e ela teria todo o direito de me detestar se interpretasse errado. Balancei a cabeça rapidamente, buscando um jeito de consertar a frase estúpida, mas Serena só reforçou o toque na minha mão.

— A gente não fica com alguém por *necessidade* ou conveniência. Mas fica porque a felicidade que existe sozinha aumenta. Você passa a ser mais feliz porque aquela pessoa existe, e porque juntos vocês estimulam o melhor um no outro.

— Não é à toa que você é a melhor pessoa do mundo, já que tem duas pessoas legais do seu lado. Eu só não tenho tanta disposição pra me entregar que nem você.

— Então vai devagar, no seu ritmo. Só não fica parada, porque a Terra gira e nem sempre o universo concede segundas chances. — Franzi o cenho, e ela completou: — Eu tenho roubado os seus livros quando tô sem sono.

— Eu amo você, sabia? — falei, ainda sentada no chão.

Serena se levantou, colocando nossas xícaras na pia e ajeitando o short do pijama.

— Também te amo. Mas não sou eu quem precisa ouvir essa frase hoje.

XXXII

Eu tinha ensaiado o que ia dizer, mas ele fugiu do roteiro.

Como imaginava, um e-mail da produção avisava que as gravações seriam retomadas em meados de outubro, pois uma força-tarefa estava reparando o cenário. O roteiro tinha sido adaptado para que a história se passasse inteiramente em um cenário fantástico, representando histórias compartilhadas entre um grupo de jovens de férias. As alterações seriam justificadas pelos pontos de vista dos personagens narradores, e cada um de nós deveria ir a um estúdio de dublagem para gravar um *voice over* que entraria na edição final do filme. Isso seria na próxima semana, o que me deixava sem qualquer condição de saber o que fazer.

Eu já estava gloriosamente arrependida de ter voltado para São Paulo daquele jeito, cruzando uma estrada para lugar nenhum.

Antes de a gente se beijar, nossa dinâmica era fácil. A gente poderia aproveitar essa vitória para ir ao parque ver o pôr do sol, repassar algumas cenas. Faríamos hambúrguer com Serena, Lucas e Vivi imaginando como seria a noite de estreia do filme. Criaríamos cenários perfeitos na nossa imaginação, e por um instante eles seriam reais, porque Gael estaria ali. E tinha uma verdade no olhar dele que me cativou desde o dia em que o vi no casamento de Jéssica. Agora, provavelmente seria um encontro desconfortável, e a culpa era minha. Achei que encontraria paz, uma rotina e novas oportunidades quando voltasse para casa, mas percebi que eu controlo *só* minhas ações – jamais as consequências delas.

Ao ligar a câmera e gravar meus vídeos de sempre e algumas publicidades que havia conseguido (felizmente eu tinha recebido mais cinco confirmações só no dia em que o meu vídeo com Gael viralizou), precisei usar cada ensinamento das aulas de teatro para transmitir o carisma que precisava, que beirava o negativo naquele dia. Eu tinha me acostumado com Gael dando palpites nos takes e na edição, e doía como ele estava presente.

Calei meus pensamentos inúteis e finalizei o material precisando admitir uma coisa. Eu era uma excelente atriz, ainda mais depois de toda a experiência no set de uma produção como aquela, das mensagens inspiradoras de Giovana e de assistir aos demais atuarem. Pois ao desligar a câmera e voltar à realidade, me sentia atropelada por dentro. Novamente minha vida estava perfeita: carreira dos sonhos andando, dinheiro finalmente entrando na conta, reconhecimento da minha arte começando a aparecer na grande mídia.

Mas o significado de "perfeito" muda rápido demais, e por mais que as minhas conquistas fossem maiores do que eu poderia sonhar, meu coração estava apertado pelas palavras que eu jamais disse.

Tudo que eu queria era me desculpar com Gael, conversar francamente sobre como me sentia, explicar que ele tinha me assustado expondo um sentimento tão lindo em um momento tão sensível. Eu achava que só tínhamos tesão entre amigos até então, e com isso eu poderia lidar. Mas amor? Não sabia se podia acreditar na existência de algo assim, eterno. Ele certamente estava enganado, inebriado e extasiado pelo momento. Emocionado. Mesmo assim, não conseguia sequer começar a imaginar qual tinha sido a reação dele ao não me ver no quarto. Fui covarde e egoísta de um jeito que ele não merecia, e agora minha energia estava opaca, cinzenta.

Encarei o espelho na velha penteadeira, as fotos presas na moldura de arabesco. Tinha uma polaroide minha e de Serena ainda na escola. Uma foto minha no início do teatro, onde a peça de fim de ano tinha sido Peter Pan, e eu estava empolgadíssima por ter conseguido o papel de Sininho. E uma foto de cabine com Gael, Manu e Pedro, que fizemos em uma pré-estreia de um filme na mesma plataforma de streaming que o nosso.

Apoiei o celular na mesa e peguei a foto do teatro, já um pouco gasta pelo tempo. Um vento quente entrava pela janela, e me sentei na cama de pernas cruzadas olhando mais de perto, irritada por não conseguir dar zoom. Eu estava com o coque tão bem preso naquele dia que meu couro cabeludo ainda estava se recuperando. Tinha sido a primeira vez que conseguira um papel com um nome, e estava apaixonada pela personalidade invocada da fadinha. Eu não tinha falas, apenas um sino que fazia sons por mim, e me lembro de ter treinado as caras e bocas da Sininho pelo espelho até Jéssica esmurrar a porta do banheiro por demorar demais lá dentro.

— Você tá indo superbem, Nonô. — Meus lábios se puxaram para cima ao falar com a foto.

Talvez se eu não tivesse namorado com o Gabriel, ainda acreditasse que o amor dos livros existia. Não podia me culpar por ter dado uma chance a ele. Eu queria saber o que era esse sentimento, e achava que tinha encontrado com ele. Mas, olhando para trás, via que o que tínhamos era um relacionamento. Mas não era amor. Tanto que, quando terminamos, fiquei mais machucada pela dor da traição do que por não vê-lo novamente. Não sentia saudades dele, só tédio pelo tempo que ele ocupava. E erroneamente, achei que isso era o vazio de uma paixão quando era o vazio de mim mesma – e da pequena Sininho que me encarava naquela foto, tão cheia de esperanças pelo futuro.

Limpei uma lágrima que correu pelo meu rosto, meu peito em um carrossel desgovernado. Os trabalhos que esperassem, eu estava no meio de uma epifania. As imagens daquele dia pairavam no meu quarto como um filme transmitido no ar.

Eu me lembrava de rir durante os ensaios e das brincadeiras de improviso, como a teoria de que Wendy deveria ter entrado para a tripulação do capitão Gancho, caso ele soubesse fazer biscoitos de chocolate deliciosos. Ninguém refutava, e alguém sempre levava cookies assim no dia seguinte. Tive uma súbita saudade de imaginar como seria essa história, e esperava encontrá-la um dia.

Tentei reconhecer o rosto dos outros atores na foto e repeti baixinho os nomes que ainda sabia forçando a memória, triste em como perdemos contato. Me lembrava bem do garoto que fez o Peter e dos meninos perdidos, contudo me chamou atenção o ator que fazia o irmão do meio de Wendy e Miguel. *Pedro*. Ele não era da minha turma, mas estivera sempre lá.

E mesmo com a cartola, os óculos, a camisola...

Não era possível.

Um Gael criança estava na mesma peça que eu e não tinha percebido até agora? Certo, ele de fato estava totalmente diferente, havia mudado o cabelo, crescido vários centímetros, encorpado. Mas o *sorriso* era o mesmo. E pela Deusa, eu reconheceria aquele sorriso em qualquer lugar, em qualquer tempo.

Eu me lembrava de que era outro garoto que havia ensaiado conosco, definitivamente alguém que não se chamava *Gael*.

Era Pedro, se não estava enganada. O que era curioso. Sempre achei engraçado o ator e o personagem terem o *mesmo nome*, mas pensando assim, me recordo de ser chamada de "Sininho", e não de "Noelle", durante os ensaios. Ele sempre acenava para mim nos ensaios e levava biscoitos para compartilhar com o elenco no final da aula. Foi esse mesmo Pedro que me deu uma flor, roubada do buquê que havia ganhado dos pais que o assistiam na primeira fila, depois da apresentação. Uma margarida branca com o miolo amarelo.

Meus pais tinham assistido, junto de minha irmã, e fomos comer pizza para comemorar, mas aquela foi a primeira flor que ganhei por ser atriz. Ele não era de falar muito, e eu me lembrava de que quando peguei a flor na ponta dos dedos sentindo o cabo macio roçando minha pele, não sabia o que responder. Apenas sorri de volta e agradeci. Meu rosto ficou vermelho e esperei que ele falasse alguma coisa, qualquer coisa, para que a gente começasse a conversar. Mas alguém o chamou e ele precisou partir. E logo eu estava com fome demais para pensar em outra coisa, então prendi a flor no cabelo e segui minha vida.

Meu coração gritava com a obviedade daquele momento, que havia sido esquecido. *Era ele*? Tinha que ser. Alguma coisa ridiculamente familiar estava ali, no sorriso dos dois, e principalmente em como eu me sentia quando estava perto dele. Dessa vez mais intenso, maduro e inevitável.

Eu precisava falar com ele. Precisava me desculpar. Precisava saber se ele era ou não o garoto da foto, e brigar com ele por não ter me contado antes.

Procurei meu celular na mesa e tentei ver se Gael estava on--line. Pensei em ligar, mas fazer isso sem aviso e depois da forma que nos separamos era estranho demais. Procurei pelo nome dele nos meus contatos e meu peito gelou ao não encontrar ninguém chamado "Gael".

Merda. Ele tinha me bloqueado. Deveria me odiar agora, e era tudo culpa minha. Que tinha dado a chance para um cara qualquer quando era mais nova, e agora não podia dar uma chance para quem sempre estivera ao meu lado.

Gael ia e vinha da minha vida como um anjo mensageiro, e eu não conseguia suportar a ideia de vê-lo partir novamente. Precisava conversar com ele, dessa vez olhando em seus olhos. Abri meu e-mail, buscando o horário das gravações de voz que estavam chegando, e vi seu nome no cronograma: uma da tarde. Meu horário seria pela manhã, mas eu esperaria por ele lá, não correria o risco de perdê-lo de novo.

XXXIII

Lettering é uma prática de desenvolvimento espiritual.

No início do ano, a ideia de gravar minha voz para a narração de um filme teria sido algo intimidador, distante e impossível. Eu não considerava minha voz versátil o bastante para ser dubladora, e me sentia mais confiante usando todo o meu corpo. Quem diria que seria a parte mais confortável do meu dia? O desafio de verdade viria em algumas horas, e os ponteiros preguiçosos rodavam devagar. *Timing is a bitch*. Pink Floyd que o diga.

    O vestido verde-oliva que eu usava era justo, acima dos joelhos, junto à meia-calça arrastão preta e o mesmo coturno de sempre. Era simples, mas sabia que estava bonita. Meu cabelo já estava sem mechas lavanda, e os fios dourados estavam soltos com vida própria em volta do meu rosto. A hora em que fiquei no estúdio em si foi rápida. A diretora, Giovana, estava com o técnico de som e me orientou sobre a emoção que eu deveria passar em cada uma das frases, me deixando livre para acrescentar ênfases e pausas que achava pertinentes. Tentei fingir naturalidade perto da diretora, sabendo que ela – assim como todo mundo – havia assistido ao vídeo em que eu e Gael nos beijávamos. Ela foi discreta o bastante para não fazer perguntas sobre nós dois ou sobre aquela noite, o que me deixou com a breve ilusão de que estava tudo bem. Mas na verdade ela era uma excelente profissional. Bem ou mal, eu era a garota que tinha ajudado a salvar seu projeto e a mesma pessoa que tinha sido escrota com o seu filho.

Quando terminei a gravação, entreguei o novo roteiro encadernado, sentindo falta dos desenhos bobos que Gael tinha feito no primeiro dia de gravação. Estava prestes a me despedir quando a diretora falou algo que saiu do roteiro:

— Obrigada, Noelle. — Ela apoiou a mão morna no meu ombro, um sorriso indecifrável em seu rosto. Pela primeira vez reparei nas semelhanças entre ela e Gael. A mesma ternura no toque, os cílios longos emoldurando os olhos escuros.

— Não tem nada que me agradecer — respondi sincera, sem jeito.

— Claro que tenho. Não sei de detalhes, nem quero me intrometer na sua vida pessoal, ou na do meu filho. Mas sei que seu apoio foi fundamental para mantê-lo otimista. Não agradeço pelo vídeo que viralizou, mas pelas suas atitudes.

— Giovana, a senhora realmente não tem nada que me agradecer.

Forcei um sorriso e saí da sala. Se naquele instante era difícil encará-la, falar com ele seria... suspirei. Seria necessário. Fui até o lobby do prédio comercial. Em poucas horas, Gael chegaria e eu estaria ali para falar com ele. Coloquei meus fones de ouvido implorando por músicas que ajudassem o tempo a passar mais rápido. Não queria sair e correr o risco de não o encontrar, mas aguardar os minutos passarem era agoniante.

Peguei um livro na minha bolsa, um conjunto de contos da Clarice Lispector, e mergulhei em suas entrelinhas, desesperada por alguma distração. Não conseguia pensar nas palavras que passavam pelos meus olhos, tampouco nas que deveriam sair pela minha boca. Trinta minutos a mais – ou a menos – tinham se passado. Inúteis, pois se Gael ainda não estava diante de mim era sinal de que o tempo não estava fazendo seu trabalho corretamente.

Busquei meu caderno de roteiros e uma lapiseira dessa vez, rabisquei meus pensamentos em letras disformes. Meu *lettering* parecia angustiado, e desenhei palavras soltas pela página: *magia, tempo, alecrim, amor, falácia*, entre outras. Não tinham conexão, mas fazer isso me distraiu o suficiente. Meu estômago começava a reclamar de fome e sede quando olhei novamente no relógio. Mais quinze minutos e ele estaria aqui.

Os quinze minutos mais longos de toda a minha vida. Maiores do que aqueles em que eu aguardava minha vez de entrar no palco ali na coxia, rezando para que as Musas me abençoassem em mais uma apresentação. Consideravelmente mais compridos do que aqueles em que eu via o ônibus passar direto e precisava aguardar pelo próximo em um dia de chuva.

Mas até o tempo infinito passa, seja o relógio grande ou pequeno. E ele não te avisa que chegou, mesmo que você esteja à espera. Gael entrou no prédio sem olhar duas vezes na minha direção, e eu me levantei apressada segurando tudo em meu colo indo até o lado dele, em frente ao elevador. Ele usava uma bata branca simples e uma calça clara, como se estivesse prestes a ir para um retiro, e não no caos urbano de São Paulo. Joguei o fio do fone de ouvido por cima do ombro e segurei firme o caderno e a bolsa, a lapiseira presa entre os dedos, com medo de desabar com tudo ali mesmo.

— Eu tava esperando você — falei sem jeito, forçando um sorriso, tentando ver algo no rosto dele que demonstrasse que estava feliz em me ver, mas sua expressão estava fechada. Ele não se virou na minha direção.

— Noelle, estou atrasado, agora não posso. — O elevador abriu e Gael entrou sem olhar para trás. A mochila apoiada no meu ombro caiu, e meu caderno e meu fone foram logo depois. Eu não podia ir com ele, atrapalhar sua gravação e falar tudo que precisava na frente de Giovana. Eu já havia sido egoísta e irresponsável uma vez, estava aqui para fazer as coisas serem diferentes.

Só me restou voltar para o banco de madeira desconfortável e esperar mais uma hora. O porteiro estava recluso em uma cabine, mas ouvia sua risada de tempos em tempos, olhando fixamente para o celular. Busquei uma barrinha de granola que tinha na mochila já fazendo aniversário e a mordi antes de perceber que não tinha uma garrafa de água comigo. Respondi alguns e-mails de forma mecânica e atualizei toda a minha agenda com bandeirinhas coloridas para passar o tempo. Editei dois vídeos e ainda tinha uns bons vinte minutos, que foram passados olhando para o relógio, esperando o número virar.

Cada vez que o elevador abria a porta, meu coração dava um salto. Eu esperava que fosse Gael, finalmente indo embora. Vi Pedro entrar no prédio, acenando para mim com um sorriso, e devolvi o gesto. Ele me deu um abraço rápido antes de ir para as escadas, murmurando que queria fortalecer o coração. Não tive tempo de avisá-lo que seriam oito andares, até porque o elevador finalmente havia parado no térreo novamente. E Gael estava saindo dele, focado na rua.

Dessa vez, já tinha guardado tudo dentro da mochila e me apressei até ele. O porteiro fofoqueiro espiava do alto da sua cadeira, e o encarei com raiva para que tomasse conta dos seus próprios assuntos.

— Eu preciso falar com você — pedi em frente ao prédio.

— Não acho que a gente tenha alguma coisa para conversar. — Gael continuou andando um pouco mais devagar.

Ele estava curioso, eu percebia. E estava ferido – por minha culpa.

— Por favor, deixa eu te explicar o que aconteceu.

— Não precisa, Noelle. — Gael andou até mim. Com a calçada desnivelada eu parecia ainda mais baixinha, então subi em um degrau atrás de mim para ficar da altura dele. Ele não desviou de mim dessa vez. — Você não tem que explicar nem justificar nada. Seja lá por que sumiu, estava certa.

— Como assim? — Balancei a cabeça confusa.

— Se uma garota pega seis horas de estrada numa puta chuva só pra ficar longe de um cara, ela tá certa. Independentemente do motivo. Eu respeito isso. — Era pura dor o que saía de cada palavra.

— Eu não tava fugindo de você. — Peguei na mão dele, mas ele se retraiu.

— Não importa mais.

— Importa, sim. Gael, a gente vai contracenar. Não podemos ficar nesse clima, me escuta, por favor.

— Você tá preocupada com o filme, é claro. — Ele passou a mão pelo cabelo, respirando fundo. — Vamos fazer assim, você pode falar o que quiser comigo sobre nossos personagens. Mas nada além disso, tá bem, Noelle?

— Mas...

— *Mas* tem um limite na quantidade de humilhação que um cara consegue aguentar.

Engoli em seco. Ele estava sofrendo, e ver que eu era a culpada me doía três vezes mais. Tudo que vai volta. Mas naquele dia, depois de tantas trombadas do destino, decidi que ficaria ali. Era a minha vez de esperar por ele.

— Eu preciso fazer uma pergunta sobre seu personagem. — Mirei nos seus olhos escuros já sabendo a resposta, mas querendo ouvir da sua voz. Gael colocou as mãos nos bolsos e esperou que eu continuasse. — Você contracenou comigo em Peter Pan há uns dez anos, não é?

— Isso não é relevante. — Ele balançou a cabeça.

— Claro que é!

— Você teria ido embora independentemente da resposta. Então me desculpa se agora é a minha vez de ir. — Gael se distanciou, o espaço a minha volta ficando subitamente frio, o hiato do seu perfume deixando a impressão de a cidade estar empoeirada, e murmurou: — Só... só me dá um tempo pra te superar. Nos vemos no set. — Ele levantou uma das mãos despretensiosamente e seguiu seu caminho pela rua movimentada.

Eu me sentia perdida vendo-o se distanciar, paralisada.

Eu teria ido embora se soubesse que o conhecia havia tantos anos ou teria escolhido ficar e ver no que ia dar?

Essa era a pergunta errada.

E se eu não tinha as palavras para formar as perguntas certas, como o universo poderia me responder?

XXXIV

Ora, ora, se não são as consequências das minhas atitudes.

Faltavam vinte minutos para chegar à locação da filmagem, segundo o GPS. Minhas mãos estavam relaxadas no volante, contemplando a estrada nem-tão-mais-infinita diante de mim e Manuela. O elenco havia partido de ônibus, mas insisti que ela mexesse seus pauzinhos para que fôssemos sozinhas de carro. Não aguentaria horas de silêncio forçado ao lado de Gael, especialmente porque precisaria voltar à pele de Helena em breve.

Ele tinha me desbloqueado das redes sociais, e curtia algumas postagens minhas de vez em quando, mas não conversávamos. Eu via Luke passeando pela tela e ficava com saudade de estar ao lado daquele bebezão que só crescia e continuava sem noção do próprio tamanho. Um dia vi uma foto de uma garota linda abraçando o golden retriever, o cabelo caindo em tranças pretas que terminavam com a ponta colorida, sua pele escura contrastando com a pelagem do cachorro, parecia um desenho esotérico do sol e da lua. Ela estava com o sorriso radiante e orgulhoso, como se Luke fosse *dela*. Foi nesse momento que silenciei as notificações de Gael, a pedidos clementes da minha paz de espírito. Ele tinha me superado, aparentemente. Luke também. Que ótimo.

Poderíamos fingir finalmente que nada tinha acontecido, e voltaríamos a ser amigos *sem benefícios*, bem onde começamos. Era o que eu queria, já podia ficar tranquila e apenas seguir o meu papel de palhaça de atriz e fazer o mundo inteiro acreditar na paixão avassaladora que Helena sentia por Demétrio. Bufei e fiz uma nota mental de parar de adiar o começo da terapia, pois o falso otimismo dos meus pensamentos estava me intoxicando.

Mais de um mês havia se passado. A produção atrasava o início das filmagens quase toda semana e já estávamos no final de outubro quando finalmente suspendi os compromissos e *jobs* para me dedicar às gravações. Eu já deveria estar com o foco em outros desafios, especialmente agora que a agente de Manuela Martins estava me representando. Finalmente voltei a contribuir com as contas no apartamento, havia zerado as dívidas no cartão de crédito e tinha levado Serena para jantar em um restaurante por minha conta.

Eu estava feliz.

Tinha que estar.

Porém sabia que já tinha sentido *mais* felicidade do que isso, e a tinha deixado no mesmo lugar que voltava para visitar agora. Não sabia que a felicidade podia morar na incerteza e na inexperiência, mas olhando para a mesma paisagem ao estacionar o carro no terreno do sítio, eu via o tecido do passado como uma película transparente diante dos meus olhos.

— Você tá vendo o que eu tô vendo? — perguntei a Manu, que acordava do cochilo ao meu lado, o rosto dela com a marca da almofada que apoiava no ombro.

— O quê? — Ela soltou o cinto e saiu do carro, procurando algo fora do comum.

— A gente. Alguns meses atrás. — Andei até o lado dela, me recostando na porta fechada, e apontei para onde o ônibus havia estacionado. — Eu tô com a mochila nas costas e você tá guardando o fone de ouvido na caixinha.

E pela forma que ela arregalou os olhos, sabia que também estava vendo. Uma sobreposição das linhas temporais onde coexistíamos com todas as versões de nós mesmas. A grama parecia irradiar uma energia diferente, implorando para fluir através dos nossos corpos e libertar a forma mais natural da magia.

Em silêncio, assisti com Manu a nossas versões translúcidas caminharem até a casa principal.

— Você sempre enxerga as coisas desse jeito? — sussurrou minha amiga.

— Só se prestar bastante atenção. — Sorri em resposta.

— E dá pra ver o futuro também?

— Uma memória defeituosa é aquela que só anda para trás. — Ri, abrindo a mala do carro para tirar as bagagens. Quem me dera poder ver o futuro. Eu não sabia ler cartas de tarô, e o livro do oráculo que tinha comprado pela internet era só um monte de respostas inconclusivas e genéricas. O futuro me apavorava, mas eu sempre fui o tipo de garota que ia com medo mesmo. Era curiosa demais para fazer qualquer coisa diferente.

— Sabe que não vou levar minha mala, né? Você que inventou de vir dirigindo. — Manu levantou a sobrancelha, desviando o olhar entre sua mala de trezentos quilos e a minha malinha que tinha basicamente roupas de ioga e pijamas.

— Não adianta nada fazer *crossfit* se você não consegue levar sua própria mala por alguns metros.

E me mostrando a língua em um gesto afrontoso e mimado, ela pegou sua bagagem e saiu andando na frente. Fotografei para usar como evidência no futuro, a gente nunca sabe quando precisa de algo assim.

Era um pouco depois das onze horas quando chegamos, e o pequeno Puck estava de camiseta e calça jeans na entrada da pousada. Ele se apressou para me dar um abraço, e podia jurar que estava ligeiramente mais alto do que em junho.

— Bela Helena, que saudade!

— Puck! Tá animado pra voltar a filmar?

— Óbvio que sim. Obrigado por ter beijado o Demétrio, se não fosse por isso, acho que ia ter dado uma merda danada.

— Criança não pode falar palavrão! — falei, me sentindo com mil anos de idade.

— Merda não é palavrão, é cocô de cachorro.

— Não vou discutir isso com você. — Segurei a risada e soltei seu abraço magrinho. — A produção trabalhou pra *cara*... — os olhos dele se arregalaram — *caraca* pra gente conseguir reconstruir o cenário e fazer o projeto acontecer. O mérito é deles.

— Minha mãe disse que é porque você tinha dado um beijão num show.

— E você é muito direto, sabia? — Senti meu rosto aquecer. — Só não comenta isso com Deus e o mundo, fico meio sem graça.

— Mas você é pura graça, bela Helena. — Puck desviou o olhar para trás de mim e segurei firme os joelhos quando o cheiro de limão e âmbar chegou pelo vento. — Vocês estão apaixonados.

Não era uma pergunta. E eu queria morrer ali mesmo. Só abrir uma cova, coisa rápida, nem precisavam se preocupar com o funeral.

— Helena e Demétrio estão — Gael respondeu, ao abrir um meio sorriso na minha direção e me cumprimentar com um beijo educado no rosto, assim como fazia com qualquer outra pessoa.

Senti sua bochecha encostar na minha por um instante e tudo naquele gesto gritava *errado, errado, errado*. Era informal demais, distante e ao mesmo tempo próximo, e isso foi o suficiente para me enfurecer. Ajustei a postura, ajeitando a alça da mochila no ombro e minha camiseta larga com a estampa do álbum *The Dark Side of the Moon*. Fiquei em silêncio um pouco mais do que gostaria procurando algo para mudar de assunto, mas felizmente um garoto de doze anos tagarela é bom pra trazer novos tópicos aleatórios.

— Aprendi a fazer malabarismo com limões do jeito que você me ensinou! — Puck falou para Gael, alheio à tensão que pairava no ar.

— É bom te ver. — Abri um sorriso sem graça. Eu falava a verdade, mas ela não faria milagres por mim.

— Idem. — Gael se voltou para Puck. — Vou querer ver isso o quanto antes, por que não vai à cozinha e pede alguns limões emprestados?

Puck abraçou a missão com um rápido "Ok", e nos deixou a sós. O silêncio que antes parecia uma ponte entre nós, agora era como um hiato, mas seria insuportável contracenar com esse clima.

— Eu ainda quero a revanche no jogo da velha. — Tentei brincar. Ele sorriu de volta, mas era uma expressão dura. Ressentida. — Eu ainda quero ser sua amiga, Gael — insisti.

— Eu também prefiro viver num mundo onde a gente é amigo a viver num mundo onde a gente é... — Ele gesticulou entre nós dois, meio desajeitado. — Seja lá o que é isso.

— A gente pode fingir que o nosso beijo só existiu pra salvar o filme, e voltar de onde estávamos antes disso.

— A gente pode fingir que sim — ele respondeu. — A gente tá aqui pra fazer história, lindinha. É isso que faremos.

Não tive coragem de perguntar qual seria a *nossa* história nisso tudo. Não senti que tinha o direito. Queria abraçá-lo, mas isso só deixaria as coisas mais confusas, então acenei com um sorriso amarelo e fui até o quarto que dividiria com Manu. O resto do dia seguiu com algumas formalidades sobre o processo de filmagem, um direcionamento geral sobre os horários e algumas notas de alteração que já havia visto no roteiro. Minha primeira cena seria gravada em dois dias, então passei meu tempo entre conversas educadas e superficiais, ajustes no figurino e ensaiando as falas com Gael.

Ele não mencionava nada do nosso último encontro pessoalmente, nada sobre me superar, tampouco usava um anel de compromisso. Passamos nossas falas diversas vezes, e ele não parecia nem um pouco alterado pelo fato de que nos beijaríamos na cena. Apenas recitava as palavras do seu personagem, aproximava o rosto do meu e parava com as mãos apoiadas na minha cintura, antes de os nossos lábios se tocarem.

No primeiro ensaio, fui idiota o bastante para esperar algum olhar que se demorasse um pouco mais do que o necessário. Um sorriso que denunciasse que ele ainda me queria. Um carinho vindo de *Gael*, e não de Demétrio.

Porém, assim que a cena acabava, ele voltava a ser essa figura profissional e indiferente, simpático do mesmo jeito que ele era com qualquer um, sem qualquer indício real de que me desejava. Eu estava começando a odiar esse garoto, mas não falaria nada. A culpa era minha, afinal de contas.

Mas ele nem fazia o favor de ser indelicado para que eu o detestasse com motivo. Não. Era educado, cordial, profissional.

E quando chegou o dia da gravação final, jurei pelo ar e pela terra que entregaria a performance da minha vida. Me olhei no espelho de corpo inteiro, reparando nos detalhes do figurino. O vestido lilás tinha um ombro só, que terminava em uma longa faixa plissada. O cinto tinha arabescos bordados dourados. Eu também tinha algumas tranças no meu cabelo. As mechas cor de lavanda estavam de volta em ondas perfeitas, como se meu cabelo jamais fosse capaz de arrepiar na vida. Helena usava uma maquiagem que parecia quase não existente, tão natural que eu poderia ter nascido assim, se os deuses gostassem mais de mim do que dos outros – o que não era o caso.

Foi a primeira vez que pisei no set reconstruído. Medidas de segurança para o caso de novas tempestades tinham sido instauradas, e não cabia mais do que a equipe necessária para a cena. Se antes parecia que tinha umas cinco pessoas para cada membro do elenco, agora parecia um *petit comité*. O lugar não estava diferente, a fim de manter a continuidade, mas havia uma energia surreal no ar. Um aspecto de recomeço, tal qual um campo florescendo após uma longa batalha.

Não vi a diretora Giovana em lugar algum, e esse era mais um ponto sobre o qual eu não queria me focar: o fato de eu ter que beijar Gael na frente da mãe dele. Sim, éramos todos profissionais, mas antes de ser atriz eu era *humana*.

Gael conversava com o responsável pela iluminação e acenou quando me viu.

— Noelle, fica ali, por favor. — Ele apontou para uma árvore com tronco rosado e folhas azuis perto de algumas flores selvagens e outros arbustos metálicos. Estrelas, nuvens, cartas e outros elementos mágicos pareciam flutuar, presos no alto dos galhos.

Caminhei até lá com cuidado extra para não esbarrar em nada, já pensando como faríamos o movimento que ensaiamos, me ambientando com o lugar. Tinha sentido mais falta dali do que podia imaginar, pois era verdadeiramente mágico poder ver aquela floresta de sonhos a minha volta. Gael foi até mim e tocou nos meus ombros, me direcionando para uma luz amarela que vinha de um dos spots. Posicionou meu queixo delicadamente em um ângulo específico, indo e voltando da câmera algumas vezes.

— Eu preciso que você pare aqui quando chegar à última fala, tudo bem? — Seus olhos escuros fitaram os meus, e eu quis acreditar que vi algo ali. Tinha um brilho diferente em Gael, e não sabia o que era. Ele estava com a túnica de Demétrio, mas andava pelo set como se estivesse muito mais dentro da própria mente.

— Giovana está chegando? — perguntei para uma assistente que posicionava algumas maçãs douradas em um arbusto.

— Não, é Gael quem vai dirigir essa cena. A diretora está em outra locação hoje.

Ok, um nervosismo a mais e outro a menos. Eu sabia que Gael estava participando ativamente da produção do filme, abraçando tarefas que iam além da atuação, mas não imaginava que direção seria uma delas. Mas era o sonho dele, e se ele estava finalmente tendo uma experiência que sempre quisera, eu deveria me alegrar. Era uma grande conquista em sua carreira. Eu quis parabenizá-lo, mas cada palavra parecia forçada. Não queria distraí-lo. Vi quando ele abraçou o cinegrafista de lado e depois voltou para o meu lado.

— Tudo certo? — ele perguntou, olhando em volta, e a equipe assentiu.

Gael me fitou, admirando os detalhes do figurino. Toquei nos dedos dele, sentindo o calor fluir por mim. Aquele era um momento de entrega, de conexão com nossos personagens, e eu precisava deixar de ser Noelle. Ele acariciou meus braços expostos em um gesto relaxante, levantando arrepios bem-vindos que me roubaram um sorriso.

— Pronta pra gente começar? — A voz aveludada e baixa dele ressoou.

— Espero acertar a luz — brinquei. — Por que um ângulo tão específico?

— Porque é impossível não se apaixonar por você dele. E eu preciso que todo mundo entenda que Demétrio está apaixonado por Helena para além do feitiço. — Gael desceu até o meu ouvido. — Ainda não acredito em beijo técnico. Então, pelo filme, rola um *remember*?

Meus joelhos vacilaram. Tudo o que eu queria ouvir em uma só frase, e ao mesmo tempo a situação era totalmente diferente do que eu desejava. Meus lábios traidores se abriram em um sorriso travesso. Todo mundo ali sabia que a gente tinha se beijado, e isso colocava uma certa expectativa gigantesca na cena. Um senso de normalidade me tomou, e me senti mais relaxada.

— Faça seu pior — desafiei.

Gael deu o sinal para iniciar a gravação assim que nos posicionamos. Fizemos os mesmos movimentos do ensaio, mas parecia que nos tocávamos de verdade, igual àquela noite chuvosa do show. Gravamos a primeira parte duas vezes, rindo entre os takes. Era divertido contracenar com ele. Sentir o toque das mãos dele e a intensidade do olhar que memorizava cada detalhe sem medo de desviar.

Cheguei à marcação da luz que ele havia indicado, mas provavelmente errei. Gael tocou meu rosto ainda no personagem e ajustou o ângulo, como se Demétrio buscasse eternizar Helena em suas lembranças. Ele vivia um sonho, mas mataria o desgraçado que o acordasse.

— Sempre foi você. E se algum dia achou que não era dona do meu coração, esse foi o dia em que mais se enganou. Se me quiseres sou seu, Noelle — Gael sussurrou, acariciando meu rosto com o dorso dos dedos, contornando meus lábios com o polegar.

Ali eu não era mais Helena, mas uma garota que por um instante acreditava no amor fora dos livros. Ele me olhava como se eu fosse a única coisa importante no mundo, e o odiei por saber atuar tão bem, por eu não suportar ficar longe do seu toque, e todas as semanas sem tê-lo por perto agora cobravam a conta. Nossos lábios se tocaram de forma inevitável, e o beijo tinha sabor de arrependimento. De saudade de todo o futuro que eu afoguei naquela estrada. De dúvida, sem saber se outras bocas já tinham chamado a sua nas últimas semanas. E era tudo culpa minha.

Eu o odiava porque as palavras que tinha dito não eram para mim, e principalmente porque eu estava atrasada demais em reconhecer meus próprios sentimentos. Não podia parar aquele beijo, pois no momento em que a gente se separasse, estar no mesmo ambiente que Gael seria insuportável. Era fácil demais ficar nos braços dele, me inclinar para o seu carinho e querer mais uma história para contar ao seu lado. Por isso, ignorando o inevitável fim que tanto me apavorava, juntei meu corpo ao dele sem pensar que estávamos sendo observados. Gael me envolveu e me levantou alguns centímetros do chão, e senti que ele também queria adiar o final daquela cena. Era como se ele não quisesse me soltar, e me segurei mais firme.

— Gael, o certo é "Helena" — a assistente falou com o megafone, um alarme inconveniente para nos acordar. Ele havia errado o nome na fala. Merda!

Nos afastamos bruscamente. Gael levou a mão ao rosto com um xingamento, e eu precisava sair dali. Não tinha como beijá-lo de novo e sobreviver. Achei que o queria só como um amigo com quem poderia dividir alguns momentos íntimos, mas essa ideia agora era inviável. O mundo estava colapsando a minha volta, lágrimas fluindo por meu rosto, inconvenientes. Alguém gritou "Maquiagem!", e essa foi a minha deixa para sair do set.

— Preciso de cinco minutos.

Seriam *bem mais* que cinco.

XXXV

Nunca acredite em duas coincidências consecutivas.

Eu culpo meus pés por me levarem até o píer, indo mais rápido do que qualquer pensamento racional. Desviei do caminho principal para chegar ao set, evitando passar por membros da equipe ou do elenco. Tinha uma saída que levava até o lago pelos fundos, e foi o caminho que minha intuição decidiu fazer. As lágrimas rolavam diante de um dilema impossível. Uma equipe inteira me esperava para filmar uma cena, e eu tinha acabado de dar um chilique e fugido. Isso poderia pegar muito mal para a minha reputação como atriz profissional, e justamente por isso eu precisava me recompor o quanto antes. Do outro lado, meu coração seria destruído no processo.

Mas em uma das opções eu ainda teria a chance de conseguir trabalho.

Respirei fundo, assoprando o ar um bilhão de vezes sem conseguir puxá-lo de volta. Onde estavam os exercícios de meditação quando eu mais precisava? A grama sujava a barra do vestido, algumas pedrinhas entravam nos meus dedos pela sandália. A primavera tinha chegado, deixando a paisagem com árvores verdes e repleta de flores selvagens no horizonte da propriedade. Partículas de dentes-de-leão flutuavam no ar como estrelas diurnas. O lago cintilava em azul e uma gota de suor escorreu pelas minhas costas. Um mergulho cairia muito bem em um dia assim, numa situação totalmente diferente. A definição de "problemas no paraíso" nunca encaixou tão bem.

Fui até a árvore que ficava na beira do lago, toquei o tronco e andei em volta dela com calma. Mentalizei uma série de palavras que agora não pareciam ter sentido além do fonema: *estabilidade, calma, concentração*. Mas a magia flui da intenção, não da semântica, e todas as luzes de alerta que tentavam me proteger de um coração partido estavam em colapso.

Porque eu já tinha quebrado a cara. Mas dessa vez não tinha ninguém pra culpar a não ser eu mesma. Achei que estava bem melhor sozinha, que não gostava de socializar ou de me abrir com outras pessoas, mas percebi que isso dependia mais de quem estava ao meu lado do que dos meus sentimentos introvertidos. E que era, na verdade, muito bom ser tratada como uma garota maluquinha e mágica – no melhor sentido dessas palavras.

Reclinei-me sobre o tronco da árvore e fechei os olhos. A única coisa sobre a qual eu tinha controle era minha respiração, e a deixei se esvair até me acalmar. Eu precisava de cinco minutos em um relógio grande com um ponteiro preguiçoso. E aceitava qualquer sinal que o universo, bondoso e gentil, quisesse enviar de forma clara.

Uma borboleta amarela pousou no meu ombro por um instante, as asas tão delicadas que não faziam cócegas.

— Oi, amiguinha. — Olhei em volta e uma dezena de borboletas voavam ao redor das flores. *Muito original, universo. Esse é o melhor que você consegue fazer? Sério?* Estendi o dedo para vê-la de perto, mas ela se assustou e voou. Acompanhei seu caminho no ar andando em torno da árvore até ficar de costas para o lago, e Gael de braços cruzados me observava com o rosto indecifrável. Não estava "normal" e descontraído, nem irritado, nem com seu sorriso fácil. Pela Deusa, eu sentia falta do sorriso dele.

— Por que você tá fazendo isso com a gente, Noelle? — ele perguntou sem cobrança, dúvida genuína na voz conforme ele se aproximava. A copa frondosa oferecia uma sombra larga, e ele parou ao meu lado com o ombro apoiado no tronco. Imitei o gesto e ficamos distantes, mas frente a frente. Todos os meus muros tinham desabado e eu não tinha força para reergê-los. Nem vontade.

— Se você me superou, que bom. Você tá realizando seu sonho e eu não queria atrapalhar, me perdoa. Me dá uns minutos que já volto pro set — funguei, tentando parecer madura.

— Eu te superei? De onde você tirou isso? — Ele franziu o cenho. Que bom, confuso era melhor que indiferente.

— Não tenho direito nenhum de te cobrar nada, mas vi a foto da menina abraçando o Luke. E tá tudo bem, eu tô feliz por você. — *E miserável por mim.*

— Você diz a minha irmã? — Gael interrompeu.

— Irmã?

— Sim. A Penélope é minha irmãzinha que você ainda não conheceu, a única pessoa que tem foto com o Luke sem ser eu... e você. — Gael puxou uma longa respiração e me encarou. — Seja sincera. Por que você tá fazendo isso com a gente? — ele repetiu, dessa vez ainda mais calmo. Mais esperançoso.

— Não queria ter que revisitar isso, mas acho que vou sufocar se guardar pra mim. Acontece que eu não posso dizer que te amo. Não do jeito que você diz. — As palavras saíram engasgadas, uma confissão que eu não queria admitir. — Mas posso dizer que eu gosto mais de meditar com o Luke babando na minha perna do que sozinha. — Dei um passo na direção dele segurando minhas mãos firmes para não o tocar. — Que o jeito que você olha pro mundo me faz pensar que ele é um lugar mais gentil e agradável do que realmente é. — O símile de um sorriso passou pelo rosto dele e meu peito se iluminou com o gesto.

Eu parei, incerta de como prosseguir. Achei que estava exposta no dia em que dancei nua diante da lua cheia ou na noite que tínhamos dividido, porém só agora eu entendia o que era estar diante de alguém. Sem brincadeiras que disfarçassem minha personalidade, meus sentimentos ou aquilo que realmente desejava. E pela Deusa, eu desejava tudo que nós éramos e tudo que ainda podíamos ser.

Se não fosse tarde demais.

Gael tocou a ponta dos meus dedos com ternura, e eu sabia que ele estava disposto a aceitar o que eu oferecesse. Amizade, paixão ou tudo junto.

— Continua — ele suplicou, seus olhos escuros cravados nos meus, atentos.

Engoli em seco e prossegui:

— É que desde que o universo parou de brincar de cruzar nossos caminhos e finalmente fez a gente se encontrar, eu comecei a gostar um pouquinho mais de mim também.

— Noelle, isso é... — Gael colou a testa na minha e respirei fundo o seu perfume, apoiando os braços em seu pescoço, deixando os dedos fluírem por seus cachos.

— Que quando você tá do meu lado — eu o interrompi, temendo não ter coragem de concluir o raciocínio —, a vida parece que encaixa. E quando você me beija... eu me perco. Isso não faz sentido, mas é o *suficiente*?

Gael não respondeu. Apenas me abraçou em um enlace terno e calmo. Passou os dedos pelas minhas costas em movimentos preguiçosos, ignorando qualquer noção de tempo ou de responsabilidade. Uma brisa fresca levava o calor do sol embora, e me deitei em seu peito apenas... guardando na memória aquele momento. Tentando fixar os detalhes, porque sabia que eles importariam quando eu fosse contar essa história mais tarde. Ele colou um beijo na minha testa e se afastou só o suficiente para nos olharmos. Gael era lindo por fora, mas seu coração era a parte mais bonita.

— Engraçado, não me sinto perdido quando estou com você. Sabe por quê? — Meus lábios repuxaram para cima, curiosos, e sacudi a cabeça. — Porque eu *finalmente* te encontrei. Então, saiba que tudo em você é muito mais do que suficiente. Sempre foi. E se você quiser...

— Se eu quiser o quê? — ronronei, e ele olhou para baixo, sem graça.

— Eu quero ser seu último namorado.

E ali estava o sorriso que me fazia querer entregar o mundo de bandeja para aquele garoto.

— Era você naquela peça, não era? Do Peter Pan, quando a gente era mais novo.

— Você sabe que sim.

— E eu achei que era a mestra do mistério. Você precisa me dar umas aulas — brinquei, afastando o cabelo que o vento bagunçou.

— Se você quiser ser minha namorada, eu te dou o que você quiser.

— Se a gente vai namorar... — os olhos dele arregalaram, e apoiei o indicador em sua boca para terminar de falar — acho legal contar que no fim das contas eu percebi que não amava o meu ex. Eu não achava que poderia me machucar em uma relação sem amor verdadeiro, e mesmo assim me senti devastada e perdida quando ele me deixou. Demorei pra me reinventar, pra saber existir na minha própria pele. E acho que fugi naquela noite porque tinha pavor de perder isso. Ou pior, de perder o que você significa pra mim.

"Você me faz feliz, Gael. Feliz de verdade. E se doeu me separar de alguém que não me trazia felicidade, eu não consigo nem imaginar como seria ficar longe de você. Então acho que num gesto idiota e desesperado eu acabei separando a gente, só pra não ter a surpresa de quebrar a cara.

"Com meu ex, eu gostava da ideia do que ele significava, e não é isso que eu quero. Não quero um relacionamento que seja legal nas aparências, mas que o sentimento não seja real."

— O que quer dizer com tudo isso, Noelle? — Gael franziu o cenho.

— Tô dizendo que acho que você... — Toquei no seu rosto e diminuí a distância entre nós. Mordisquei o lábio, encostei a pontinha do meu nariz no dele e sussurrei: — Acho que você é meu *primeiro* amor.

— E você é o *único* pra mim.

Foram as últimas palavras que Gael murmurou antes de me beijar. O segundo beijo do dia, mas o primeiro na minha vida que tinha sabor de história e de futuro. Senti uma peça do quebra-cabeça do destino se encaixar com o toque dos lábios dele nos meus, uma promessa cósmica cumprida.

Dessa vez eu não precisei de um sinal para saber que estava no lugar certo e na hora certa, e sabia que as borboletas amarelas a nossa volta eram apenas uma coincidência. Uma alegoria mágica, pois Gael não era meu destino. Era quem estava ao meu lado para me dar a mão enquanto eu caminhava. Eu sorri enquanto o beijava quando ele me levantou.

Especialmente porque *meu namorado* não reparou que também estava a alguns centímetros do chão. Mais tarde eu contaria para ele sobre como nós flutuamos, depois de encerrarmos as gravações. Quando parássemos para assistir ao pôr do sol, até nosso amor surgir escrito nas estrelas.

Epílogo

Universo

As borboletas eram uma coincidência, Noelle? Francamente, o tanto de energia que você desprendeu para atraí-las... Deixa pra lá, entidades cósmicas com vozes personificadas não são capazes de sentimentos individuais. Porém cada um entende os meus sinais em sua própria linguagem, e a jovem atriz conferiu um pouco de irreverência ao me interpretar. Então cá estamos. Eu estou aqui, uma vozinha na sua cabeça, e você está aí, com um livro nas mãos se perguntando o que aconteceu com a garota feita de amanhecer e o garoto que caminhava nas nuvens. Viu como eu sei de tudo?

Coincidência... hunf.

É bom esclarecer que o conceito de coincidência é inventado. Tudo que é, foi ou será está conectado por uma teia complexa e abstrata no eterno tear do tempo-espaço em que *tudo* participa.

Espero que tenha ficado claro. Agora podemos seguir.

Um ano se passou desde o beijo que Noelle e Gael trocaram sob a copa daquela árvore, mas a jovem atriz de fato ainda iria aprender o que era o tal amor como o dos livros. Eventualmente ela percebeu que nada tinha a ver com perfeição, mas com a vontade de dar certo. Especialmente porque nos livros era onde o amor podia ser mais sofrido, cheio de obstáculos e perigos inimagináveis envolvendo dragões, armadilhas ou campeonatos mortais. Ela agradeceu por enfim ter encontrado uma vida tranquila.

Era dia 31 de outubro quando Gael buscou Noelle no apartamento de Serena, para lhe dar um presente de aniversário de namoro. A jovem atriz amava o fato de comemorar a data no Halloween, mesmo que o beijo tenha acontecido alguns dias antes. Ela pediu que Gael só formalizasse o pedido na data escolhida, e não havia nada no mundo que ele não faria para vê-la sorrir. Depois de dez anos se encantando por cada detalhe que aprendia de Noelle, ele finalmente a tinha ao seu lado.

E antes que me culpem, não foi minha responsabilidade que eles tenham demorado tanto para se unir. Como expliquei, tem a tal da teia onde todo mundo participa. Eu só... levo a mensagem. Mostro os caminhos, mas não tomos decisões.

Naquela manhã de outubro, Noelle havia acabado de conversar com Serena sobre sua mudança. Seria o último café da manhã que as amigas tomariam no chão da cozinha como colegas de apartamento. Serena chorou porque tinha o coração de uma manteiga derretida e brindou com uma xícara de café gelado ao novo capítulo da sua melhor amiga.

A jovem atriz finalmente poderia bancar um lugar pequeno e modesto, e não é que ela *precisava* se mudar... contudo, ela precisava ter essa experiência. E munida de argumentos convincentes, persuadiu seus pais a darem entrada em um apartamento pequeno, mas que seria só dela.

Noelle sabia que eles faziam isso porque desde que Gael entrara em sua vida, sua mãe fazia o som de sinos toda vez que o via. Seu pai adorava conversar com ele sobre seriados de ficção científica e sobre rock dos anos 1960. Marcos e Jéssica nunca mais gastaram uma fortuna em drinks, pois agora sabiam fazer todos em casa. Noelle achava que sua família gostava mais de Gael do que dela mesma, mas ninguém lhe enchia o saco, então ela não ligava.

 Amanhã seria a primeira noite que ela passaria no seu novo lar, ela pensou, vendo os braços ainda sujos de tinta lilás e verde-oliva. Passou dois dias pintando as paredes, e já tinha posicionado sua cama, a penteadeira, a escrivaninha – com os pés quebrados pela mudança – e uma geladeira que encontrou em promoção. O fogão chegaria ao longo da semana, e ela precisaria esquentar tudo no micro-ondas, mas era uma aventura que ela estava disposta a viver.

 — Vamos buscar seu presente? — Gael sorriu logo após beijá-la. Acenou para Serena, que estendeu um café gelado para ele dizendo:

 — Receita sua, coloquei uma colher de doce de leite.

 — A gente não combinou que não íamos comprar nada? — Noelle revirou os olhos, fazendo charme. — Tô guardando grana pros detalhes de casa, seu presente vai ser uma cartinha e uma noite foda.

 Ela riu, sem jeito. Gael tinha mais recursos financeiros, mas Noelle desviava de todos os mimos materiais possíveis, ainda temendo qualquer tipo de dependência que não fosse saudável.

 Essa insegurança eventualmente iria passar, e ele a apoiava. Lotava-a, então, de flores roubadas de jardins, drinks inventados só para ela e bilhetes escondidos pelas coisas. Alguns escondidos em seus novos roteiros ou em seu caderno de feitiços, ao qual ele finalmente tinha conseguido acesso alegando que era só um caderno de receitas cósmico.

 — Não vou *comprar* seu presente, fica tranquila. — Gael revelou uma margarida escondida e colocou na orelha dela.

A garota feita de amanhecer viu a cidade despertar apressada e, com calma, acompanhou seu namorado até o desconhecido. Ela amava ver cada cantinho da cidade desacelerar enquanto andavam de mãos dadas, construindo memórias só deles.

Gael finalmente parou em frente a um pet shop, algumas gaiolas com gatinhos para adoção na porta. Noelle desviou o olhar algumas vezes entre ele e os adoráveis animaizinhos. Claro que perdeu totalmente a compostura e agachou-se para vê-los de perto. Um gatinho adulto laranja estava deitado no canto, entediado. Dois filhotes brincavam de morder a orelha um do outro, um preto com patinhas e bigodes brancos, o outro totalmente cinza.

— Feliz Halloween, bruxinha. Escolhe o que você quiser, é seu. Ele pode ficar comigo até amanhã pra Serena não ficar toda entupida por conta da alergia.

— Você acha que Luke vai saber brincar com uma dessas preciosidades? Ele ainda não tem a menor noção do próprio tamanho!

— Acho que ele vai ficar com ciúme, mas a gente pode lidar com isso uma noite — Gael brincou, ajoelhando ao lado dela. — Você pode levar o grandão, que é mais difícil de ser adotado.

Noelle levantou uma sobrancelha com um sorriso encantador no lindo rosto. Ele sabia o que ela diria, então só concordou, pois, se possível, a amava ainda mais por isso.

— Todos eles são *meus* agora. É meu kit inicial de doida dos gatos! Já tenho as plantas, as ervas... só faltava isso. — Noelle colou os lábios nos dele. — Eu te amo pra caralho, sabia? — ela deixou escapar, sem perceber o que tinha feito. Sem arrependimentos.

— É a primeira vez que você diz com essas palavras — Gael respondeu, estrelas saindo de seus olhos. Ele tentou fingir naturalidade, mas a beijou como se não estivessem no meio da calçada, como se ninguém estivesse olhando.

Um mês depois, Noelle colocaria um vestido verde-oliva de um ombro só que estava momentaneamente sem pelos de gato. Beijaria a testa de Estrela (a gata laranja, que era a encarnação da preguiça), Lilith (a gata preta com patinhas brancas que dormia de conchinha com ela e mordia seu pé para despertá-la) e Lua (a gata cinza que mudava de humor a cada cinco minutos e adorava subir na geladeira).

Ela prometeria apertá-las na volta, e reclamaria dos pelos cobrindo seu vestido, apesar de prometer que já teria se acostumado. Ela sairia atrasada para a pré-estreia do filme, trancaria a porta, esperaria o elevador, respiraria fundo e perceberia algo óbvio: aquilo tudo era real. A jovem atriz entrelaçaria os dedos aos do garoto que caminhava nas nuvens, e eles cruzariam juntos o tapete vermelho, sorrindo para as câmeras voltadas para o casal. Com as luzes apagadas no Theatro Municipal, eles assistiriam em segredo a todas as memórias daquele ano, agradecendo por cada detalhe que os tinha levado até ali.

Ela pediria às estrelas que lhe desejassem *sorte*.

E a sorte sempre reflete nos olhos de quem admira o firmamento e tira um momento ou outro para conversar com o universo que tem dentro de si.

Agradecimentos

✦

Eu devo começar agradecendo ao universo, mas não é uma história tão simples assim. Para que você, caro leitor, entenda a extensão da minha gratidão, é preciso que saiba que em julho de 2021 meu pai faleceu. A última coisa que ele disse em vida para mim foi que meu livro (meu primeiro romance lançado de forma independente, *Era de sombras e lembranças*) estava perfeito. Eu levo essas últimas palavras no meu coração. Mas não precisa ficar triste, essa é uma história feliz.

Pouco mais de um ano depois, eu estava escrevendo *Não direi que é amor*, já tinha uns dez capítulos prontos, e nunca tinha sonhado com meu pai desde sua partida. Até que, certa noite, finalmente sonhei com ele. Um sonho bom, daqueles que você conversa com a pessoa e acorda com a sensação de que ela te visitou. Foi uma das melhores manhãs que tive. Na mesma tarde daquele dia, Felipe, editor da Planeta, me enviou um e-mail, e essa foi a primeira etapa para que este livro tenha chegado nas suas mãos do jeito que chegou.

Se isso não é uma intervenção do universo em toda sua grandiosidade e sincronia, eu não sei o que é.

Então, para fazer isso nos moldes tradicionais, eu agradeço ao Felipe, por acreditar no meu trabalho. À Gabi, por me ajudar a lapidar este texto. Ao meu pai, por cuidar de mim de onde quer que esteja. À minha mãe, por ter sido tão maneira e apoiado meu sonho de ser escritora desde pequenininha. Ao Gimmy, meu marido. Sem ele, eu não acreditaria que histórias de amor na vida real podem ser como nos livros.

Agradeço imensamente à Bella Russo, amiga e atriz querida que me enviou vários podcasts me falando sobre o cotidiano das gravações. Obrigada também ao casal Vitor e Amanda, pois a ideia da cena inicial veio no casamento chuvoso de vocês – o que achei extremamente romântico . Obrigada a Nadja Lírio, por acreditar nas minhas histórias, desde que eu as contava nas praças, e por me ajudar a espalhar magia pelo mundo.

O maior agradecimento de todos vai para o povo de Saturno, que me acompanha nas redes sociais, e todas as amizades que pude fazer graças às bookredes. É maravilhoso poder compartilhar tantas ideias, sonhos, plots e aventuras com vocês!

E por fim, obrigada a Noelle, uma das personagens à qual mais me conectei e sobre a qual amei escrever. Ela foi uma verdadeira amiga para mim e espero que para vocês também. Mesmo que ela deixe a louça suja na pia.

Editora Planeta
Brasil | **20 ANOS**

Acreditamos nos livros

Este livro foi composto em Miller Text e impresso pela Geográfica para a Editora Planeta do Brasil em julho de 2023.